플롯 강화

THE
PLOT
THICKENS

노아 루크먼 지음 | 신소희 옮김

플롯 강화

: 길 잃은 창작자를 위한 글쓰기 수업

福
복복서가

일러두기

1. 본문에 있는 주는 모두 옮긴이 주이다.
2. 본문 중 고딕체는 원서에서 이탤릭체로 강조한 부분이다.
3. 장편소설과 기타 단행본은 『 』, 단편소설 등의 작품명은 「 」, TV 드라마와 영화, 연극, 음악 등은 〈 〉로 구분했다.
4. 외래어 표기는 국립국어원 외래어 표기법을 따랐으나, 국내에 통용되는 제명이 있는 경우는 반영해 표기했다.
5. 국내 번역 출간, 개봉된 경우 해당 제목으로, 미출간작, 미개봉작의 경우는 원어를 병기해 표기했다.

같은 말을 반복하는 위험을 무릅쓰고, 두 번째 저서인 이 책 또한 우리 어머니에게 바친다. 또다시 글쓰기 책을 쓸 계획은 없었지만, 어머니를 위해 플롯에 관련된 생각 몇 가지를 적어놓던 참이었다. 어머니의 격려로 결국 하나의 장이 완성되었고, 그러다 보니 이미 그만두기엔 너무 멀리 와버렸다.

차례

사람들은 항상 내게 대학 교육이 작가를 억압하느냐고 묻는다.
내 대답은 그 억압이 충분하지 않다는 것이다.
훌륭한 문예창작 교수라면 막아낼 수 있었을 베스트셀러들이
여전히 많이도 쏟아져 나오고 있으니까.

플래너리 오코너

머리말

'플롯'이라는 말은 작가들에게 엄청난 공포를 불러올 수 있다. 가장 큰 이유는 플롯이 '훌륭한 아이디어'와 동의어가 되어버렸으며 그런 아이디어를 떠올려야 한다는 압박 또한 강력하기 때문일 것이다. 훌륭한 아이디어란 영감과 함께 변덕스럽게 왔다가 사라져버리기 때문에 생각하는 것만으로도 무력감을 일으킬 수 있다.

이 책의 목적은 훌륭한 아이디어 하나를 떠올리는 것이 플롯의 전부가 아님을 보여주는 것이다. 오히려 그 반대다. 좋은 플롯은 여러 가지 아이디어와 인물 묘사, 여정, 서스펜스, 갈등, 맥락 등 다양한 글쓰기 요소의 융합체이다. 물론 아이디어는 중요하지만, 이런 보조 요소들이 없다면 그냥 그것으로 끝이다. 120에서 300쪽에 이르는 명암과 색채와 질감이 넘쳐흐르는 생명체가 아니라 그저 하나의 아이디어나 추상일 뿐이다. 이야기가 한차례 영감의 번득임으로 완성되는 경우는 드물다. 그 반대로, 최고의 걸작은 등장인물뿐만 아니라 그 안에 층층이 쌓인 서스펜스와 갈등 구조에 유기적으로 연결되어 있다.

여러 인기 서적들이 들려주는 감언이설과 달리, 뛰어나거나 '전형적인'

플롯을 보장하는 공식 같은 것은 없다. 단계나 지름길, 필수 사항이나 금기 같은 것도 존재하지 않는다. 이 책은 규칙이나 지시에 관한 것이 아니다. 나는 오히려 그런 종류의 책을 경계하는 편이다. 이 책에서는 이야기의 오래된 원칙들을 철학적·현실적으로 면밀히 분석하려고 한다. 이 책의 차례를 훑어보면 눈에 쏙 들어오는 그럴싸한 주제는 나오지 않는다는 걸 알 수 있다. 인물 묘사, 서스펜스, 갈등 등 이미 우리에게 친숙한 영역을 다루는 것이 나의 의도이기 때문이다. 이런 원칙들은 수천 년 전부터 작품을 지탱해왔으며 모든 뛰어난 글의 핵심을 이루고 있다. 이 같은 주제 안에서 새로운 영역을 다루려고 시도한다는 것, 당신이 접하지 못했던 사례와 지금까지 고려해본 적 없는 훈련 방식을 제시한다는 것이 바로 이 책이 가진 차이점이다.

이 책의 또 다른 목적은 기존의 작품을 고쳐 쓰려는 사람과 새로운 작품에 착수하려는 사람 모두에게 참신한 아이디어를 제공하는 것이다. 따라서 초보 작가든 경력 작가든 이 책에서 도움을 얻을 수 있다. 아이디어를 떠올리는 것은 초보 작가와 마찬가지로 경력 작가에게도 어려운 일이기 때문이다. 이 책은 글쓰기의 원칙들을 폭넓게 다루기 때문에 소설가, 시나리오 작가, 극작가, 논픽션 작가와 심지어 시인에게도 유용할 것이다. 어쨌든 논픽션 작가에게도 서스펜스는 중요하고, 극작가 역시 맥락을 고려해야 하며, 시인도 갈등 구조를 염두에 두어야 하니까.

두 가지를 미리 알려둔다.

내가 예로 든 작품의 상당수는 영화다. 어쩌면 책보다 더 많을 수도 있다. 내 주된 관심사는 흔히 추상적으로 보이는 요점을 구체화하는 것이며, 더 많은 독자를 이해시키려면 아무래도 영화를 예로 드는 것이 유리하기 때문이다. 내가 영화를 예로 든 또 다른 이유는 지극히 플롯 중심적인 이 매체를 간과하는 것이 태만하고 편협한 행동이기 때문이다. 나는 작가들이 『모비 딕』만큼 〈매시〉로버트 올트먼 감독의 1970년도 전쟁영화─옮긴이에서도 많은 것을 배울 수 있다는 걸 보여주고 싶었다.

두 번째로 1장과 2장이 그다음 장들과는 구분된다는 것을 알려둔다. 앞의 두 장은 원래 작가들의 인물 탐구를 돕기 위해 만든 설문지에 살을 붙인 것이다. 따라서 1장과 2장은 대강 90퍼센트의 질문과 10퍼센트의 논의로 구성되어 있다.

이 책은 무난한 내용이 아니다. 누구든 이 책을 읽고 나면 온갖 새로운 아이디어로 무장하게 될 것이다. 이 책은 당신을 한계까지 몰아붙일 것이며, 당신의 작품을 구석구석 파헤치도록 압박할 것이다. 문학 에이전트로서 나 역시 한계까지 몰린 경험이 있다. 지난 5년 동안만 계산해도 5만 편 이상의 원고를 읽어야 했으니 말이다. 내가 당신을 통해 배운 것들을 이제 다시 당신에게 알려주려고 한다. 이제 내가 보답할 차례다.

인물 표사: 외면

개인에서 출발하면 하나의 유형을 창조하게 된다.
유형에서 출발하면 아무것도 창조하지 못한다.

F. 스콧 피츠제럴드

당신도 그런 경험이 있을 것이다. 아마도 관청에서, 어머니의 주민등록번호나 아버지의 출생지에 관한 질문을 받은 경험 말이다. 그 경악스러운 한순간, 당신은 세상에서 가장 잘 안다고 자부했던 사람들을 사실 전혀 모르고 있었음을 깨닫게 된다.

그렇다면 오직 당신의 상상력에서 때로는 변덕에서 나온 인물, 순전히 상황이나 반전의 결과로 존재하게 된 인물들은 더더욱 알기 어렵지 않겠는가? 당신은 살아서 숨 쉬는 그들과 함께 시간을 보낼 기회가 없다. 함께 점심식사를 하거나 취하도록 술을 마실 수도 없으며, 운동 경기를 하거나 일하는 그들의 모습을 지켜볼 수도 없다. 그저 상상에 상상을 더하여 가공의 상황과 환경에서, 그들이라면 어떻게 행동할지 그려볼 수 있을 뿐이다. 하지만 현실에서 우리의 예상은 종종 엇나가게 마련이다. 결국 인간이란 예측 불가능한 생물이며 우리로서는 도저히 예상할 수 없는 요소가 존재하기 때문이다.

종이 위 인물에게 생명을 부여하려는 시도라도 해보려면 그전에 반드시 수행해야 할 과제가 있다. 당신이 만든 인물의 외면과 내면을 최대한 세세하고 꼼꼼하게 따져 묻는 것이다. 일단 세부사항을 말끔히 정리하고 나면, 한 인간을 종이 위에 포착해낸다는 불가능에 가깝던 임무가 가능해질 뿐만 아니라 심지어 쉽게 느껴질 것이다. 당신이 만든 인물을 잘 알게 되면 그 지식이 텍스트에 뚜렷이 배어나온다. 당신의 지식이 문장 저변에 흐르며 단어와 몸짓, 행동 하나하나를 증명해주는 것이다. 이런 지식이 없다면 당신은 결코 성공할 수 없다. 작가는 시각이나 청각 자료의 도움을 받을 수 없다. 종이 위의 단어, 혹은 토니 모리슨의 표현을 빌리면 "알파벳 스물여섯 자"에 의지할 수 있을 뿐이다.

인물은 내가 앞으로 이야기하게 될 모든 여정, 갈등, 서스펜스의 토대이자 플롯의 주춧돌이다. 따라서 이 책은 세 장에 걸친 인물 구축 방법으로 시작할 것이다. 그리고 1장은 당신이 만든 인물의 표면적(외적) 생활에 관한 지식을 세세하게 정립할 수 있도록 구성했다. 이를 통해 당신은 이전엔 미처 생각해본 적 없는 측면들을 생각해보게 될 것이다. 읽어가면서 새로이 깨달은 것들을 따로 잘 적어두도록 하자.

이 책에서 나는 주로 '그'라는 대명사를 사용했지만 여성에게 특수한 측면을 다룰 때는 '그녀'를 사용했다. 하지만 여기서 다룬 모든 측면은 성별을 떠나서 고려해야 할 것임을 유념하자. 다시 한 번 이야기하지만 '그'를 사용한 것은 순전히 문장의 편의성 때문이다.

외모

작가가 저지르는 가장 큰 실수는 처음부터 인물의 외모를, 종종 서사를 희생시키면서까지 설명해야 할 것처럼 느끼는 것이다. 우리는 누군가의 생김새를 모르는 상태에서도 전화나 메일, 인터넷, 혹은 고해성사를 통해 그가 어떤 인물인지 알 수 있다. 외모는 시들거나 심지어 바뀔 수도 있으며 인간은 신체 부위의 총합이 아니니까.

물론 당신이 만든 인물의 외모를 세세하게 알고 있는 것은 중요하다. 다만 독자에게 그에 관해 미주알고주알 알려줄 필요는 없다는 것이며, 더구나 첫머리부터 그래서는 안 된다. 이야기 전개상 꼭 필요한 것이 아니라면 말이다. 이상적인 방법은 적절한 지점, 아마도 초반에 독특한 방식으로 흥미를 돋울 만큼 슬쩍슬쩍 정보를 흘리는 것이다. 다음과 같이 경찰 몽타주와 붐비는 술집이라는 배경을 상상하여 남성과 여성 인물을 각각 정밀하게 묘사해보면 도움이 될 것이다.

경찰 몽타주

살인마가 탈주했다. 그는 몇 달간 이 도시 전체를 공포에 떨게 했으나 그를 목격한 사람은 아무도 살아남지 못했다. 또다시 살인이 일어났지만, 이번엔 현장에 있던 당신이 그가 달아나기 전의 모습을 똑똑히 목격했다. 도시 전체가 당신의 진술을 기다리고 있다. 당신 맞은편에는 경찰 소속 전문 초상화가가 앉아 있고, 뒤에서는 형사 열 명이 초조하게 오락가락하며 대기 중이다. 자, 살인마는 어떻게 생겼는가?

외모 1

얼굴: 그의 이목구비는 어떤가? 광대뼈가 길쭉한가? 턱뼈가 넓고 탄탄한가? 이마가 널찍한가? 턱이 길게 튀어나왔는가, 짤막한가, 아니면 살쪄서 겹겹이 늘어져 있는가? 입술은 크고 두툼하며 동물적인가, 아니면 작고 얄팍하고 앙다물었는가? 코는 큰가, 작은가? 굵은가, 가는가? 긴가, 짧은가? 눈은 큰가, 작은가? 미간이 좁은가 아니면 널찍한가? 눈 색깔은? 사

시인가? 의안을 넣었는가? 한쪽 눈이 이리저리 불안하게 움직이는가? 눈썹은 어떤가? 속눈썹은? 수염을 길렀는가? 턱수염, 콧수염, 염소수염? 긴 구레나룻은? 피부는 그을렸나, 창백한가? 어떤 인종인가? 흉터, 사마귀, 화상, 상처 같은 신체 결함이 있는가? 전반적으로 잘생겼다고 말할 수 있겠는가?

머리: 머리카락이 있는가? 무슨 색인가? 긴가, 짧은가? 곱슬머리인가, 생머리인가, 자연스럽게 구불거리는가? 숱이 적거나 대머리가 되어가는 중인가? 염색했는가? 머릿결은 건강한 상태인가 아니면 푸석푸석한가? 꽁지머리나 눈 위로 늘어뜨린 앞머리, 레게 머리를 하고 있는가?

몸: 신장이 얼마인가? 체중은 얼마쯤 되겠는가? 뚱뚱한가, 야위었는가, 근육질인가? 특정 부위가 다른 부위보다 보기 좋은가? 예를 들어 배는 튀어나왔지만 팔은 다부진가? 다리는 삐삐 말랐지만 어깨는 넓은가?

나이: 몇 살인가? 나이를 쉽게 알아볼 수 있는가, 아니면 짐작하기 어려운가? 주름살, 눈가의 잔주름, 군턱, 검버섯 등 나이를 짐작게 하는 신체 특징이 있는가? 겉늙은 스무 살처럼 보이는가, 마흔둘 먹은 소년처럼 보이는가?

그와 닮은 실존 인물을 하나 꼽는다면 누구일까?

이번엔 살인자가 여성이라고 해보자. 또 다른 질문들을 추가할 수 있을 것이다. 가슴이 큰가, 작은가? 허리는 어떤가? 엉덩이는? 다리는? 손톱은 어떤 상태인가? 바짝 물어뜯었는가, 완벽하게 손질되어 있는가? 까만 매니큐어를 발랐거나 인조 손톱을 붙였는가? 속눈썹이 길거나 마스카라를 칠했는가? 화장은 진하게 했나, 거의 하지 않았나? 아니면 맨얼굴인데도 미인인가?

그녀와 닮은 실존 인물을 하나 꼽는다면 누구일까?

이제 취조실을 떠나서 위의 엄밀한 질문들을 당신 작품 속의 인물에 적용해보자. 당신이 미처 생각지 못했던 세부사항을 추가할 수 있겠는가? 어떤 세부사항인가?

당신이 만든 인물에게 자기 분석을 요청한다고 생각해보자. 당신의 분석 중에 그의 분석과 불일치하거나 그가 부인할 만한 지점이 있을까? 그는 결코 잘생기지 않았는데도 스스로 잘생겼다고 믿을까? 아니면 잘생겼는데도 스스로 별로라고 생각할까? 누가 봐도 나이 든 사람인데 스스로를 젊다고 여길까? 키가 180센티미터도 넘는데 자기가 작다고 생각할까? 군살이라곤 하나도 없는데 스스로 살쪘다고 간주할까? 이런 불일치가 인물에 관해 무엇을 알려주는가? 더욱 중요한 문제를 암시하고 있지는 않은가?

붐비는 술집

당신은 친구를 위해 소개팅을 주선했다. 친구가 만날 상대가 어떻게 생겼는지도 귀띔해주었다. 하지만 친구가 상대를 만나기로 한 술집에 가 보니 손님이 200명도 넘는데다 내 설명과 일치하는 여성도 많은 듯하다. 친구는 당신에게 전화를 걸어 더 많은 정보를 알려달라고 한다. 술집에 벌써 20분이나 있었는데 한시라도 빨리 상대를 찾아내지 못하면 만남이 무산될지도 모른다는 것이다. 당신은 친구에게 무엇을 알려줄 수 있을까?

외모 2

옷: 그녀는 평소 어떤 옷을 입는가? 고급 브랜드 제품? 작업복? 캐주얼? 구제 의류? 노출이 심한 옷을 즐겨 입는가, 아니면 전신을 감싸는 편인가? 커다란 밀짚모자를 쓰거나 머리채를 뒤로 넘겨 스카프로 묶었는가?

장신구는? 핸드백을 들거나 액세서리나 시계를 착용했는가? 손가락마다 반지를 끼었는가? 목에 커다란 금 십자가 목걸이를 걸었는가? 커다란 고리 모양 귀걸이를 달았는가? 코에 피어싱을 했는가? 어깨에 문신이 있는가? 명품 시계를 착용하는가, 아니면 노점에서 파는 샌들과 5달러짜리 시계를 선호하는 편인가? 본인의 형편보다 값비싼 옷차림을 하는가, 아니면 부유한데도 수수한 차림새인가? 어떤 색 옷을 즐겨 입는가? 검은색, 아니면 형광 분홍색? 패션 감각이 뛰어난가? 최신 유행에 맞는 옷차림인가, 아니면 유행에 십 년쯤 뒤쳐졌는가?

몸단장: 맞춤옷을 입고 흠잡을 데 없이 꾸몄는가, 아니면 부스스하고 너저분한 모습인가? 샤워는 하루에 두 번 하는가, 일주일에 한 번 하는가? 몸에서 냄새가 나는가? 향수를 너무 많이 뿌리는가?

신체 언어: 꼿꼿이 서 있는가, 아니면 항상 자세가 구부정한가? 도발적으로 몸을 흔들며 걷는가, 시비라도 걸듯 건들대며 걷는가?

목소리: 방에 들어가기도 전에 목소리만으로 존재를 알아볼 수 있는 사람도 있다. 그녀의 목소리는 위압적이고 쩌렁쩌렁한가? 방 저쪽 끝에서도 대화 내용이 들릴 정도인가, 아니면 속삭이듯 가냘프고 잘 들리지 않아서 매번 다시 말해달라고 부탁해야 하는가? 목소리가 높은가, 아니면 낮은가? 콧소리가 섞여 앵앵거리는가, 아니면 또렷한가? 중립적이고 사무적인 음성인가, 아니면 허스키하고 유혹적인 음성인가? 숨도 안 쉬고 빠르게 지껄이는가, 아니면 슬슬 돌려가며 느릿느릿 말해서 대체 언제 얘기가 끝날지 흘깃 시계를 쳐다보게 되는가? 말을 더듬는가? 특정한 억양이 있는가? 혀 짧은 소리를 내는가?

이제 술집을 떠나서 위의 엄밀한 질문들을 당신 작품 속의 인물에 적용해보자. 당신이 미처 생각지 못했던 세부사항을 추가할 수 있겠는가? 어떤 세부사항인가?

당신이 만든 인물에게 자기 분석을 요청한다면 당신의 분석과 불일치하는 지점이 있을까? 그녀는 유행에 뒤진 옷차림인데도 최신 유행을 따랐다고 자부할까? 목소리가 새되고 쩌렁쩌렁한데도 스스로는 섹시하다고 믿을까? 엄청나게 큰 다이아몬드 반지를 끼고서도 자신의 장신구가 화려하지 않다고 생각할까? 이런 불일치가 인물에 관해 무엇을 알려주는가? 더욱 중요한 문제를 암시하고 있지는 않은가?

의사

당신은 전국에서도 손꼽히는 의사다. 당신의 전문 분야는 특정하기 어려운 질병을 진단하는 것이다. 방금 만난 환자는 당신이 평생 접해본 사례가운데 가장 난감한 경우다. 지난 수개월 동안 의사를 열 명이나 만났지만 아무도 그의 병이 무엇인지 알아내지 못했다는 것이다. 오늘 처음으로 당신을 찾아온 그는 지금 맞은편에 앉아서 과거의 병력에 관해 이야기하려고 한다.

건강 상태

그는 전반적으로 어떤 체질인가? 정글 한가운데서도 끄떡없을 사람인가, 아니면 수십 미터 떨어진 사람에게서도 병이 옮을 사람인가? 심각하게 앓은 경험이 있나? 어떤 병이었나? 그런 적이 몇 번이나 되는가? 유전병인가? 그게 아니라면 어떤 경로로(외국 여행, 누군가와의 잠자리 등) 병에 걸렸는가? 입원한 적이 있는가? 병원생활은 어땠는가? 투병이 그의 삶에 얼마나 큰 영향을 미쳤는가? 지금은 어떤가?

만성 질환이나 이상이 있는가? 약을 복용하고 있는가? 천식 흡입기, 혈압 조절기, 항우울제 등을 사용하는가? 얼마나 자주 사용하며 그로 인해 삶에 어떤 영향이 생겼는가?(당뇨병 환자의 삶에서는 식이 조절과 혈당 체크, 인슐린 주사가 아주 중요하다) 부작용은 없는가? 상호작용은? 병 때문에 포기한 것이 있는가?(음주, 흡연, 특정한 음식)

부상을 입은 적이 있는가? 어떤 상황에서?(운동 경기, 싸움, 자동차 사고) 뼈가 부러지거나 성형수술을 받은 적이 있나? 요통, 건염, 관절염은? 장애가 있는가? 눈이나 귀, 다리에 장애가 있거나 말을 하지 못하는가? 정신장애는? 정신이상이나 정신분열이 있는가?

이제 위의 질문들을 당신 작품 속의 인물에 적용해보자. 당신이 미처 생각지 못했던 세부사항을 추가할 수 있겠는가? 어떤 세부사항인가?

당신이 만든 인물에게 자기 분석을 요청한다면 당신의 분석과 불일치하는 사항이 있을까? 그는 사실 지극히 건강한데도 자신이 환자라고 여기는가? 혹시 건강 염려증인 것은 아닐까?

정신과 의사

당신은 가족 내 갈등을 전문으로 다루는 정신과 의사다. 방금 새로운 환자를 만났고, 진료를 시작하기에 앞서 그의 가족에 관한 모든 것을 알아내려는 참이다.

가정환경

그의 양육에는 부모 모두가 참여했는가? 만약 그렇지 않다면 어떤 이유가 있었는가? 부모가 이혼했나? 한쪽이 사망했나? 그런 일이 일어났을 때 그는 몇 살이었는가? 부모 모두가 아니라면 편부모의 손에 자랐는가, 아니면 양쪽을 오가며 자랐는가? 부모 각자와 얼마나 시간을 보냈는가? 부모가 각자 다른 집에 살며 양육했는가? 부모는 서로 가까이 사는가? 혹은 부모가 아니라 조부모나 삼촌 같은 다른 친척이 키워주었는가? 부모가 동성애자라서 엄마 둘이나 아빠 둘이 있었는가? 입양아인가? 부모가 이혼했다면 이후에 어느 한쪽이 재혼하지는 않았는가? 의붓 부모는 없었는가?

부모의 직업은 무엇인가? 그들의 직업이 그의 성장 과정에 어떤 영향을 주었는가? 부모는 아직 살아 있는가? 나이는 어떻게 되는가? 그는 부모와 가까운 사이인가? 얼마나 자주 대화를 나누는가? 부모는 그의 삶에 얼마나 큰 영향을 미쳤는가?

조부모가 있는가? 그와 가까운 곳에 사는가? 조부모는 그의 삶에 큰 영향을 미쳤는가? 아직 살아 있는가?

형제자매가 있다면 몇이나 되는가? 외동아이로 자라는 것은 인격 형성에 큰 영향을 줄 수 있다. 형제자매가 여섯 있는 것도 마찬가지다. 형이나 남동생만 있는가, 아니면 누이도 있는가? 형제 다섯과 함께 자라거나 누이 다섯과 자란 것이 성격에 영향을 미쳤는가? 장남인가, 막내인가, 가운데인가? 그 점이 어떤 영향을 미쳤는가? 장남이라서 가족에 대한 책임감이 강하고 가부장적인 사람이 되었는가, 혹은 막내라서 응석받이가 되었는가? 형제자매들은 나이가 어떻게 되는가? 그와 가까운 사이인가, 아니면 경쟁 관계인가? 얼마나 자주 만나는가? 가까이 사는가? 그의 삶에서 형제자매는 얼마나 중요한 존재인가?

결혼은 했는가? 몇 살에 했나? 결혼한 지는 얼마나 되었나? 어떻게 만났는가? 고난을 극복하고 사랑을 쟁취했는가? 행복한가? 배우자 쪽은 어떤가? 부부 사이는 동등한 편인가? 아니면 나이, 재산, 계급, 학력, 종교 등의 불균형이 존재하는가? 그런 불균형을 극복할 수 있는가, 아니면 그로 인해 갈등을 겪는가? 자주 싸우는가? 공통 관심사가 있다면 무엇인가? 어떤 점에서 의견이 갈리는가? 육아 방식은 서로 다른가? 함께 일하는가? 서로의 삶에서 중요한 역할을 하는가? 각자 다른 집에 사는가? 혼전 합의사항이 있었는가? 한쪽이 혼외정사를 하고 있는가? 그 상대는 누구인가? 얼마나 오래된 관계인가? 배우자도 알고 있는가?

배우자는 대가족 출신인가? 배우자의 식구들과 잘 지내는가? 그들은 그의 삶에 얼마나 중요한 존재인가? 형제자매들은 결혼했는가? 형수나 제수와의 사이는 어떤가? 처남과의 사이는? 형제자매의 결혼으로 가족 관계가 어떻게 바뀌었는가? 조카가 있는가? 조카와는 어떻게 지내는가? 좋은 삼촌인가? 조카들끼리는 가깝게 지내는가?

이제 위의 질문들을 당신 작품 속의 인물에 적용해보자. 당신이 미처 생각지 못했던 세부사항을 추가할 수 있겠는가? 어떤 내용인가?

입양 기관

자녀

당신이 입양 기관 직원이라고 상상해보자. 방금 한 여성이 들어와 아기를 입양하고 싶다고 말했다. 이제 당신은 그녀의 현재 자녀 유무, 생식력, 입양 동기 등을 최대한 자세히 조사해야 한다. 어떤 질문을 하겠는가?

지금 아이가 없다면 앞으로 낳을 계획인가? 불임 판정을 받았는가? 난임 시술을 위해 병원에 오래 다녔지만 소용이 없었는가? 피임 중인가? 영구 피임 수술을 받았는가? 수술받은 것을 후회하는가? 아니면 나이 때문에 출산이 어려울 것을 염려하는가?

지금 아이가 있다면 몇 명이나 되는가? 아이를 몇 명 원하는가? 아니면 이미 원하던 것보다 많은 아이를 가졌는가? 첫 번째 섹스 상대와 아이를 낳았는가? 난임이나 난산을 겪었는가? 임신중절을 한 적이 있는가? 사산 경험은? 아이들은 모두 친자식인가, 아니면 입양아나 의붓자식도 있는가? 그렇게 가진 아이들을 원망하는가?

아이들의 나이는 몇 살인가? 이름은? 친척에게서 따온 이름인가? 아이들과는 얼마나 가까운 사이인가? 아이들 때문에 속상한가, 아니면 뿌듯한가? 아이들에게 경쟁심을 느끼는가? 아이들과 같은 대학에 다녔는가? 아이들이 부모를 얼마나 닮았는가? 자신이 좋은 양육자라고 생각하는가? 아이들 쪽에서도 그렇게 생각하는가? 아이들을 어떻게 대하는가? 학대 성향이 있는가? 아이들을 때린 적이 있는가? 아니면 아이들 쪽에서 부모를 괴롭히는가? 아이들이 부모 말을 잘 듣는가? 본인도 아이들 말을 잘 들어주는가? 아이들을 통해 대리만족을 느끼는가? 아이들을 위해 무엇을 희생했는가? 손주가 있는가? 손주와도 친밀하게 지내는가?

이제 위의 질문들을 당신 작품 속의 인물에 적용해보자. 당신이 미처 생각지 못했던 세부사항을 추가할 수 있겠는가? 어떤 세부사항인가?

당신이 만든 인물에게 자기 분석을 요청한다면 당신의 분석과 불일치하는 사항이 있을까? 그녀는 아이를 때리면서도 스스로 좋은 양육자라고 자부하는가?

고용주

당신은 회사를 경영하며 신입 사원 채용도 담당하고 있다. 최근에 중요한 자리가 비었고, 지금 그 자리의 지원자가 당신 앞에 앉아 있다. 당신 회사의 미래가 그의 기량과 능력에 달려 있을지도 모르지만, 당신은 그에 관해 전혀 아는 바가 없다. 그에게 무엇을 물어보겠는가?

교육

초·중·고등학교, 대학교나 대학원 졸업과 같은 기본 사항 말고도 그가 이런 과정들을 언제 수료했는지 유념하자(스물네 살에 박사 학위를 받았다는 것은 마흔여덟 살에 학사 과정을 마쳤다는 것만큼 의미심장할 수 있다). 그의 문법, 발음, 철자법, 어휘 구사력은 어떤 수준인가? 학교라곤 다닌 적이 없는데도 영리한가, 아니면 예일대학교를 졸업했는데도 어리숙한가? 현재의 학력을 갖추기 위해 얼마나 힘들게 노력했는가? 부모가 학비를 내주었는가, 아니면 아르바이트로 돈을 벌어 대학을 졸업했는가? 그런 경험이 그에게 어떤 의미를 갖는가? 그런 경험 때문에 우월감 혹은 열등감을 느끼거나 그런 태도를 보이는가?

특별한 훈련 경험이 있는가? 1종 대형면허가 있는가? 전기공이나 배관공 수련을 받은 적이 있는가? 지금도 야간대학 같은 성인교육 과정을 밟고 있는가? 꾸준히 자기 주도 학습을 시도하는가? 혼자서 새로운 언어나 어휘 목록을 공부하는가? 책을 많이 읽는가? 독학자 유형인가, 아니면 학습 프로그램이 있어야 하는가? 배우는 것을 좋아하는가, 아니면 공부 자체를 고역스럽게 여기는가?

직장

현재 어떤 직업에 종사하고 있는가? 변호사, 의사, 은행원 같은 전문직인가? 공무원, 판매원, 상점 관리자 같은 사무직이나 서비스직인가? 기계공 같은 육체노동자인가? 피자 배달원 같은 최저임금 노동자인가? 그 일을 얼마나 오래 했는가? 40년 동안 같은 직장에 다닌 것은 한 달에 한 번씩 직장을 바꾸는 것만큼 의미심장할 수 있다. 그의 직업은 출신 배경, 학력, 경력과 어울리는가? 그는 박사 학위가 있는데도 피자를 배달하는가, 혹은 고졸인데도 큰 회사를 경영하는가?

현재 위치에 도달하기 위해 얼마나 열심히(그리고 오래) 일해야 했는가? 부모나 친구의 도움을 받았는가? 부모가 그의 고용주인가? 그는 부모와 같은 분야에서 일하고 있는가? 부모와 직접 경쟁하는 관계인가? 그의 경쟁자는 누구인가? 거래처는?

그는 회사에서 어떤 평판을 얻고 있는가? 게으름뱅이인가? 늦게 출근해서 일찍 퇴근하고 점심시간과 휴가는 최대한 길게 쓰는가? 아니면 의욕적이고 체계적인 사람인가? 상사와는 잘 지내는가? 부하 직원은 어떻게 대하는가? 사업상의 거래에서 항상 정직한가?

일 때문에 기력이 소진된다고 느끼는가? 일자리는 상근인가, 비상근인가? 일중독자인가? 투잡 혹은 스리잡을 뛰는가? 직장에서의 역할이 자신의 주된 정체성이라고 생각하는가? 실업자거나 이직 준비 중인가? 몇 가지 직업에 종사했는가, 아니면 한 번도 일한 적이 없는가? 어째서? 권위에 따르는 것을 참지 못하거나 전과 기록이 있는가? 혹은 일할 필요가 없을 만큼 부유한가?

여성의 경우, 일하고 싶은데 육아 때문에 집에 있어야 하는가? 직장에서 성희롱을 당하고 있거나 그런 경험이 있는가? 과거에 남성의 일이라고 여겨졌던 직업에 종사하는가?(경찰, 소방관, 주식 거래인 등) 여성이라는 이유로 직장에서 덜 존중받는가? 흔히 여성의 일이라고 여겨지는 직업에 종사하는가?(미용사, 교사) 그런 직업 때문에 편견을 경험한 적이 있는가?

현재 직장이 임시직이거나 원했던 분야가 아닐 경우, 그 대신 어떤 직업에 종사하고 싶은가?

당신이 만든 인물에게 자기 분석을 요청한다면 당신의 분석과 불일치하는 지점이 있을까? 그는 하루에 네 시간만 일하면서도 스스로는 고되게 일한다고 생각할까? 직장 동료에게 미움을 받는데도 자신의 평판이 좋다고 착각하는 것은 아닐까?

전과 기록

누군가를 고용하려면 우선 신원을 조사해볼 것이고, 거기에는 간단한 전과 기록 조회도 포함될 것이다. 그는 체포된 적이 있는가? 그렇다면 몇 번이나 체포되었는가? 그런 일이 종종 있는가? 가장 최근에 체포된 것은 언제인가? 유죄 선고를 받았는가? 징역살이를 했는가? 어디서, 얼마 동안? 누가 그의 보석금을 내주었는가? 보석금은 얼마였는가? 폭력 범죄였는가(무장 강도, 폭행, 강간, 살인), 아니면 비폭력적 범죄였는가?(공금 횡령, 컴퓨터 해킹, 절도, 자동차 탈취) 일회성이었는가? 실수였는가? 자포자기해서 저지른 일인가? 아니면 범죄를 즐겼는가? 상습 범죄자인가? 자동차 사고를 일으킨 적이 있는가? 누군가를 다치게 했는가? 교통 위반 범칙금을 여러 차례 물었는가? (십대 시절 가게에서 좀도둑질을 하여 전과범이 된 것과 예전 여자 친구를 폭행해서 전과범이 된 것은 매우 다른 문제다.)

이제 위의 질문들을 당신 작품 속의 인물에 적용해보자. 당신이 미처 생각지 못했던 세부사항을 추가할 수 있겠는가? 어떤 내용인가?

은행원

당신이 하는 일은 담보 대출 승인이다. 당신이 일하는 은행은 과거 상환 연체로 몇 차례나 막대한 손실을 입었고, 그래서 당신은 신규 대출을 승인할 때 최대한 주의하라는 명령을 받았다. 지금 대출 신청자가 당신 앞에 앉아 있다. 어떤 사항을 조사해야 할까?

재정 상태

그의 신용 기록은 어떤가? 전혀 문제가 없는가, 형편없는가? 파산을 선언한 적이 있는가? 채무를 불이행한 적은? 채권자들이 밤낮으로 그의 집에 전화하는가? 과거에도 미납 경험이 있는가? 빚을 갚느라 평생을 보냈는가? 매달 받는 청구서 중 몇 퍼센트가 채무 관련인가?

수입이 얼마나 되는가? 수입이 늘어날 가능성은 있나? 은행 예금은 얼마나 되는가? 투자나 담보는? 대출금은? 부자인가, 가난한가, 그 중간인가? 부자라면 언제부터 그렇게 되었는가? 힘들게 돈을 벌었는가, 아니면 유산을 물려받았는가? 평생 가난하게 살아왔는가? 부자가 될 희망이 조금이라도 있나? 과거엔 부유했다면 어쩌다 돈을 잃었는가? 도박꾼인가?(주식, 경마, 카지노 등) 쇼핑 중독자인가?(고급 자동차, 전자제품, 의류) 신용카드에 문제가 있는가? 학자금 대출이 쌓여 있는가? 다른 사람을 부양하고 있나? 아니면 다른 사람에게 얹혀사는가? 돈을 훔친 적이 있나? 그에게 돈은 얼마나 중요한가? 그는 돈 때문에 항상 불안한 상태인가, 아니면 돈에 거의 구애받지 않는가?

유복한 가정에서 자랐는가? 어떤 지역 출신인가? 극빈층(빈민가), 노동 계층(광산촌이나 어촌), 중산층(교외), 중상류층이나 상류층(부촌)? 계급이 그의 정체성에 어떤 영향을 미쳤는가? 그는 부자를 미워하거나 가난한 사람을 경멸하는가? 돈과 돈을 가진 사람들에 관한 그의 속내는 어떤가?

재산

그의 주요 재산 목록을 만들어보자. 귀중품이 있는가? 보석은? 미술품은? 동전이나 우표, 희귀본은? 수집품은? 고급 가구는? 전자제품은? 음반이나 악기는? 도자기, 은 식기는? 식물은? 목록이 긴가, 짧은가? 가장 큰 부분을 차지하는 것은 어떤 물건인가? 그 사실이 그의 어떤 면모를 알려주는가?

그는 이 물건들을 언제부터 소유해왔는가? 태어났을 때부터 계속? 대대로 물려받은 것인가, 아니면 바로 지난주에 사들인 것인가? 훔친 물건들인가? 빌리거나 할부로 구입했나? 그는 자신의 재산을 얼마나 소중하게 여기는가? 관리를 잘하는가, 아니면 대충 굴려서 잃어버리기도 하는가? 그의 재산은 그의 삶에서 어떤 역할을 하는가? 그 자신과도 같은 존재인가, 아니면 남에게 쉽게 양도되는가? (뒤에 나오는 '지리: 주거' 항목도 참고하자.)

탈것은 어떤가? 그는 자동차, 트럭, 혹은 오토바이를 갖고 있는가? 샀는가, 빌리거나 할부로 구입했는가, 아니면 훔쳤는가? 몇 년 된 물건인가? 언제부터 갖고 있었는가? 얼마나 자주 신품을 구입하는가? 어떻게 관리하는가? 운전은 잘하는가? 주말마다 차에 광택을 내는가, 아니면 십년간 한 번도 세차를 안 했는가? 그의 삶에서 차는 얼마나 중요한가? 그는 차를 자신과 동일시하는가?

이제 위의 질문들을 당신 작품 속의 인물에 적용해보자. 당신이 미처 생각지 못했던 세부사항을 추가할 수 있겠는가? 어떤 내용인가?

당신이 만든 인물에게 자기 분석을 요청한다면 당신의 분석과 불일치하는 지점이 있을까? 그는 십 원까지 일일이 헤아리면서도 자신에게 돈은 중요하지 않다고 주장하는가? 베벌리힐스에서 자랐는데도 소박한 환경에서 살았다고 자부하지는 않는가?

결혼 상담사

당신이 전국 최고의 결혼 상담회사에서 일한다고 상상해보자. 의뢰인들은 세계에서도 가장 부유하고 우수한 사람들이다. 그들은 스스로 배우자를 찾기엔 너무 바쁘기 때문에 일생일대의 선택을 당신에게 전적으로 일임했다. 당신은 면접자에게 무엇을 물어보겠는가?

연애사

결혼한 적이 있는가? 약혼은? 그랬다면 지금은 별거나 이혼, 사별한 상태인가? 그런 경험을 한 것은 몇 살 때였는가? (열여덟 살에 이혼 경험이 있다는 것은 예순 살까지 독신인 것만큼 의미심장한 사항이다.) 지금까지 진지한 연애를 몇 번이나 해보았는가? 가볍게 스쳐간 관계는? 과거 연인들과의 만남이 그녀의 삶에 얼마나 큰 영향을 미쳤는가? 혹은 지금까지도 미치고 있는가? 여전히 전 남자 친구를 잊지 못하는가? 전남편에게 스토킹을 당한 적이 있는가? 지금도 매주 한 번씩 아이들을 만나러 오는 전남편과 마주쳐야 하는가? 얼마나 자주 사랑에 빠지는가? 한 달에 한 번 새로운 연인을 사귀는가, 아니면 오 년에 한 번? 먼저 헤어지자고 말하는 편인가? 어떤 경로로 이성을 만나는가? 술집에서 시간을 보내는가? 잡지에 광고를 내는가? 독신 생활을 즐기는가, 아니면 연애는 인생에 꼭 필요하다고 생각하는가? 배우자에게 바라는 점이 있다면 무엇인가?

당신이 만든 인물에게 자기 분석을 요청한다면 당신의 분석과 불일치하는 지점이 있을까? 그녀는 일 년에 스무 명씩 남자 친구를 사귀면서도 자신이 좀처럼 사랑에 빠지지 않는다고 생각하는가?

부동산 중개인

당신이 잘나가는 부동산 중개인이라고 생각해보자. 한 여성이 와서 완벽한 집을 찾을 수 있게 도와달라고 간청한다. 그녀는 어느 동네에서 살고 싶은지 전혀 생각한 바가 없으며 당신도 그녀에 관해 전혀 모른다. 무엇을 물어보아야 할까?

지리: 주거

지금 그녀가 사는 곳은 어디인가? 단독주택, 아파트, 트레일러, 이동주택, 보트, 텐트? 그곳은 그녀의 소유물인가, 혹은 임대한 것인가? 아니면 그녀는 불법 점거자거나 친구 집에 얹혀살거나 노숙자인가? 지금 사는 곳에서 얼마나 오래 지냈는가? (한 장소에서 50년을 살았다는 것은 매주 이사를 다니는 것만큼 의미심장한 일이다.) 그녀는 집 구석구석을 꼼꼼히 관리하는 살림꾼인가, 아니면 엉망으로 방치하는 게으름뱅이인가? 인테리어는 간소한가, 아니면 잡동사니로 가득한가? 전에는 어떤 곳에서 살았는가? 그때보다 주거 상태가 더 나아졌는가, 아니면 더 나빠졌는가? 동거인이 있다면 어떤 사람인가? 단순한 룸메이트인가, 아니면 형제자매, 연인, 부모, 친구? 같은 건물에 사는 이웃이 있는가? 같은 동네에는? 귀찮고 신경 쓰이는 사람들인가? 이웃 사람이 소란스럽거나 그녀를 흘끔흘끔 엿보는가? 그녀 자신도 소란스러운 편인가? 계약 사항을 잘 지키는가? 세간을 망가뜨리는가? 원하는 주거 조건이 있다면?

한 사람의 집을 둘러보면 그의 다양한 면모를 알게 된다. 가구, 장서, 음반, 미술품 등을 잘 살펴보자. 어떤 것들이 있는가? 책 제목이나 음반 종류만 훑어봐도 많은 것을 파악할 수 있다. 가구는 조잡한 싸구려인가, 아니면 디자이너 브랜드인가? 집에 식물이 있는가? 그림은? 집 안에서 온기와 인기척이 느껴지는가, 아니면 냉기가 돌고 휑하고 황량한가? 전 재산이 가방 하나뿐이고 수도원에서 산다는 것은 온갖 물건이 가득한 대저택에서 사는 것만큼 의미심장할 수 있다. (앞서 나온 '재산' 항목도 참조하자.)

그녀는 전반적으로 집에 있는 것을 좋아하는 성격인가? 좀처럼 밖에 나가지 않는 편인가, 아니면 외출을 즐기는 편인가? 실내에 있으면 답답하다며 하루 종일 정원에서 시간을 보내고 집 안에는 거의 들어가지 않는가?

지리: 위치

그녀는 어느 나라에 사는가? 지역은? 도시는? 거리명은? 주소는? 전망 좋은 집에 사는가? 동네 분위기는 어떤가? 부유한가, 가난한가? 위험한가, 안전한가? 그녀는 지금 사는 곳에서 자랐는가? 아니면 근처에서? (태어난 고향에서 산다는 것은 고향에서 최대한 멀리 떠나온 것만큼 의미심장할 수 있다.) 그녀는 여행을 좋아하는가? 바다나 산, 숲, 언덕 근처에서 사는가? 그곳 기후는 어떤가? 왜 그곳에 살기를 택했는가? 새로운 생활을 원했나? 그곳에 계속 머무는 이유는?(가족, 직장, 친구)

그녀는 전반적으로 도시인 유형인가? 자연 애호가, 아니면 여행가? 항상 이동 중인가? 전 세계 여러 국가를 돌아보았거나 한 번에 몇 년씩 긴 항해를 떠나는가? 아니면 단 한 번도 고향을 떠난 적이 없는 사람인가?

반려동물

반려동물을 키울 수 없는 주거지도 있다. 따라서 반려동물은 인간의 삶에서 그렇듯 부동산을 구할 때도 중요한 요소가 될 수 있다. 그녀는 개를 키우는가? 견종은 무엇인가? (로트와일러를 키운다는 것은 푸들을 키우는 것만큼 의미심장한 일이다.) 몇 마리나? 몇 년이나 키웠는가? 그녀는 개를 잘 돌보는가? 개는 그녀의 인생에서 얼마나 중요한 존재인가?(개와 함께 자고 삼시세끼 근사한 요리를 만들어 먹이며 심리치료도 받게 한다는 것은 기분 나쁠 때마다 개를 걷어차는 것만큼 의미심장할 수 있다.) 아니면 그녀는 다른 동물을 키우는가? 고양이? 물고기? 뱀? 햄스터? 생쥐? 구관조? 어떤 동물이든 그녀의 특정한 면모를 암시할 수 있다. 그녀는 반려동물을 키우고 싶지만 그럴 수 없는 형편인가? 어째서? 건물 환경 때문에? 알레르기가 있어서? 아니면 남자 친구에게 알레르기가 있어서? 반려동물이 그녀 주변 사람들을 괴롭히는가? 그녀가 그 사실을 은근히 즐기는가?

이제 위의 질문들을 당신 작품 속의 인물에 적용해보자. 당신이 미처 생각지 못했던 세부사항을 추가할 수 있겠는가? 어떤 세부사항인가?

당신이 만든 인물에게 자기 분석을 요청한다면 당신의 분석과 불일치하는 지점이 있을까? 그녀는 집 안을 엉망으로 해놓고서도 자신이 깔끔하고 단정하다고 생각할까? 새벽 두 시에 라디오를 크게 틀면서도 스스로 이상적인 이웃이라고 여길까? 개를 일주일에 딱 한 번 산책시키면서도 헌신적인 견주라고 자부할까?

등장인물의 외적 특성에서 플롯의 핵심으로

이 모든 질문들의 목적은 당신이 만든 인물을 지금까지 생각해본 적 없던 방식으로 생각하게 하려는 것이었다. 단 하나라도 새로운 사항을 떠올릴 수 있었다면 충분히 가치 있는 과정이 된 셈이다. 하지만 이 질문들은 다른 면에서도 유익하다. 이 책은 플롯에 관한 것이니, 지금부터는 이런 세부사항을 하나하나 살펴보면서 실제로 지극히 사소한 특성도 플롯에 영향을 미칠 수 있으며 심지어 가끔은 플롯을 결정하기까지 한다는 것을 확인해보겠다. 궁극적으로 당신은 플롯의 아이디어가 등장인물에서 나올 수 있다는 점을 깨닫게 될 것이다.

이 연습은 이 책을 통틀어서 가장 야심차고 시간이 많이 걸리는 부분일 것이다. 인물의 특성을 하나하나 살피면서 자문해보자. 이 점이 플롯에 어떤 영향을 미칠 수 있을까? 어떻게 하면 이 한 가지 특성에 기반을 두고 하나의 이야기를 쓸 수 있을까? 예를 들어보자.

외모

외모가 플롯에 어떤 영향을 미칠 수 있을까? 그녀는 비만인가?(〈길버트 그레이프〉) 그는 기형인가?(〈노틀담의 꼽추〉, 〈나의 왼발〉) 젠더 문제는 어떤가? 그녀는 남성들의 세계에 진입하기 위해 싸우는 여성인가?(〈셰익스피어 인 러브〉) 그는 여성적인가? 그녀는 남성적인가?(〈지. 아이. 제인〉) 그/녀는 자신의 성정체성을 확신하지 못하는가?(〈소년은 울지 않는다〉, 〈플로리스Flawless〉)

나이

특정한 나이에 겪게 되는 사건이나 고민은 어떤 것일까? 젖니가 빠졌거나 베이비시터와 타협하는 여섯 살(〈나 홀로 집에〉), 중학교에 입학하게 된 열두 살, 유대교 성인식을 치르는 열세 살, 꽃다운 나이의 생일을 축하하려는 열여섯 살(〈아직은 사랑을 몰라요〉), 졸업파티와 대학교로 떠나갈 생각에 조바심 내는 열여덟, 대학 졸업과 취직 문제로 고민하는 스물두 살, 결혼하라는 압박에 시달리는 스물여섯 살, 첫아이를 낳게 된 서른두 살, 중년의 위기를 겪는 마흔여덟 살, 퇴직의 고비에 부딪힌 예순다섯 살, 요양원 생활에 적응해야 하는 여든다섯 살(〈코쿤Cocoon〉)······. 이 모두가 그 자체로 하나의 이야기를 이룰 수 있다. 아니면 거꾸로 정상성을 벗어난 이야기를 만드는 것도 가능하다. 마흔의 퇴직자나 아흔의 노동자 이야기는 어떨까? 열아홉에 대학을 졸업한 청소년은? 마흔한 살에 학위를 딴 사람은?

건강 상태

건강 상태가 플롯에 어떤 영향을 미칠 수 있을까? 그는 치명적 바이러스에 감염되었는가?(〈아웃브레이크〉) 한창 나이에 병으로 요절했는가?(〈뜨거운 우정Brian's Song〉) 살날이 얼마 남지 않았다는 통보를 받았는가?(〈블레이드 러너〉) 죽어가는 사람을 돌봐주어야 하는가?(〈아버지의 노래 I Never Sang For My Father〉)

가족

가족 관계가 플롯에 어떤 영향을 미칠 수 있을까? 그녀는 남자 친구를 부모에게 소개해야 할 상황인가?(〈미트 페어런츠〉) 딸은 집안의 전통에 따라 결혼해야 하는가?(〈지붕 위의 바이올린〉) 아들은 가업을 계승해야만 하는가?(〈대부〉) 서로 다른 부모에게서 태어난 아이들이 한집에서 살아가는 법을 배워야 하는가?(〈브래디 번치〉)

교육

교육이 플롯에 어떤 영향을 미칠 수 있을까? 마흔에 학사 과정을 수료하러 다시 대학에 간다면?(〈백 투 스쿨Back to School〉) 한 학기 동안 교환학생으로 외국에서 공부하게 된다면?(〈옥스퍼드 블루스Oxford Bluse〉) 그가 학급을 단합시키려고 애쓰는 담임교사라면?(〈고독한 스승Lean On Me〉)

고용

고용과 직업이 플롯에 어떤 영향을 미칠 수 있을까? 그가 새로운 직종을 모색하는 중이라면? 취직한 회사가 알고 보니 부정한 곳이었다면?(〈야망의 함정〉) 그녀가 일을 위해 사는 여성이라면?(〈네트워크〉)

전과 기록

전과 기록 혹은 그것이 생긴 경위가 플롯에 어떤 영향을 미칠 수 있을까? 그는 자포자기 상태에서 범죄를 저질렀는가?(『이방인』) 범인이 아닌데도 체포되었는가?(〈누명An Innocent Man〉) 교도소에서 복역했는가?(〈쇼생크 탈출〉) 교도소 생활로 인해 사고방식이 변했는가?(〈아메리칸 히스토리 X〉)

재정

재정 상태가 플롯에 어떤 영향을 미칠 수 있을까? 가난한 사람이 백만 달러를 얻는다면 무엇을 할까? 부자가 가진 것을 전부 잃는다면 어떤 반응을 보일까?(〈대역전〉) 그는 절박한 경제 사정 때문에 무모한 짓을 저질렀는가? 은행털이(〈뜨거운 오후Dog Day Afternoon〉)나 보석상 강도(〈출옥자 Straight Time〉)가 되었는가?

연애

애정 관계가 플롯에 어떤 영향을 미칠 수 있을까? 그녀는 전남편에게 복수하기를 원하는가?(〈조강지처 클럽〉) 그는 어린 여자아이에게 끌리는가?(『롤리타』) 그녀는 그에게 첫눈에 반했는가?(〈키스의 전주곡〉) 그녀가 새로운 인생을 꿈꾸고 있다면?(〈귀여운 여인〉) 그가 소심한 독신남이라면?(〈내 남자 친구의 결혼식〉)

지리: 주거

주거지가 플롯에 어떤 영향을 미칠 수 있을까?(『보바리 부인』, 『굿바이 콜럼버스』) 그는 성에 사는가?(〈드라큘라〉) 그녀는 귀신 들린 집에 사는가?(〈폴터가이스트〉) 그는 강제 감금당한 상태인가?(〈미저리〉, 『다락방의 꽃들』) 사건의 배경이 호텔인가?(〈샤이닝〉)

지리: 위치

공간적 배경이 플롯에 어떤 영향을 미칠 수 있을까?(〈조이 럭 클럽〉) 이야기 전체가 교외 중산층 주택가를 무대로 하며 그 영향을 받았는가?(〈아메리칸 뷰티〉) 전형적인 중산층 가정 이야기에 역행하는 내용인가?(〈스텝포드 와이프〉) 고립된 오지에서 펼쳐지는 이야기인가?(〈파고〉, 〈괴물 The Thing〉) 아니면 과밀한 도시 공간에서?(〈소일렌트 그린〉)

반려동물

반려동물이 플롯에 어떤 영향을 미칠 수 있을까?(〈워킹 앤드 토킹Walking And Talking〉) 동물이 구원자, 친구, 보호자 역할을 하는가?(〈래시〉) 아니면 골칫거리인가?(〈메리에겐 뭔가 특별한 것이 있다〉) 위험한 존재인가?(〈쿠조Cujo〉) 이야기 전체의 화자 역할을 하는가?(〈캐츠 아이Cat's Eye〉)

재산

재산이 플롯에 어떤 영향을 미칠 수 있을까?(〈쇼핑걸Shop Girl〉) 플롯이 하나의 미술품을 둘러싸고 전개되는가?(〈미스터 빈〉) 아니면 보석?(〈스내치〉) 자동차가 핵심적인 역할을 하는가?(〈델마와 루이스〉)

인물 묘사: 내면

나는 벼랑 끝에 서보지 않은 사람의 이야기는
쓰지 않을 것이다.

스탠리 엘킨

회사가 구직 희망자에게 물어볼 수 있는 것은 한정적이다. 구직자의 성적 취향이나 신앙을 캐묻는다면 고소를 당할 수도 있다. 더 나아가 그가 두려워하는 것이나 강박을 파고들려 한다면 미쳤느냐는 말을 들을 것이다. 누구나 잘 알고 있듯이, 개인의 외면적 정보 이상을 알아내려는 것은 사생활을 침해하는 행위다.

역설적인 점은, 누구나 책을 펼치면 거기 등장하는 인물들의 내면을 알고 싶어한다는 것이다.

회사와 달리 작가에게는 한계가 없다. 당신은 자신이 만든 인물의 마음속 심연까지 훤히 꿰뚫고 있다. 그 심연을 파헤치는 것이 당신의 임무다. 하지만 유감스럽게도 실제로는 그러지 못하는 작가들이 많다. 이들은 인물을 피상적으로 묘사하거나 단지 이야기를 풀어내는 도구로 활용하기 일쑤다. 이런 경우 인물 묘사는 단순한 외모 설명에서 거의 벗어나지 못하며, 그들의 대화나 행동은 당장 눈앞에 펼쳐지는 장면에 편리하게 사용될 뿐이다.

반면 잘 다듬어진 인물은 고유의 생명력이 넘치며, 심지어 당신이 구상한 플롯을 뒤엎기도 한다. 일단 살아 숨 쉬는 인간이 되면 그들은 진짜 인간처럼 변덕스럽고 예측 불가능하게 행동하기 시작한다.

이쯤 되면 당신은 인물이 이야기에 영향을 미치거나 심지어 이야기를 결정하는 아찔한 영역에 들어선다. 당신이 마음을 열고 진실한 태도로 대한다면 그들은 어느새 주도권을 쥐고 장면마다 어떤 사건이 진행되어야 하는지 당신에게 알려줄 것이다. 당신은 애초에 구상한 플롯의 상당 부분을 포기해야 할 수도 있다. 적어도 작가로서의 자의식을 포기해야 한다는 것은 분명하다. 하지만 이 모든 것이 조금이라도 가능해지려면 일단 당신이 만든 인물의 내면을 구석구석 명확하게 파악하고 있어야 한다.

점성술에 따르면 우리의 성격은 태어나기 전에 이미 결정된다고 한다. 이 장에서 우리가 알아내려는 것은 당신이 만든 인물이 무슨 일을 하는지, 어디에 사는지, 어느 곳의 학교를 다녔는지 같은 표면적 세부사항이 아니라 그가 어떤 인간인가 하는 점이다. 오늘날 사회에서는 좀처럼 제기되지 않는 질문이다. 다음 질문들을 심사숙고해보자.

선천적 능력

한 사람의 인생은 그가 지니고 태어난 천부적 능력(혹은 무능력)에 좌우될 수 있다. 그가 평생 동안 자신의 능력을 받아들이려고 노력하든 아니면 그로부터 벗어나려 애쓰든, 능력의 존재에는 변함이 없는 것이다. 모차르트나 미켈란젤로의 인생은 그들의 선천적 능력에 따라 결정되었다. 어떤 사람의 아이큐가 82 혹은 250이라는 것은 결코 무시할 수 없는 특성이다. 그가 초능력자거나 난독증, 색맹, 주의력결핍장애를 겪는다면 이 역시 중요할 수 있다. 그는 지적인가? 눈치가 빠른가? 아니면 아둔하고 이해력이 떨어지는가? 올림픽에 나갈 만큼 빠르게 달릴 수 있는가? 공을

200미터 떨어진 곳까지 던질 수 있는가? 아름다운 목소리로 노래하는가? 속독 능력이 있는가? 곡예사 혹은 거장 피아니스트인가?(〈샤인〉)

종교

종교는 오늘날 사회에서 좀처럼 수면 위로 나오지 않는 화제지만, 어디 한 번 결혼할 사람이 생겼다고 부모님께 말해보라. 곧바로 그 사람의 종교가 무엇이냐는 질문을 받게 될 것이다. 일요일 아침에 거리를 걷다보면 문 닫은 가게가 많다는 사실을 확인할 수 있다. 12월에 백화점을 방문한다면 곧바로 크리스마스캐럴에 포위당할 것이다. 우리가 인정하든 안 하든 종교는 우리 사회의 본질적 요소이며 개인의 형성에 있어서도 그러하다.

사실 종교는 한 인간의 삶에서 엄청나게 중요한 부분일 수 있지만 전혀 존재감이 없을 수도 있으며, 어느 쪽이든 의미심장한 장치가 될 수 있다. 당신이 만든 인물은 가톨릭교도인가? 유대교 신자인가? 신교도인가? 무슬림? 불교 신자? 모르몬교도? 하레 크리슈나? 독실한 신자인가? 얼마나 독실한가? 안식일을 지키는가? 돼지고기를 먹지 않는가? 십자가 목걸이를 착용하고 매일 고해성사에 참여하는가? 라마단에 금식을 하는가? 종교는 그의 삶에서 얼마나 중요한가? 그는 자신의 가족과 비교하면 얼마나 독실한가? 그가 비종교적인 가정에서 자랐는데도 독실하다면 이는 의미심장한 일이다. 거꾸로 그의 가족은 독실한 반면 그 자신은 비종교적인 경우도 마찬가지다. 그는 냉담한 신자인가? 아니면 자신의 종교를 좀 더 알고 싶어하거나 종교적 각성 직전에 있는가? 아니면 종교를 버리려고 하는가? 종교적 죄의식을 갖고 사는가? 그는 자기 아이들을 어떻게 키울 것인가? 그녀는 자기 아이들을 어떻게 키우길 원하는가? 그로 인한 갈등은 없는가?

영성

인간은 자신이 믿는 종교 의례를 충실히 따르면서도 마음속으로는 신을 믿지 않을 수도 있다. 당신이 만든 인물은 신과 어떤 관계에 있는가? 그는 신을 믿는가? 얼마나 굳게 믿는가? 신에 관해 얼마나 많이 생각해보았는가? 그가 신을 믿었던 순간이 있는가?(죽음 직전이나 깊은 환희를 느꼈을 때) 혹은 그가 신앙을 잃어버린 순간이 있는가?(거대한 악이나 비극 앞에서) 무엇이 그런 순간을 촉발했거나 촉발할 것인가? 그는 신을 굳게 믿지만 그에 따른 종교의식은 믿지 않는가? 무신론자 혹은 불가지론자인가? 아니면 최근의 뉴에이지 유행을 신봉하는가? 유감스럽게도 종교적 고뇌와 독실함은 정비례하기 쉬우며, 단독으로 영성에 이른 사람이라면 더 그렇게 마련이다. 그의 신앙이 깊어진 것은 언제였는가? 동기는 무엇이었는가? 죽음? 퇴직?

정체성

인간은 삶의 다양한 지점에서 다양한 역할을 수행한다. 부모, 자식, 배우자, 학생, 고용인……. 이 모두는 결국 하나의 역할일 뿐이지만, 개인의 정체성은 종종 그 역할에 휘말리곤 한다. 우리는 특히 직업적 경력을 자기 자신과 동일시하는 경향이 있다. 더구나 경찰이나 성직자라면 직업을 자기 정체성과 완전히 일체화할 수도 있다.

사람들은 종종 자신의 직업에 관해 불평하지만, 왜 새로운 직업을 찾아보지 않느냐는 질문을 받으면 "내가 달리 무슨 일을 하겠어?"라고 대답한다. 그리고 다른 일을 찾는 위험을 감수할 수 없는 이유를 죽 늘어놓는다. 배우자, 아이들, 집, 담보 대출, 자동차 할부금……. 하지만 깊이 들여다보면 사실은 정반대인 듯하다. 우리는 직업을 바꿀 생각을 하지 않기 위해 마음 한구석에 일부러 그런 책임들을 그러모으는 것이다. 온갖 가능성들을 숙고하려면 엄청난 기력이 소모되며, 우리 앞에 놓인 선택지는 그야말로 어마어마하다. 어떤 지점을 지나면 과연 우리가 선택한 길이 최선이었는지보다 이미 선택을 내렸다는 사실이 더 중요해진다. 이전에 느끼던 실존적 불안은 약화되고, 우리는 자신감 있게 앞으로 나아가며 하나의 목표에 기력을 쏟아붓는다. 이런 자신감은 대략 사오십 대에 이른 사람에게서 발견할 수 있다. 그런 자신감을 갖기 위해서 그는 무엇을 희생했을까?

신념

신념은 개인의 본질적 특성이 될 수 있다. 실제로 자신의 신념을 위해 목숨을 바치는 사람도 있으니 말이다. 그는 편협한 종교인인가? 스킨헤드인가? KKK 모임에 참석하는가? 아니면 인종주의적 가정에서 성장한 백인 남성임에도 흑인 여성과 결혼했는가? 광신적 종교집단에 세뇌되었는가? 그녀는 열대 우림을 지키기 위해 나무에 몸을 묶고 저항했는가? 그는 주말마다 동성애자들을 욕하는가?

　신념 자체만큼이나 중요한 것은 신념의 **원천**이다. 그의 신념은 어느 정도가 스스로의 사고에서 나온 것이며 어느 정도가 부모, 교사, 형제자매, 친구, 책이나 영화, 지리적 위치, 재정 상태에 기인한 것인가? 그의 자아는 이런 영향력에 저항할 만큼 강인했는가? 그가 외부의 영향을 받은 것은 몇 살 때였는가? (예를 들어 히틀러가 반유대주의자로 변한 것은 이십대 초반에 당시 만연했던 반유대주의적 책자와 연설자들에게 경도되면서부터다.)

프로그램

프로그램이란 가지고 있는지조차 모르지만 인물의 무의식 속에 잠재되어 있는 일종의 신념을 말한다. 예를 들어 대공황 시대에 성장한 사람은 여생 동안 돈이 빠듯하다는 위기의식을 느끼며 살아갈 수도 있다. 어린 시절 내내 부모에게 멍청하다는 말을 들으며 자랐다면 무의식중에 자신이 정말로 멍청이라고 생각할지도 모른다. 어떤 경험이 깊고 끈질긴 정신적 외상으로 남는다면 여생 동안 계속 그 경험을 되풀이하게 될 수 있다. 학대받으며 자란 아이가 어른이 되어서도 가학적인 배우자를 선택하는 경우처럼 말이다. 당신이 만든 인물의 삶에서 꾸준히 반복되는 주제나 프로그래밍되어 있는 신념은 무엇인가? 그는 항상 돈이 궁한가? 항상 변덕스러운 인간관계를 맺는가?

마찬가지로, 그의 자존감은 어떠한가? 왜 그는 세상 모든 돈과 최고경영자 자리와 멋진 연인과 대저택을 갖지 못하는가? 그는 정말로 자신이 이 모든 것을 누릴 자격이 있다고 느끼는가? 아니라면 어떤 프로그램이 그를 가로막고 있는가?

윤리

당신이 만든 인물은 얼마나 윤리적인가? 그는 기꺼이 이력서를 날조할 사람인가? 계산서에 빠진 항목이 있다면 바로 종업원에게 알려줄 사람인가? 계산원이 1달러 대신 10달러 지폐를 거슬러주었다면 그렇게 말할 사람인가? 어두컴컴한 영화관에서 지갑을 발견했다면 관리자에게 가져다줄 사람인가? 아니면 손에 들어온 액수에 따라 윤리관이 바뀔 수도 있는가? 그는 얼마나 원칙적인 성격이며 그의 윤리적 한계는 무엇인가? 그가 비윤리적인 사람이라면 스스로도 그 점을 인식하고 있는가? 아니면 비윤리적인 사람이 대부분 그렇듯 궤변을 늘어놓으며 자신의 행동에는 문제가 없다고 자위하는가? 윤리(와 그 오남용)는 여러 작품의 핵심이며, 플롯은 흔히 인물이 윤리적 한계에 이르는 순간을 중심으로 전개된다. 〈대부〉를 예로 들면 마이클 코를레오네는 처음엔 가업에 관여하지 않으려 하지만 윤리적·도덕적 대장정을 거친 끝에 가업과 한 몸이 되어 마침내 자신의 형까지 죽인다. 마이클이 가업에 참여하게 된 것은 아버지를 보호한다는 순수한 동기에서였지만, 점점 더 깊이 연루되면서 그는 자신의 가족을 지킬 것이냐, 아니면 남의 가족을 죽일 것이냐 하는 윤리적 딜레마에 처한다. 어떤 면에서 〈대부〉는 마이클이 자신의 윤리적 한계에 이르는 이야기다. 〈월스트리트〉에 나오는 아들은 점점 더 큰 권력과 재산에 접근하지만 그만큼 그의 윤리관도 시험에 처하고, 결국 그는 경제적 이익을 위해 자기 아버지의 회사를 무너뜨리게 된다. 〈보일러 룸〉도 비슷한 주제를 둘러싸고 펼쳐지는 내용이다.

성

1장에서는 결혼, 이혼, 배우자와 파트너 등 당신이 만든 인물의 외적 연애사를 훑어보았다. 더 나아가서 작가 자신만이 알 수 있는 인물의 마음속 심연을 들여다보려면 그의 모든 면모를 파악하고 있어야 한다. 그의 성적 취향은 어떤가? 그녀는 침대에서 격렬한가? 그는 성불능인가? 서른다섯 살에도 동정인가, 아니면 열다섯 살에 이미 다섯 명과 잠자리를 가졌는가? 그는 신중한가, 아니면 자유연애를 신봉하는가? 당신이 만든 인물의 첫 경험은 어땠는가? 좋은 경험이었는가, 나쁜 경험이었는가? 그는 자라면서 어떤 성 관념을 갖게 되었는가? 성에 관해 제대로 대화해본 적은 있는가? 동성애자 부모 슬하에서 자랐는가? 학대를 받았는가? 그가 매력을 느끼고 연애를 했던 상대는 어떤 사람들인가? 이를 통해 그의 어떤 점을 알 수 있는가? 그의 선택은 부모의 선택과 어떤 면에서 비슷한가? 그는 성병에 걸렸는가? 성병은 그의 삶에 어떤 영향을 미쳤는가? 그는 하루에도 다섯 번씩 섹스를 하고 싶어하는가, 혹은 한 달에 한 번이면 충분한가? 그녀는 피임에 신경 쓰는가? 그는 피임에 무관심한가? 사도마조히즘 섹스를 즐기는가? 포르노 가게나 스트립쇼의 단골인가? 아니면 섹스라는 말조차 입에 담지 않으려 하는가? 그는 배우자에게 무엇을 원하는가? 그가 연애 상대를 찾는 구인광고를 낸다면 무슨 내용을 적을까?

동기

무엇이 그를 움직이는가? 그의 숨겨진 바람은 무엇인가? 꿈은? 목표는? 그는 무엇을 열망하는가? 무엇이 그를 방해하는가? 우리는 대부분 특정한 목표를 선택하고 정진하기보다 어쩌다 다다른 자리에서 좀 더 잘해보려고 애쓴다. 예를 들어 대학 졸업생이 광고 회사에서 일자리를 구하면 일단 환경에 적응한 뒤에는 회사 내부에서 승진하는 데 집중하게 된다. 그가 더 거대한 목표를 얼마나 빠르게 잃어버리는지 살펴보면 놀라울 정도다(애초에 그 목표가 확고한 것이 아니었다면 더욱 그렇다). 하지만 그에게 상황을 되돌릴 기회가 주어진다면, 그의 목표는 무엇이 될까?

그의 원동력은 무엇인가? 돈? 인정받는 것? 권력? 불안정한 상태에 대한 두려움? 가족을 부양해야 한다는 의무? 지금 그를 가로막는 장애물이 무엇인지 찾아본다면 그가 무슨 생각을 하며 시간을 보내는지 알 수 있다. 아무리 사소한 것이라도 좋다. 어린아이라면 자기 마음대로 행동하지 못하게 하는 부모에 관해 생각할 것이다. 고용인이라면 상사나 혹은 무엇이든 그의 승진을 방해하는 존재에 관해 생각할 것이다. 그것은 예를 들면 낮은 학력과 같은 추상적 요소일 수도 있다.

우정

많은 사람에게 친구는 인생을 좌우하는 존재일 수 있다. 예를 들어 경찰관이나 소방관, 군인은 여가 시간도 대부분 동료들과 보내게 된다. 당신이 만든 인물은 누구와 함께 시간을 보내겠는가? 직장 동료, 아니면 대학교나 고등학교 시절 단짝? 그의 친구들은 어떤 사람인가? 천박하고 오만하고 무심한가? 그에게 악영향을 미치는가? 아니면 성공했거나 성취욕이 과한 편인가? 모두 유명 인사인가? 모두 독신인가? 아니면 다들 스무 살에 결혼했는가? 그녀보다 부유한가, 가난한가? 그녀보다 예쁜가, 못났는가? 그녀보다 학력이 높은가? 낮은가? 이를 통해 그녀의 어떤 점을 알 수 있는가?

그는 친구가 적은가, 많은가? 내향적인 외톨이인가, 아니면 외향적이고 사교적인가? 시내에 나가면 모든 사람과 인사하는 사이인가? 파티에서 만난 모든 손님에게 말을 거는가?

화제

어떤 사람이 무엇을 화제로 택하는지 살펴보기만 해도 그에 관해 많은 것을 알 수 있다. 그는 지역에서 일어난 살인 사건 이야기를 꺼내면서 단순히 그날 뉴스에서 들은 내용을 되풀이한 것뿐이라고 말할 수도 있겠지만, 그가 굳이 잔혹한 화제를 선택했다는 사실에는 변함이 없다. 더욱 의미심장한 점은 한 사람과 충분히 오랜 시간을 보내면 그가 꾸준히 반복적으로 고르는 화제가 있음을 깨닫게 된다는 것이다. 사람들은 종종 똑같은 주제를 거듭해서 이야기한다. 그것은 돈, 부동산, 죽음, 결혼, 육아일 수도 있으며 농담, 부고, 최신 기술, 13세기 역사, 패션이나 제물낚시나 주식 시장일 수도 있다. 대화는 그 사람의 마음속에 있는 생각을 비쳐 보여준다. 인물들은 우리가 해야 할 일을 대신해주고 있는 것이다. 우리가 잘 듣기만 하면 그들은 알아서 자신의 속을 드러내 보인다. 문제는 우리가 귀를 기울이지 않는다는 것이다.

자의식
그는 남들이 자신을 어떻게 생각하는지 신경 쓰는가? 자신의 단점을 의식하고 있는가? 자신의 장점은? 더 나은 사람이 되려고 노력하는가? 정신과 의사와 상담하거나 명상을 하거나 뉴에이지 수련을 시도하는가? 그는 자신이 틀렸음을 인정할 수 있는가? 아니면 자기가 만든 세상에 살면서 현실과는 완전히 단절되어 있는가? 모두가 그를 괴물로 여기는데도 친절한 사람이라고 자처하는가? 모두가 그를 멍청하고 뻔한 사람이라 생각하는데도 자신을 영리하고 섬세하다 자부하는가?

가치관
당신이 만든 인물의 삶에서 우선사항은 무엇인가? 신? 가족? 일? 사랑? 권력? 윤리? 학식? 배우자와 일 중에 선택해야 하는 상황이라면 그는 어느 쪽을 선택할까? 직장을 위해 비윤리적인 일을 요구받는다면 그렇게 할까? 그는 어떤 수를 써서든 대학에 다니길 원할까? 조국을 수호하기 위해 가족을 버리고 떠날까?

시간 배분
당신이 만든 인물과 함께 평일 하루를 보낸다고 생각해보자. 그리고 주말도. 그는 무엇을 하며 하루를 보내는가? 어떤 활동에 어느 정도의 시간을 쓰는가? 그중 지적 활동은 얼마나 되는가? 신체 활동은? 머리를 비우고 즐기는 오락은? 그는 여가 시간에 도스토옙스키를 읽는가, 닌텐도 게임을 하는가? 시를 쓰는가, 술집에 다니는가? 아니면 양쪽 모두인가? 아이들과 시간을 보내는가, 아니면 부모를 돌보는가? 연인과 반려견 중 어느 쪽과 시간을 보내는가? 하루에 두 번씩 교회에 가는가, 아니면 스트립쇼 단골손님인가? 양쪽 모두인가? 휴가 여행을 떠난다면 그는 무엇을 할까? 두 시간 만에 지루해져서 안달할까? 아니면 매일 만족스럽게 앉아 있으면서 책을 읽거나 몽상을 즐길까?

예술적 충동

한 사람의 예술적 욕구가 얼마나 강한지, 그런 욕구를 표현할 능력과 수단과 공간을 갖고 있는지는 때때로 매우 중요한 문제다. 히틀러도 스스로를 예술가라고 자부했다. 그가 비뚤어진 것은 미술대학에 불합격하면서였다. 히틀러가 예술가로 인정받았다면 오늘날 세상은 다른 모습이었을지도 모른다. 역사상 최악의 폭군으로 손꼽히는 네로는 자신이 세계의 지배자라는 점보다도 가수이자 배우, 시인이라는 점을 더 중요하게 여겼다. 실제로 그가 남긴 유언은 이러했다. "세상이 이렇게 위대한 예술가를 잃는구나."

당신이 만든 인물은 예술가인가?(화가, 음악가, 작가, 무용수, 배우 등) 그에게 예술은 부업인가, 아니면 전업인가? 만약 부업이라면 그는 예술로 먹고살기를 바라는가? 그런 꿈을 이루려고 노력해보았는가? 어떤 노력을 했는가? 그는 어떤 악기를 연주하는가? 기타? 바이올린? 튜바? 드럼? 실력은 있는가? 그는 남들을 도발하려고 일부러 큰 소리로 연주하는가? 행복한 가정생활을 하면서도 성나고 우울한 얼굴들을 그리는가? 도덕군자인데도 남근 상징물을 조각하는가? 이를 통해 그의 어떤 점을 알 수 있는가?

그는 겉으로 드러나지 않는 억눌린 창조성을 내면에 숨기고 있는가? 소설을 쓰는 의사인가? 스탠드업 코미디를 취미로 즐기는 변호사인가? 작가로서 실패하고 비평가가 되었는가? 배우로서 실패한 캐스팅 담당자인가?

아니면 그는 평생 아무것도 창조한 적이 없는가? 단순한 노동자인가? 순전히 사업가, 은행가, 변호사, 의사일 뿐인가?

영웅

누구나 젊을 때는 영웅을 숭배하지만, 나이가 들수록 영웅의 존재는 점점 작아진다. 우리는 영웅의 이미지를 만드는 것에 점점 더 냉소적으로 반응하며, 자신이 선택한 역할 모델을 마음속에 소중히 간직하지도 않게 된다. 꼭 영웅을 골라야 한다면 대부분은 편리하게 이미 죽은 사람을 고를 것이다. 한번쯤 살아 있는 사람들 중에서 선택해보자. 당신이 만든 인물의 영웅은 누구일까? '영웅'이라는 말이 과하게 느껴진다면 '역할 모델'도 좋다. 어떤 면에서는 존경할 만하지만 다른 면에서는 경멸스러운 사람을 택할 수도 있다. 인간은 누구나 잡탕이게 마련이니까. 그의 영웅은 배우, 음악가, 인도주의자, 정치가, 군인, 사업가, 혹은 누군가의 어머니일 수도 있다. 그의 선택 혹은 선택에 대한 거부를 통해 그의 어떤 점을 알 수 있는가? 그는 인생의 어떤 면에 가치를 두는가? 그의 영웅이 남긴 발자취를 어떤 식으로 따르려고 하는가? 그가 그렇게 하거나 하지 않는 이유는 무엇인가?

정치와 사상

오늘날 미국에서 정치라는 주제는 뒷전이 된 것처럼 보인다. 하지만 일단 사람들 앞에서 정치적 화제를 꺼내보면 거의 모두가 강경한 의견을 지니고 있으며 그 대부분이 서로 엇갈린다는 점을 알게 된다. 실제로 일단 정치 토론을 시작하면 심각한 논쟁을 벌이거나 최소한 독설을 듣지 않고서는 빠져나오기 어렵다. 그래서 많은 사람들이 적어도 식사 중에는 정치 이야기를 하지 않으려는 것이다.

그는 민주당 혹은 공화당 지지자인가? 아니면 무소속? 진보 성향인가, 보수 성향인가? 인종 격리 정책에 반대하는가? 거대 담배 회사를 지지하는가? 사형에 찬성하는가? 총기 소지에 찬성하는가? 임신중절에 반대하는가?

권위와의 관계

그는 엄격한 권위주의자인가? 빨간불에 길을 건너는 사람을 본다면 경찰에 신고할까? 기득권층의 일원인가? 매일 출퇴근하며 오전 9시부터 오후 5시까지 똑같은 사람들과 일하는가? 컨트리클럽 회원이거나 여러 지역 위원회의 이사인가? 아니면 그는 반항아인가? 독자적인 사상가인가? 꾸준히 직장에 다니거나 생활비 벌기를 거부하는가? 항상 국세청이나 자동차 관리국에 맞서 싸우는가? 권위와의 관계는 그의 삶에서 얼마나 큰 비중을 차지하는가?

비행

개인의 삶에서 비행은 우연한 것일 수도 있지만 결정적인 요소일 수도 있다. 그는 마약이나 알코올의존자인가? 줄담배를 피우는가? 상습 도박꾼

인가? 성중독자인가? 마약을 복용한 경험이 있나? 그 때문에 전과범이
되었는가? 아니면 반대로 술이라곤 한 방울도 마시지 않는가? 담배 연기
가 자욱한 방에 들어가는 것도 질색하는 사람인가?

과거와 미래

많은 사람들은 과거를 회상하거나 미래를 기대하며 시간을 보내곤 한다.
당신이 만든 인물은 하루 종일 옛 기억을 떠올리는가? 해묵은 원한을 곱
씹는가? 예전의 파트너나 세상을 떠난 연인을 생각하는가? 놓쳐버린 기
회를 아쉬워하는가? 아니면 항상 미래를 예상하는 쪽인가? 십 년 뒤의 삶
을 미리 그려보는가? 스무 살부터 적립해온 퇴직 연금이 있는가? 앞날의
성공을 꿈꾸는 데 만족하면서 조용히 시간을 벌고 있는가? 아니면 과거
를 돌아보는 것도 미래를 계획하는 것도 거부하고 현재만을 위해 살아가
는가? 혹은 역발상을 해볼 수도 있다. 그는 항상 과거의 추억을 얘기하는
청소년인가? 항상 미래를 생각하는 노인인가?

음식과의 관계

인물과 음식의 관계는 매우 중요한 요소가 된다. 그는 하루에 다섯 끼를
먹는가? 아니면 한 끼? 엄청난 폭식을 하는가, 아니면 거의 먹지 않는가?
그는 비만이거나 거식증인가? 채식주의자거나 비건인가? 코셔 음식만을
고수하는가? 카페인이나 초콜릿 중독인가? 유당 불내증인가? 흰 밀가루
에 알레르기가 있는가?
　그에게 스파게티오고리 모양의 파스타 면과 토마토소스가 든 통조림─옮긴이는 만
족스러운 식사인가? 캐비어는 어떤가? 그는 패스트푸드만 먹는가, 아니
면 고급 레스토랑에서만 식사하는가? 그의 냉장고는 항상 비어 있는가,

아니면 주방에는 항상 식재료가 가득한가? 그는 요리를 할 줄 모르는가, 아니면 하루 반나절을 오븐 앞에서 보내는가? 그의 식사 예절은 형편없는가, 아니면 식사 예절에 까다로운가? 그는 음식에 얼마나 많은 시간과 기력과 돈을 쓰는가? 음식은 그 인물의 삶에서 얼마나 큰 비중을 차지하는가? 그가 자신의 생활을 식습관에 맞추려면 어떻게 해야 할까? 코셔 식당 근처에 살아야 할까? 새벽 다섯 시에 일어나서 아침밥을 먹어야 할까?

습관

전문 암살자가 목표물을 관찰한다고 해보자. 며칠이 지나지 않아 그는 자신이 노리는 상대가 날마다 거의 똑같은 일과를 고수한다는 사실을 깨달을 것이다. 매일 똑같은 시간에 집에서 나오고, 매일 똑같은 기차를 타고……. 충분히 관찰하기만 한다면 그의 목표는 이미 달성된 것이나 마찬가지다.

우리는 결국 습관에 따르는 존재이며 나이를 먹을수록 더욱 그렇게 된다. 당신이 만든 인물은 매일 똑같은 시간에 일어나는가? 그의 변함없는 아침 일과를 따라가 보자. 그는 아침밥을 먹고 신문을 읽고 차에 오르거나 기차에 타는가? 날마다 셔츠를 옷장의 같은 쪽에 걸고 신발을 현관의 같은 구석에 두는가? 오후 네 시면 항상 같은 매점에 들러서 커피를 마시는가? 토요일 밤마다 같은 영화관에 가는가? 매달 첫째 월요일마다 같은 미용실을 찾아가는가? 매년 8월 마지막 주에 같은 장소로 휴가를 떠나는가? 그는 매일 새벽 동틀 무렵 일어나는 아침형 인간인가? 아니면 오후 네 시까지는 정신이 멍한 저녁형 인간인가? 그는 오전에 신경이 날카롭거나 밤이 되면 멍해지는가?

기벽

당신이 만든 인물에게는 어떤 특이한 성벽이 있는가? 만일의 경우를 대비해 언제나 우산을 들고 다니는가? 날마다 개에게 빗질을 해주는가? 비둘기에게 먹이를 주는가? 비합리적인 일에 격분하는가? 아니면 시끄러운 사람이나 담배 연기에? 라디오보다 레코드를 좋아하는가? 터틀넥 스웨터를 기피하는가? 알몸으로 돌아다니는 습관이 있는가?

취미

동전을 모으는가? 바느질을 하는가? 자동차를 만지작거리길 좋아하는가? 목요일마다 포커를 치는가? 브리지 게임을 하는가? 벼룩시장 단골인가? 어떤 스포츠를 즐기는가? 보트 조종? 암벽 등반? 롤러블레이드? 급류 타기? 아니면 헬스클럽에 가는가? 테니스를 치는가? 수영이나 스쿼시를 하는가? 아침마다 조깅을 하는가? 무술 유단자인가? 둘이 함께 볼링을 하러 다니는가? 혼자 즐기는 취미는 무엇인가? 다른 사람들과 함께 즐기는 취미는 무엇인가? 그들의 취미생활 동료는 어떤 사람인가?

자선

관대한 성격이지만 자선에 참여하지 않는 사람이 있는가 하면, 자선이 인생의 중요한 요소인 사람도 있다. 그는 얼마나 많은 돈을 자선단체에 기부하는가? 자선활동에 쓰는 시간은 얼마인가? 그는 대의명분을 위해 자원봉사에 참여하는가? 헌혈을 하는가? 비영리 기관을 위해 일하는가? 평화봉사단에 가입했는가?

아니면 수백만 달러의 재산이 있으면서도 자선단체에 기부한 적이 없는가? 유명 인사지만 자선행사에 단 한 번도 참석하지 않았는가? 본의 아니게 기부를 하거나 자선행위에 참여한 적이 있는가? 그는 마지못해 억지로 자선행위를 하는가? 혹은 정치적 이유 때문에? 그는 익명으로 자선을 베푸는가, 아니면 사방에 자신의 선행을 알리는가?

성격 테스트

다음의 긍정적·부정적 성격 목록을 살펴보자. 양쪽 항목 모두에 대해 10
점 만점 기준으로 당신이 만든 인물의 점수를 매겨보자. 예를 들어 그가
항상 관대하고 결코 쪼잔하게 굴지 않는다면 관대함에 10점, 쪼잔함에 0
점을 매기면 된다. 그가 대체로 관대하지만 가끔은 쪼잔하다면 관대함에
7점, 쪼잔함에 3점을 매기자. 인간은 서로 모순되는 성격들의 일람표와
같다. 어떤 면에서는 관대하지만 다른 면에서는 쪼잔할 수도 있다. 점수
매기기를 끝내면 양쪽 각각의 합계를 내보자. 전반적으로 긍정적 성격과
부정적 성격 중 어느 쪽의 점수가 더 높은가? 얼마나 더 높은가? 가장 두
드러지는 성격은 무엇인가? 이를 통해 이 인물의 어떤 점을 알 수 있는
가?

부정적	긍정적
질투가 심한가? 탐욕스러운가?	누구에게나 최선을 빌어주는가?
쪼잔한가?	관대한가?
앙심을 품고 심술궂은가?	너그러운가?
고집스러운가?	유연한가?
의심 많고 편집증적인가?	사람들을 잘 믿는가?
통제 욕구가 강한가?	원만한가?
지배욕이 강하고 사람들을 괴롭히는가?	약자를 보호하는가?
심약한가?	단호한가?
자신이 없고 쉽게 불안해하는가?	평온한가?
자존감이 낮은가?	자존감이 높은가?
비판적인가?	협조적인가?
경쟁적인가?	모두가 잘되길 바라는가?
남을 조롱하는가?	남을 칭찬하는가?
이기적이고 허영심이 강한가?	겸손한가?
자기중심적인가?	항상 남을 배려하는가?
자기 말만 하려 드는가?	상대의 말에 귀 기울이는가?
편협한가?	개방적인가?
비현실적인가?	현실적인가?
의욕이 없는가?	의욕이 넘치는가?
주먹구구식인가?	체계적인가?
남을 모방하고 추종하는가?	솔선수범하는가?
목적의식이 없는가?	목적의식이 뚜렷한가?

부정적	긍정적
무절제한가?	절제력이 있는가?
방종하고 낭비가 심한가?	절약하는가?
가혹하고 신랄한가?	상냥한가?
참을성이 없는가?	참을성이 있는가?
겁이 많은가?	용감한가?
비생산적인가?	생산적인가?
야심이 없는가?	야심만만한가?
위험을 회피하는가?	위험을 감수하는가?
미성숙한가?	성숙한가?
지나치게 심각한가?	명랑한가?
병적으로 우울한가?	유쾌한가?
불행한가?	행복한가?
불평꾼인가?	만족하며 사는가?
비관주의자인가?	낙관주의자인가?
걱정이 많고 초조한가?	느긋한가?
만사에 무관심한가?	열정적인가?
너무 감정적이거나 흥분을 잘하는가?	차분한가?
성질이 급한가?	침착한가?
폭력적인가?	평화주의자인가?
따지기 좋아하고 공격적인가?	중재자인가?
천박한가?	깊이가 있는가?
중상모략을 즐기는가?	남을 좋게 이야기하는가?

부정적	긍정적
냉소적인가?	이상주의자인가?
말만 많은가?	실천하는가?
사람들을 조종하고 기만하는가?	솔직한가?
부정직한 거짓말쟁이인가?	정직한 원칙주의자인가?
기회에 편승하며 남을 이용하는가?	남에게 베풀고 나누어주는가?
사려 깊지 못한가?	사려 깊은가?
과묵하고 말이 짧은가?	의사소통에 능한가?
무기력하고 축 늘어지는가?	힘차고 생기 넘치는가?
변덕스러운가?	꾸준한가?
패배주의적인가?	용기를 주는가?
사람들을 불안하게 만드는가?	사람들을 편안하게 하는가?
죄의식을 부추기는가?	격려를 잘하는가?

친구와 가족의 초상

이 장에서 제시한 여러 질문들의 의미를 제대로 이해하려면 당신이 직접 답변을 작성해보아야 한다. 예를 들어보자. 당신이 만든 인물이 탐욕스러우며 의심 많은 성격이라고 결정하기는 쉽다. 하지만 그것만으로는 인물을 창조할 수 없다. 그런 성격은 퍼즐의 한 조각일 뿐이며, 수천 조각을 더 맞추어야 비로소 퍼즐을 완성할 수 있다. 좀처럼 엄두가 나지 않는 어마어마한 과업이다.

가장 훌륭한 교사는 바로 현실이다. 당신과 가까운 사람들에서 시작하자. 위의 성격 목록을 훑어보면서 각 항목에 해당하는 친구나 가족이 있는지 찾아보자. 찾아낸 내용을 쭉 적은 뒤 그 인물을 포착해냈는지, 그의 성격을 열거하는 것만으로 그를 만나본 적 없는 사람에게도 정확히 묘사할 수 있는지 확인해보자. 아마도 아닐 것이다. 초상화를 완성하려면 말로 표현하기 어려운 무언가가 추가되어야 한다. 인물을 실제 사람으로 만드는 바로 그것 말이다. 그게 무엇일까? 뭐가 빠진 걸까? 무엇이든 간에 그 요소를 추가하자. 이처럼 누락된 지점을 통해 무엇을 깨달았는지 생각해보고, 다른 인물을 만들어야 할 때 그 요소를 적용해보자.

낯선 사람의 초상

친구나 가족은 수월하다. 당신이 아는 사람이니까. 이제는 술집에서 낯선 사람을 만난 다음 종이 위에 그를 묘사해보자. 순간적 인상을 포착하고 짧은 시간 내에 모든 것을 관찰해야 한다. 그러다 보면 위의 성격 목록을 훑어볼 필요도 없어질 것이며, 자연스럽게 튀어나오는 그 사람의 핵심적 면모를 발견하게 될 것이다.

당신의 인물 묘사를 다섯 사람에게 보여주고 어떤 인상을 받았는지 물어보자. 실망스럽겠지만 아마도 다섯 명 모두 의견이 엇갈릴 것이며 실제 모델과는 딴판인 인물을 떠올릴 것이다. 또 하나 유념해야 할 점은 당사자가 눈앞에 있을 때 명확하게 드러났던 특성도 종이 위에 포착하여 남들에게 전달하기는 어렵다는 것이다. 한 인물을 포착하여 다른 사람도 똑같이 선명한 인상을 받을 수 있게 묘사하는 것은 그 자체로 하나의 예술이다. 관찰은 그 과정의 절반에 지나지 않는다.

이런 수련을 통해 당신은 작가로서 향상될 것이며, 관찰과 묘사 모두 연습할수록 점점 더 나아질 것이다.

결정적 특징

누군가 생각날 때면 그 사람의 특징도 함께 생각나는 경우가 많다. 의식적이든 무의식적이든 마음속에서 사람을 특징에 따라 구분해놓았기 때문이다. 당신이 만든 인물의 중요한 특징을 세 가지 고른다면 무엇일까? 이 연습으로 얻을 수 있는 것은 대강의 인물 구성이지만, 그것만으로도 유용하며 사실상 결정적이라고 할 수 있다. 이를 통해 당신이 만든 인물이 남들에게 어떤 첫인상을 주는지 알 수 있으며, 대부분의 경우 끝까지 남는 것은 바로 첫인상이기 때문이다. 이 연습은 인물을 단번에 이해하게 해주며, 여러 인물을 다룰 때도 무척 유용하다. 특히 여러 인물이 어떻게 상호작용할 것인지 염두에 두고 글을 써야 할 때는 더욱 그렇다(자세한 내용은 3장에서 다루겠다).

진화

이제는 당신이 만든 인물의 특성을 제법 잘 파악하게 되었을 것이다. 하지만 당신이 아는 것은 **지금** 이 순간의 그 인물일뿐임을 유념하자. 인간은

날이 다르고 해가 다르게 변화하는 존재이며, 실제로 많은 픽션의 핵심은 바로 그런 변화를 보여주는 것이다. 그러니 특히 작품 속에서 시간이 흐를 경우 다양한 시점에서 인물을 점검하며 당신이 파악한 모든 내용이 유효한지 확인해야 한다. 예를 들어 당신이 만든 인물이 열여섯 살에 가졌던 목표와 스물여덟에 가질 목표는 다를 것이다. 그는 과거의 야망을 버렸는가? 취미가 바뀌었는가? 자선가가 되었는가? 다음 세 가지를 고려해보자.

1) 과거 확인: 20년 전에 그는 어떤 사람이었는가? 십 년 전에는? 오년 전에는? 일 년 전이나 반년 전에는? 지난주에는? 지금의 그는 그때와 전혀 다른 사람인가, 아니면 완전히 그대로인가? (양쪽 모두 의미심장한 일이다.) 그는 어떻게 변했는가? 더 나아졌는가, 더 나빠졌는가? 어떤 면에서는 나아지고 어떤 면에서는 나빠졌는가? 이런 변화가 지금의 그에게 어떤 영향을 주었는가? 예를 들어 그가 지금은 사업가지만 십 년 전에는 배우였다고 해보자. 이제 당신은 그가 평범한 사업가가 아니라 여전히 예술 활동에 참여하길 갈망할지도 모른다는 걸 알았다. 아니면 그는 반대로 예술에 매우 비판적인 태도를 취함으로써 보상을 얻으려 할 수도 있다. 그가 지금은 유명한 음식 평론가지만 한때는 정통파 유대교 신자였다고 해보자. 그런 정체성을 고려할 때 그는 평범한 음식 평론가가 아니라 돼지고기를 맛볼 때 죄책감을 느끼는 사람일지도 모른다. 이런 사실들이 그를 묘사하는 데 어떤 영향을 줄 수 있을까?

2) 촉매: 인물의 궁극적인 변화를 촉발하는 것은 단지 시간의 흐름이 아니라 특별한 사건인 경우가 많다. 부모의 죽음, 아들의 탄생, 결혼, 이

혼, 수감, 새로운 직장……. 당신이 만든 인물이 과거에 어떠했고 현재는 어떤지 숙고해보자. 그가 어떻게 달라졌는지 생각하면서 그런 변화를 가져온 것이 어떤 사건이었을지도 떠올려보자. 이런 촉매는 플롯 진행에 무궁무진한 가능성을 부여한다. 회상 장면으로 활용한다든지, 과거에서 발췌해 현재로 가져온다든지……. 어떻게 활용하든, 심지어 활용하지 않더라도 이런 사건들은 반드시 파악해두어야 한다. 드문드문 놓인 징검돌처럼 인물의 과거를 추적하는 데 쓰일 수도 있기 때문이다.

3) **미래 점검:** 그의 다음 주 계획은 무엇인가? 다음 달은? 내년은? 오년 뒤의 계획은? 십 년 뒤 그는 어디에 있을까? 이십 년 뒤에는? 설사 그가 계획적인 인물이 아니라 해도 앞날의 막연한 목표 정도는 가지고 있을 것이다. 그는 결혼해서 아이를 갖길 꿈꾸는 독신자인가? 갱생을 원하는 죄수인가? 더 많은 유흥거리를 추구하는 교외 거주자인가? 그의 목표는 오로지 물질적 이득인가? 환경의 변화? 더 나은 사람이 되는 것? 독학? 영성 추구? 그는 왜 변하고 싶어하는가? 무엇을 얻길 바라는가? 그것을 얻고 나면 그의 삶은 어떻게 달라질까? 그는 무엇을 기다리는가? 어떤 장애물이 그를 방해하는가? 당신은 이제 그가 어떤 사람인지, 나아가 어떤 사람이 되고 싶은지도 파악하게 되었다. 이는 궁극적으로 갈등을 만들어내는 데 도움이 된다. 이제 그는 목표가, 가야 할 길이 있는 사람이기 때문이다. 그가 원하는 것을 얻지 못한다 해도 이야기는 흥미로워질 수 있다. 그가 소망하는 삶과 실제 삶, 기대와 현실 사이의 괴리를 지켜볼 수 있을 테니까.

정체성

당신이 만든 인물은 "무슨 일을 하나요?"라는 질문에 뭐라고 대답할 것인가? 그 대답은 한 인간으로서의 자기 평가와 얼마나 밀접하게 관련되어 있는가? "당신은 누구인가요?"라는 더욱 난해한 질문에 뭐라고 대답할까? 대답할 수는 있을까? 그 대답은 앞의 질문에 대한 답과 어떻게 다를까? 모순되는 부분이 있을까? 인물의 정체성은 직업과 어느 정도 연관되어 있을까?

외면과 내면의 불일치

2장을 거의 마친 지금 당신은 자신이 만든 인물의 외면과 내면을 충분히 이해했을 것이다. 그의 외면과 내면은 얼마나 불일치하는가? 혹은 온전히 일치하는가? 그는 완벽한 무표정으로 바깥세상을 대하는가? 아니면 자신의 모든 것을 솔직하게 드러내는가? 외면만 보면 그에게는 오해의 소지가 있는가? 그는 기성 체제를 지지하면서도 남몰래 마약을 하는가? 완벽한 남편처럼 보이지만 혼외정사를 하고 있는가? 전과가 화려하지만 사실은 죄가 없는 충실한 인도주의자인가? 그는 작품 속의 다른 인물들에게 어떤 사람으로 보일까? 고용주에게는 어떤 행동을 보일 것이며 자녀, 친구, 아내에게는 어떻게 행동할까? 상대에 따라 그의 자세도 달라질까? 그가 청소년이라면 친구들과 있을 때는 여유롭고 건들대지만 부모 앞에서는 엄숙하고 긴장한 모습일까? 그가 아버지라면 아내에게는 부드럽지만 아이들에게는 엄격할까? 그의 진정한 모습은 무엇일까? 다른 인물들도 그의 내면을 꿰뚫어볼 수 있을까?

인물의 내적 특성에서 플롯의 핵심으로

1장 끝에 나왔던 것과 동일한 연습이다. 다만 이번에는 2장에서 다룬 인물의 내면과 관련된 특성에 초점을 맞춘다. 선천적 능력, 종교, 영성, 정체성, 신앙, 프로그램, 윤리, 성, 동기, 우정, 화제, 자의식, 가치관, 시간 배분, 예술적 충동, 영웅, 정치와 사상, 권위와의 관계, 비행, 과거와 미래, 음식과의 관계, 습관, 기벽, 취미, 자선, 성격 등 우리가 다룬 특성을 살펴보자. 그리고 각각의 특성이 플롯에 어떤 영향을 미칠 수 있을지 자문해보자. 예를 들어 선천적 능력에 관련해서는 그에게 뛰어난 피아니스트가 될 잠재력이 있는지 생각해볼 수 있다(《아마데우스》). 그녀는 초능력자인가?(《더 기프트》) 그는 지적 장애인인가?(《슬링 블레이드Sling Blade》)

형언할 수 없는 것

1장과 2장에 나온 질문들은 당신이 지금껏 고려한 적 없는 인물의 면모들을 생각하게 해준다는 점에서 중요했다. 하지만 이런 질문들이 모든 것을 해결해주거나 현실을 대체할 수 있는 것은 아니다. 그건 불가능한 일이다. 최고의 가르침은 현실에 있다.

　나는 '아는 것을 쓰라'는 진부한 경구를 싫어한다. 글을 쓰려면 모든 것을 '알아야' 한다는 의미로 읽힐 수 있기 때문이다. 결코 그렇지 않다. 생생하고 사실적인 걸작 상당수는 완벽한 고립 속에서, 작품의 배경이 된 장소에 가본 적 없으며 작품에서 다룬 '실제 대상'과 관련된 경험이 전혀 없는 작가들에 의해 쓰였다. 즉, 글을 쓰기 위해 그 내용을 반드시 '알아야' 하는 건 아니지만, 적어도 부분적으로나마 실제 사람에 토대를 두고 인물을 만드는 것은 대체로 매우 유익하다. 여기서 핵심은 현실을 포착하는 것이 아니라 현실로 상상을 보완하고 구체화하는 것이다. 현실이란 언제나 우리가 상상할 수 있는 것보다 훨씬 더 복잡하고 생생하며 예측하기 어려운 태피스트리와 같기 때문이다.

외면과 내면의 특성 목록을 전부 파악했다면 이제 나가서 실제 인간과 소통해보자. 상대가 아무리 잘 아는 사람이라 해도, 지금까지는 몰랐던 특성이 문득 눈에 들어올 것이다. 어떤 특성인가? 그것을 붙잡아 잘 굴려보자. 바로 그것이 당신의 토대가 될 것이다. 프랑켄슈타인 박사의 괴물에 생명을 부여한 번갯불처럼, 바로 그것이 당신이 만든 인물에 숨결을 불어넣어줄 것이다.

인물 표사: 응용

당신이 만든 인물이 당신이 생각지 않았던 말이나
행동을 하게 되는 순간이 온다.
인물이 살아서 움직이는 그 순간부터
당신은 그에게 모든 것을 맡겨야 한다.

그레이엄 그린

인물을 만들었다고 해서 마법처럼 플롯이 생겨나는 것은 아니다. 프랑켄 슈타인 박사의 괴물이 눈을 번쩍 떴다고 해도, 그가 실험대에서 일어나 뭔가 **행동하기** 전까지 플롯이란 존재하지 않는다. 플롯은 인물이 움직이면서, 그가 다른 인물들과 상호작용하고 그의 특성이 상상 속 시나리오에 적용되면서 생겨난다. 당신이 1장과 2장의 실전 연습을 꼼꼼히 읽고 완수했다면 지금쯤 인물의 외면과 내면을 훌륭하게 이해하고 있을 것이다. 그것은 중요한 준비 과정이지만, 유감스럽게도 그것만으로 과업이 끝나지는 않는다. 오히려 지금부터가 시작이라고 할 수 있다. 이제는 새로운 일련의 사안들을 고려하면서 당신이 만든 인물의 도움을 받아 플롯을 창조할 차례다. 인물 간의 상호작용이라는 지극히 다채롭고 복잡한 태피스트리를 짜내야 하는 것이다.

다음 사안들을 고려해보자.

주역인가, 조역인가?

이 인물은 주역인가, 조역인가? 그런데 주역이란 무엇이며 조역은 무엇인가? 작품에 등장하는 비중에 따라 결정되는 것인가? 단 한 장면에 깜짝 등장하면서도 주요 인물, 심지어 가장 중요한 인물이 될 수는 없을까? 『어둠의 심연Heart of Darkness』의 커츠 대령은 매우 짧은 시간 등장하지만 이 소설의 중심인물이 아닌가?

많은 작가들은 한 인물을 소설의 서술자narrator나 초점 화자viewpoint character 이야기에서 시점을 가지고 있는 인물을 뜻한다. 독자는 초점 화자의 눈을 통해 사건을 경험한다. 즉, 독자는 그가 본 대로 보고 들은 대로 듣는 것이다—옮긴이, 혹은 시나리오의 주인공으로 가장 오래 등장시키기만 하면 주역이 된다고 착각하며, 그리하여 역설적으로 그의 중요성을 다지는 데 소홀해지는 실수를 저지른다. 이런 경우 작품 감상을 마친 독자나 관객은 주역이 아니라 조역을 기억하게 된다. 등장 분량이 적은 인물이 오히려 더 멋지게 연출되는 경우도 있다. 작가가 더 긴 시간을 들여 인물을 다듬고 페이지 하나하나를 충실히 활용할 수 있을 만큼 적은 지면에 등장하기 때문이다. 같은 이유로 작품의 첫머리는 뒤에 이어지는 내용보다 더 훌륭한 경우가 많다. 작가는 더 좁은 영역을 다루어야 할 때 더 많은 고민과 시간, 에너지를 투입하게 된다. 반면 눈앞에 펼쳐진 영역이 어마어마하게 넓으면 갑자기 과업을 완수하지 못할 거라는 두려움에 빠져 주의가 소홀해지거나 작업 기준을 낮추기도 한다.

등장인물 목록을 살펴보면서 누가 주역이고 누가 조역일지 자문해보자. 등장 분량이 아니라 중요성을 고려해야 한다. 당신의 작품에서 주역과 조역을 결정하는 요소는 무엇일까? 그는 단 한 번 등장하지만 가장 중요한 인물인가? 아니면 처음부터 끝까지 무대 위에 있지만 사실은 다른 인물의 들러리에 지나지 않는가? 주역이 여러 명이거나 무리 지어 상호 작용하는 인물들인가? 각자의 삶을 살던 인물들이 마지막에 한데 얽히는가? 아니면 각 장에서 자기 나름대로 살아가며 끝까지 서로 엇갈리는가? 작품에 응집력을 주려면 관습에 따라 호감 가는 한 사람에게 주역을 맡기는 것이 가장 효과적이긴 하다. 당신이 이와 다른 선택을 한다면 어떤 수단으로 작품에 응집력을 줄 것인가? 친숙한 배경? 독특한 시대 설정? 서민적인 악역?

등장 빈도

독서 중에 몇 차례 짧은 휴식을 취하면 작품을 이해할 가능성이 두 배로 늘어난다고 한다. 우리는 휴식 직전에 끝마쳤거나 휴식 직후에 읽기 시작한 부분을 그 중간 부분보다 훨씬 잘 기억하기 때문이다. 이런 맥락에서 인물의 등장 빈도는 실제 무대에 있는 시간보다 더욱 중요할 수 있다. 똑같이 60쪽에 걸쳐 등장하는 인물이 단 한 번 나올 수도 있고(처음 60쪽) 세 번 나뉘어 등장할 수도 있다(1~20쪽, 200~220쪽, 400~420쪽). 이런 기법은 스토커를 다룬 작품에서 효과적 연출을 위해 쓰이기도 한다. 스토커는 아주 잠깐씩, 하지만 자주 등장한다. 이런 등장 방식은 그가 사방 어디에나 있다는 느낌을 주며, 스토커에게 엄청난 위력을 부여하는 반면 피해자에게는 빠져나갈 수 없다는 무기력감을 준다. 당신이 만든 인물은 무대에 몇 번이나 등장하는가? 그 이유는 무엇인가? 등장 횟수를 줄일 수는 없을까? 혹은 좀 더 늘릴 수는 없을까?

　작품 전체의 등장인물이 한두 명뿐이라면 답답하게 느껴질 수도 있다. 독자는 지쳐서 변화를 원하게 될 것이다. 반대로 작품이 많은 인물들을 오가며 진행되지만 각자에게 할당된 시간은 부족하다면 독자는 결국 그 중 누구에게도 공감하지 못할 수 있다. 혹은 다양한 인물에게 골고루 적당한 시간이 주어지지만 그들 간의 소통이 부족하거나 결말에 서로 조화를 이루지 못한다면 독자는 한 무더기의 서브플롯을 읽은 것처럼 느낄 수도 있다. 섬세한 균형이 필요하다.

등장과 퇴장

등장과 퇴장은 강력한 요소다. 〈사이코〉의 유명한 샤워 장면에서 재닛이 살해당하는 것이 충격적인 이유는 칼부림 자체보다도 주인공이 영화 초반에 갑작스럽게 퇴장한다는 점 때문이다. 〈양들의 침묵〉과 플래너리 오코너의 단편소설 「좋은 사람은 찾기 어렵다」의 악역이 그토록 무시무시하게 느껴지는 것은 그들이 마지막 장면에야 모습을 드러내기 때문이다. 반대로 〈바보들의 저녁식사〉에서는 초반에 퇴장했어야 할 인물이 마지막까지 남는다. 그의 존재는 영화 전반의 트릭이자 개그 포인트가 된다. 당신이 만든 인물은 작품의 어느 부분에서 처음 등장하는가? 맨 앞쪽? 5쪽? 맨 끝? 만약 그가 더 늦게 등장한다면 어떻게 될까? 더 빨리 나온다면? 한편 그의 퇴장은 언제인가? 그가 더 빨리 퇴장한다면 어떻게 될까? 더 늦게까지 머문다면?

인식과 반응

오후 2시 50분에 두 사람이 은행에서 줄을 서서 차례를 기다리고 있다.

첫 번째 사람은 폐점 직전이라 줄이 길 것이라 예상하고 미리 읽을 책을 들고 와서 평온하게 대기하는 중이다. 이따금 시계를 쳐다보고 창구 직원들이 최대한 열심히 일하고 있다는 것을 확인한 뒤 저 사람들도 하루 종일 열심히 일했겠지 생각하며 연민을 느낀다. 자기 차례가 돌아오면 늦게까지 붙잡아놓게 되어 미안하다고 그들의 노고를 치하할 것이며 볼일이 끝나면 감사의 말도 건넬 생각이다.

두 번째 사람은 3시까지 다른 곳에 가야 하는 상황이라 줄을 서서도 안달복달 속을 끓이며 눈이 마주치는 상대마다 불평을 늘어놓는다. 그는 창구 직원들을 노려본다. 저 사람들은 이 더운 날에도 에어컨 아래 편안히 앉아 있는 특권을 누리다가 3시 정각에 업무를 마치겠지. 그는 창구 직원들이 게으르고 멍청하며 방만해서 서둘러 돈을 헤아리거나 줄을 선 고객들을 빨리 응대하지 못한다고 생각한다. 정말로 그들이 많은 사람을 응대하기 싫어서 일부러 고객들을 오래 대기시킨다고 믿는 것이다. 어쩌면 창구 직원들은 그의 차례가 오기도 전에 폐점을 선언할지도 모른다. 그는 창구 직원 하나가 자기를 흘끗 쳐다보는 것을 알아차리고, 그들이 오직 그를 괴롭히기 위해 일부러 늑장을 피우고 있음을 확신한다. 그들이 자기를 대놓고 바보 취급했음을 알아차린 그는 이제 격분하여 자기 차례가 오면 어떻게 저들을 혼내줄지 궁리하고 있다. 이곳을 떠나기 전에 저들에게 본때를 보여주리라.

사실 이 두 사람은 정확히 똑같은 상황에 놓여 있다. 다른 것은 상황에 대한 두 사람의 인식과 반응이다.

인간은 줄곧 남들이 어떤 사건을 어떻게 인식하고 어떤 반응을 보이는지 판단한다. 그래야 자기 자신을 더 잘 이해할 수 있기 때문이다. 500명의 관객이 입장한 공포영화 상영관에서 당신 하나만이 겁을 먹지 않는다면, 영화가 끝난 뒤 남들의 반응을 보고 나는 겁이 없는 사람이구나 하고 생각하게 될 것이다. 당신 작품의 등장인물들이 주인공에게 깜짝 생일파티를 열어주었는데 그가 들어오더니 그들에게 욕설을 퍼부었다면, 여기서 중요한 요소는 무엇일까? 파티, 아니면 주인공의 반응? 이를 통해 그의 어떤 점을 알 수 있을까?

결국 가장 중요한 것은 어떤 사건이나 상황이 아니라 그에 대한 인물의 인식과 반응이다. 당신이 만든 인물을 계속 다른 사건과 인물이 등장하는 이야기에 투입하기 전에, 먼저 그가 주변 세상을 어떻게 인식하고 어떤 반응을 보일지 파악하고 있어야 한다. 또한 이야기를 전개하는 과정에서도 그 내용을 염두에 두어야 한다. 예를 들면 그 자신은 어떤 방식으로 행동한다고 인식하지만 실제로는 전혀 다른 방식으로 행동할 수도 있다. 남들에게 냉혹하게 대하면서도 스스로는 상냥하게 행동한다고 생각하는 사람이 실제로 종종 있듯이 말이다. 폭력적인 고용주나 배우자도 스스로 폭력적이라고 인식하진 않을 것이다. 그렇게 생각한다면 자기 자신을 견디기 어려울 테니까. 아니면 자신의 폭력성을 희미하게 인식하고 있다 해도 고용인이 맞을 만한 짓을 했다는 식으로 어떻게든 정당화하려 들 것이다. 실제로 인물의 내적 독백과 외적 행동의 불일치는 자기 자신과 단절된 인물을 표현하는 강력한 수단이 될 수 있다.

문제의 인물이 이야기의 서술자거나 초점 화자일 경우, 세상에 대한 그의 인식은 더욱 중요하다. 때로는 그것이 작품 전체를 결정하는 요소가 되기도 한다.

서술

누가 서술자 혹은 초점 화자 역할을 맡아야 할까? 주역, 아니면 조역? 혹은 복수의 인물들? 그로 인해 어떤 차이가 생길까? 작품 전체에는 어떤 영향을 미칠까?

　서술자나 초점 화자를 정하는 것은 쉬운 선택이 아니지만, 유감스럽게도 많은 작가들이 별생각 없이 이 역할을 결정하곤 한다. 보통은 자동적으로 주인공에게 그 역할을 맡기게 마련이다. 이 선택 자체는 크게 잘못된 것이 없으며 사실 대부분의 경우 옳은 선택이다. 하지만 왜 그가 서술자를 맡는 것이 좋은지, 그가 어떤 관점을 제시할 수 있는지, 그가 이야기의 서술에 어떤 기여를 하거나 어떤 문제를 일으킬 수 있는지, 그의 관점이 나머지 인물들과 어떻게 다른지 시간을 들여 숙고하지 않고서 그런 결정을 내린다면 문제가 생길 수도 있다. 서술자가 아닌 초점 화자를 쓰기로 한 시나리오 작가, 혹은 복수의 서술자나 초점 화자를 두려는 작가에게도 이는 중요한 사안이다. 우리의 목적에 집중하기 위해 여기서는 전지적 시점이나 액자식 구성은 제외하겠다.

　많은 작가들이 서술자 혹은 초점 화자의 목적은 이야기를 전달하는 것뿐이라고 생각하는 실수를 저지른다. 그러나 사실 서술자의 목적은 다음 세 가지다.

1) 첫 번째 목적은 실제로 이야기를 전달하는 것, 사건 전개를 설명하는 것이다. 무엇보다도 독자는 무슨 일이 일어나고 있는지 알아야 한다. 이 과업을 완수하려면 명료한 의식을 지닌 서술자, 사실관계와 세부사항을 정확히 알고 단순 명백한 어조로 정보를 전달할 수 있는 뛰어난 관찰자가 필요하다. 그는 촬영기사와 같은 존재다. 카메라가 덜컥거리거나 초점이 나갔다면 촬영기사는 상황을 제대로 따라갈 수 없을 것이다. 따라서 서술자의 기본적인 능력에 어설프게 손을 대려고 했다가는 무척 위험

할 수 있다.

하지만 그렇다고 손을 댈 수 없다는 것은 아니다. 많은 작가들은 아예 그럴 생각을 않지만 말이다. 예를 들어보자. 당신의 서술자는 미친 사람 인가? 사실을 완전히 잘못 알고 있는가? 아니면 거짓말쟁이인가? 일어나 지도 않았던 사건을 서술하는가? 자신의 필요에 맞추어 사건을 왜곡하는 가? 그렇다면 독자가 정확한 사실과 서술자의 관점을 어떻게 구분할 수 있겠는가? 우리가 어떻게 이야기를 제대로 이해할 수 있겠는가?

이런 작품이 독자에게 얼마나 난해하게 느껴질지 충분히 짐작할 수 있 다. 독자 대부분은 진력이 나서 읽기를 포기할 것이다. 굳이 믿을 수 없는 서술자를 쓰겠다면 특정한 조건에서만 그렇다고 설정하거나(예를 들어 약 기운이 돌 때만 헛소리를 한다든지) 혹은 실제로 상황이 어떻게 돌아 가는지 알려주는 또 하나의 믿을 만한 서술자와 대치시킬 수도 있다. 초 점이 나간 카메라도 타당한 이유가 있다면 잠깐씩은 견딜 만하지만, 영화 전체가 그런 식으로 촬영되었다면 마지막 장면까지 앉아 있을 관객은 거 의 없을 것이다.

2) 서술자 혹은 초점 화자의 두 번째 임무는 이야기에 자신의 관점을 입히는 것이다. 여기에는 두 가지 이유가 있다. ① 관점이 없으면 이야기 는 밋밋하고 지루해질 수 있다. 어쨌든 독자가 인물과 이야기에 흥미를 느끼려면 사건을 전달하는 관점이 존재해야 하는 것이다. 그렇지 않으면 이야기는 감정을 이입하기 어려운 하나의 줄거리일 뿐이다. ② 인물의 관 점을 관찰하는 것은 그를 이해하는 가장 좋은 방법이다. 서술자(혹은 초 점 화자)는 적어도 외적으로는 작품에서 가장 중요한 인물 중 하나이니 우선적으로 이해할 필요가 있다. 게다가 (복수의 서술자가 존재하는 작품

이 아니라면) 이야기를 전달하는 사람은 오직 그뿐이므로, 서술자의 관점은 우리가 그를 이해할 수 있는 주요 경로다. 그가 스스로 이야기를 중단하고 "나를 소개하겠다"고 말하지 않는 이상은 말이다. 하지만 이런 방법은 결코 권장되지 않는다.

예를 들어보자. 은행에 줄을 서 있는 두 사람으로 돌아가서 둘 중 하나를 서술자로 선택한다고 생각해보자. 이 선택이 이야기에 어떤 영향을 미칠까? 첫 번째 사람은 상황에 대해 한층 균형 잡힌 관점을 보여주겠지만 그의 이야기는 무척 지루할 것이다. 두 번째 사람의 관점은 분노와 편집증으로 가득하겠지만 훨씬 더 흥미로울 것이며, 사실상 서스펜스라 할 것이 없는 상황에서도 서스펜스를 만들어낼 수 있을 것이다. 하지만 작품 전체를 이끌어가기엔 다소 부담스러운 관점일 수도 있다.

어느 쪽을 선택하든 간에, 이 같은 관점의 변화에 따라 독자의 경험도 완전히 달라질 것이다. 어느 쪽의 관점이 옳을까? 양쪽 다 옳다. 두 사람 모두 똑같이 유효한 자기만의 관점을 가지고 현실을 인식한다. 첫 번째 사람에게는 친절한 창구 직원이 현실이지만 두 번째 사람에게는 심술궂은 창구 직원이 현실이다. 그 직원은 실제로 친절할까, 심술궂을까, 아니면 어느 쪽도 아닐까? 누가 그런 판단을 내릴 수 있겠는가? 결국에는 당신이 작가로서 이 작품의 목표가 무엇인지, 그 목표에 전반적으로 누구의 관점이 더 적당할지 자문해보아야 할 것이다.

서술자의 관점은 독서 경험을 결정하는 유일한 요소가 될 수도 있다. 대부분의 경우에 우리는 서술자를 신뢰하게 되고, 동시에 무의식적으로 그의 감정과 견해도 받아들이게 된다. 서술자가 누군가를 좋아한다면 우리도 그를 좋아하게 되고, 누군가를 싫어한다면 우리도 그를 싫어하게 된다. 사실 이야기 전체가 단독 서술자의 눈을 통해 전개되는 이상 독자로서는 다른 인물들에 대해 서술자와 구분되는 의견을 갖기가 거의 불가능해진다. 독자가 서술자를 혐오하거나 불신하게 되는 경우도 드물게 있지만, 그런 작품에서도 서술자의 관점은 여전히 중요한 요소다. 독자는 그가 **좋아하지 않는** 것들에 호감을 느끼게 되기 때문이다.

하지만 상황이 항상 그렇게 간단한 것은 아니다. 서술자가 자신의 선호를 독자에게 직접 알려주지 않을 수도 있다. 독자 쪽에서 오히려 직설적인 서술자는 편협하고 제멋대로라고 생각하여 반감을 느낄 수 있다. 이렇게 저렇게 생각하라고 명령받는 것을 좋아할 사람은 아무도 없으니 말이다. 반대로 독자는 자기 스스로 의견을 형성할 수 있기를 바란다. 특정 인물을 어떻게 생각해야 할지 직접적으로 알려주는 것은 많은 초보 작가들이 저지르는 실수다. 좀 더 노련한 작가라면 서술자가 무엇을 관찰했는지 **선택함으로써** 그의 관점을 드러낼 것이다. 관찰 **자체**가 선택이다.

지금 방에 들어온 사람이 천 달러짜리 옷을 입었지만 머리는 헝클어져 있다고 해보자. 우리의 서술자는 그의 머리에 관해 말하겠지만 자기 의견을 덧붙이지는 않을 것이다. 그는 단지 사실을 언급할 뿐이지만 **어떤** 사실을 언급할지 선택한 것이다. 서술자는 이처럼 교묘한 방식으로 독자가 이 인물에 어떤 인상을 받아야 할지 암시한다. 이보다 더 교묘한 서술자라면 옷과 머리를 모두 언급하겠지만 옷에 관해서는 지나가는 말처럼 흘리고 머리 얘기를 더 길게 할 것이다. 다시 말해 옷과 머리 둘 다 언급하지만 후자를 더욱 강조하는 것이다.

서술자의 관점은 일종의 알아맞히기 게임이 될 수 있다. 지금 이 상황이 실제로 일어나고 있는 걸까, 아니면 서술자 자신의 관점에서만 존재하는 걸까? 은행에 줄을 서 있는 편집증적 서술자에게로 돌아가보자. 그가 창구 직원이 자기를 심술궂게 쳐다보았다고 주장한다 해서 우리가 그를 믿어선 안 될 이유가 있는가? 뒷부분에 이르면 실상은 달랐다는 것이 밝혀질지도 모르지만(은행 장면이 이야기의 시작 부분에 해당한다고 상정하자), 그와 함께 더 긴 시간을 보내지 않으면 우리로서는 알 길이 없다. 창구 직원은 심술쟁이가 아니었으며 우리에게 전달된 내용이 서술자의 비딱한 관점으로 왜곡된 것이었다는 사실은 언제쯤 밝혀질까? 비슷한 사건이 두 번, 세 번, 네 번 반복된 다음에? 이야기가 절반쯤 진행되고 나서? 마지막 장면에서? 아니면 끝까지 밝혀지지 않고 수수께끼이자 논쟁거리로 남을 것인가? 독자는 작품 첫 장면으로 돌아가 다시 한 번 읽어보고 싶어질까? '현실'이란 순식간에 왜곡될 수 있으며, 이 같은 알아맞히기 게임은 독자에게도 만족스러운 유희가 된다.

하지만 관점이란 미묘한 것이라서 제대로 다루지 않으면 심각한 문제를 일으킬 수 있다. 많은 초보 작가들은 관점을 지나치게 과장하는 실수를 저지른다. 이런 경우 이야기 자체보다도 서술자에 무게가 실려 작품이 압도되고 만다. 독자는 금세 이야기에 대한 흥미를 잃고 작가를 원망하며 책을 내려놓을 것이다.

초보 작가가 관점의 위력을 깨닫게 되면, 다시 말해 관점이 사건보다 더 큰 영향력을 지닐 수 있다는 걸 알게 되면 그에 도취된 나머지 난장판을 만들어놓는 경우가 많다. 유감스럽게도 작가가 복수의 서술자와 시점을 선택하는 것은 대부분 이런 동기 때문이며, 따라서 나는 그런 선택을 권장하지 않는다. 복수의 서술자나 초점 화자를 쓰면 거의 항상 기본적인 이야기 진행이 희생되게 마련이다. 이런 작품에서는 같은 내용이 반복되기 쉬운데, 배경 설명을 새로운 관점에서 되풀이해야 해서다. 문제는 그러다 보니 이야기 자체가 진행되지 않는다는 것이다. 서술자가 계속 바뀌면서도 매끄럽게 이야기가 진행되는 작품은 드문데, 독자로서는 바뀐 시점을 파악하는 데 노력이 필요하고 따라서 자연히 읽는 속도가 느려지기 때문이기도 하다. 복수의 서술자가 있어야 할 타당한 이유가 있으며 이를 최대한 효과적으로 활용한 작품을 접하기는 매우 어렵다. 그렇지만 아예 불가능한 것은 아니다. 포크너의 『소리와 분노』 같은 몇몇 작품은 이런 장치를 훌륭하게 소화해냈으며 이 같은 시점 변화 덕분에 뛰어난 걸작이 될 수 있었다.

서술자 혹은 초점 화자의 첫 번째와 두 번째 목표는 상충한다. 이야기를 공정하게 전달한다는 목표는 이야기에 자신의 관점을 입힌다는 목표와 부딪힌다. 최고의 작가는 두 가지 목표를 모두 성취하면서 서로 상승 효과를 일으킬 수도 있다. 하지만 두 목표 간에 균형을 잡는 것은 창작에서도 가장 어려운 성취 중 하나다. 문장 하나하나가 서술자에 관해 새로운 내용을 드러낼 기회다. 이런 기회를 놓쳐서는 안 되겠지만, 그렇다고 남용해서도 안 된다.

하지만 이것만으로는 충분하지 않다. 서술자에게는 세 번째 목표가 남아 있기 때문이다.

3) 서술자 혹은 초점 화자의 세 번째 임무는 이야기에 자신이 기여한 바를 알리는 것이다. 특히 소설의 경우, 초점 화자 역할을 하는 인물은 모든 장면에 존재해야 한다. 그렇지 않고서야 어떻게 무슨 일이 있었는지 설명할 수 있겠는가? 한 인물이 모든 장면에 존재한다는 것은 부담스럽게 느껴질 수 있다. 누군가와 같이 살다 보면 가끔은 따로 떨어져 보내는 시간이 필요한 것과 마찬가지다. 내가 3인칭 서술에서 초점 화자 전환을 시도해보라고(드물게) 권하는 건 바로 그런 이유에서다. 장이나 부部가 바뀔 때, 그리고 각 초점 화자에 똑같은 비중이 주어지는 방식으로 말이

다. 1인칭 서술의 경우는 문제가 달라진다. 초점 화자 전환은 선택지가 될 수 없다. 서술자를 모든 장면에 등장시키는 것만이 이야기를 전달하는 유일한 방법이다. 누군가 그에게 이야기를 간접적으로 전달하는 방식도 있지만, 이는 까딱하면 어설퍼지기 쉽다. 우리의 초점 화자가 작품 속에서도 중심인물이며 대화와 상황의 초점이 된다면 마치 한 사람이 각본을 쓰고 연출하고 주역까지 맡은 영화처럼 보일 수 있다.

위의 세 가지 목표가 상충한다는 점을 고려할 때 이런 목표에만 지나치게 집중해서는 안 될 것이다. 예를 들어 초점 화자는 자신의 관점과 모순되는 행동을 할 수도 있다. 그가 계속 자기는 A라는 인물을 미워한다고 말한다 치자. 그런데도 A가 등장하면 그는 달려가서 "당신을 정말 존경합니다"라고 말하는 것이다. 우리가 항상 전제하듯이 초점 화자가 독자인 우리에게 진실을 말한다고 믿는다면, 어째서 그의 생각과 말이 불일치하는지 의아해질 수밖에 없다. 그는 너무 줏대가 없어서 솔직한 감정을 드러내지 못하는 걸까? 우리는 그가 어쩔 줄 모르고 횡설수설하는 순간을 포착한 걸까? 그는 생각 없이 아무 말이나 하는 성격일까? 우리에게 미처 전달하지 못한 갑작스런 심경의 변화를 겪은 걸까? 아니면 단지 A가 그의 고용주라서 공손한 태도를 취하는 걸까? 그는 자신의 관점과 반대로 행동할 것이라고 미리 암시했는가, 아니면 갑자기 그런 행동을 했는가? 그렇다면 그는 왜 우리에게 아무것도 알려주지 않은 걸까? 우리는 이를 통해 그의 어떤 점을 알게 되었는가? 우리가 그를 여전히 믿을 수 있을까?

초점 화자 자신은 사건에 전혀 개입하지 않을 수도 있다. 뗏목에 앉아 물속에 있는 어른들의 행동을 우리에게 전해주는 소년을 상상해보자. 물속에서 일어나는 일을 뗏목 위에서 목격하는 것에는 어떤 장점이 있는가? 단점은 무엇인가? 이제 은행에 있는 두 사람에게로 돌아가자. 그 장면의 초점 화자가 첫 번째 사람도 두 번째 사람도 아니라면 어떨까? 지켜보며 창구에 앉아 무심하게 두 사람을 바라보는 은행원이라면? 우리는 거리감과 객관성을 얻게 될 것이다. 창구 직원은 상황에 직접 개입하지 않았고 두 사람에게 무관심하기 때문에 진실을 전해줄 가능성도 더 높을 것이다. 하지만 우리가 직접 개입하는 느낌, 다급함과 서스펜스는 사라질 것이다. 우리는 갑자기 어느 쪽 편도 아니게 되는 것이다. 무슨 일이 일어나든 알 게 뭐야? 애초에 내가 왜 이 장면을 지켜보고 있지?

결국 당신이 자문해야 할 것은 그 이야기가 누구의 것인가 하는 문제다. 이 인물을 최대한 생생히 살려내려면 그 자신의 시점을 통해 바라보아야 할까, 아니면 다른 인물의 시점이 나을까? 한 남자의 이야기를 전달하려면 그 아내의 입장이 최선일까? 환자의 이야기를 전달하려면 정신과 의사의 눈을 통하는 것이 최선일까?

타인의 눈으로

〈대부〉의 첫 장면에서 돈 코를레오네는 어떤 말도 없이 자신의 성격을 분명히 드러낸다. 그는 묵묵히 헌신하는 추종자들로 가득한 방 안에서 거대한 책상 뒤에 앉아 있다. 맞은편에는 한 남자가 그에게 도움을 청하며 용서를 빌고 있다. 다른 인물들이 그를 대하는 태도만 보고서도 돈 코를레오네가 어떤 사람인지 알 수 있다.

반면 〈기숙사 대소동Revenge Of The Nerds〉에서는 일련의 대학생들이 등장하여 '범생'의 전형적인 행태를 보여준다. 그럼에도 영화가 진행될수록 우리는 이들에게 공감하게 된다. 나아가 이들을 범생 취급하는 무리를 미워하게 되고, 우리가 미워해야 할 것은 낙인찍힌 사람이 아니라 남에게 낙인을 찍는 사람임을 깨닫는다. 이처럼 타인을 어떻게 보아야 하는가 하는 원칙이야말로 이 영화의 핵심이다. 낙인찍힌 인물에게 애착을 느끼는 과정은 여기서는 희극적 효과를 위해 쓰였지만, 대부분의 경우 〈슬링 블레이드〉에서 그렇듯 극적이거나 심지어 비극적인 효과를 위해 쓰인다.

유감스럽게도 우리는 어떤 사람을 남들이 어떻게 대하는지에 따라 그에 대한 태도를 결정하곤 한다. 의식적이든 무의식적이든 간에 말이다. 모두가 왕에게 허리를 조아리고 있다면 우리도 아마 그렇게 할 것이다. 어느 마을에 갔는데 사람들이 말투가 어눌한 동네 바보를 피해 다닌다면 우리도 똑같이 행동할 것이다. 이런 현상 때문에 '군중 심리'가 생겨난다. 다시 말해 당신이 성나고 열광한 군중 속에 끼게 된다면 그들의 목적이 무엇인지 몰라도 그들에게 동조할 가능성이 높다는 것이다.

이처럼 간사한 인간의 본성은 극단적인 상황보다 일상적인 상황에서 더욱 뚜렷이 나타나기 쉬우며, 실제로도 그렇다. 당신이 새로운 학교나 직장에 들어간 첫날 모두가 특정한 사람을 기피하거나 놀리는 것을 알아차렸다고 상상해보자. 아마 당신도 그 사람과 엮이고 싶지 않다는 이유만으로 그를 피하게 될 것이다. 마찬가지로 어떤 사람을 떠받들어야 할지도 남들을 보고 결정할 것이며, 남들이 당신도 떠받들어줄지 모른다는 이유만으로 그 사람과 가까워지려고 노력할 것이다. 새로운 환경에서 시간이 지나 어느 정도 적응이 되면, 그때는 군중 의식에서 한 발짝 물러나 스스로 결정을 내리고 심지어 주류를 거스를 수도 있다. 모두가 괴짜 취급하는 사람이 전혀 괴상하지 않다는 결론을 내리고 어쩌면 그와 친해질지도 모른다. 하지만 첫날에는 새로 만난 사람들에 압도되어 마치 다른 결정은 불가능한 것처럼 즉석에서 결정을 내리게 된다. 말하자면 군중의 인식에

취약한 상태인 것이다.

같은 원리가 독자에게도 적용된다. 독자는 지금 막 전체 등장인물을 소개받은 참이다. 그는 판단을 내리기 위해 단서를 찾으려 한다. 미숙한 작가는 단서를 독자의 목구멍에 쑤셔넣으려고, 즉 독자가 어떤 의견을 가져야 하는지 직접 말해주려고 할 것이다. 좀 더 노련한 작가라면 특정 인물을 독자에게 소개하기 위해 다른 인물들이 그에게 어떻게 대하는지 묘사할 것이다. B와 C와 D가 A를 학교 운동장에서 괴롭히거나, A를 찾아와 조언을 구하거나, A에게 보호를 요청하는 모습을 보여주는 것이다. 이는 작가들이 애용하는 방법인데, 독자가 스스로 판단하게 하면서도 나름대로 모호함과 해석의 여지를 남겨주기 때문이다.

독자는 한 인물에 대한 다른 인물들의 태도를 통해 해당 인물뿐만 아니라 그런 태도를 취하는 인물들에 관해서도 알 수 있다. 사실 오히려 후자가 핵심인 경우도 있다. A와 B와 C가 학교 운동장에서 D를 둘러싸고 있다면, 핵심은 D가 학대받기 쉬운 성격이라는 것일 수도 있지만 A와 B와 C가 남을 괴롭히는 성격이라는 것일 수도 있다.

다음 내용을 생각해보자.

- 당신이 만든 등장인물들은 초점화자를 어떤 태도로 대하는가? 그에게 동조하거나 반발하여 어떤 행동을 하는가? 그들이 그에게 무슨 말을 하는가? 그가 있는 자리에서 그에 관해 무슨 말을 주고받는가? 그가 없는 자리에서는 그에 관해 어떤 이야기를 한다고 전해지는가? 이를 통해 그의 어떤 점을 알 수 있는가?

- 당신의 초점 화자는 자신에 대한 남들의 태도를 어떻게 생각하는가? 은

행에 줄 서 있던 두 번째 사람처럼 남들이 자기에게 적대적으로 대한다고 상상하는가? 아니면 폭력적인 배우자에게 맞고 산다는 이야기를 하면서도 남편의 행동이 잘못되었다는 것을 인식하지 못하는가? 이 같은 인식과 현실의 불일치를 통해 그의 어떤 점을 알 수 있는가?

• 당신의 초점 화자는 다른 인물들을 어떻게 대하는가? 그가 남들을 어떻게 대하는지 판단할 수 있는 가장 좋은 방법은, 그에게는 중요하지 않지만 다른 사람에겐 매우 중요한 물건이 생겼을 때 그가 어떻게 행동하는지 확인하는 것이다. 죽어가는 환자에게 수혈 팩을 전달하게 된 배달원을 예로 들어보자. 그가 자신의 배달 품목이 어떤 용도인지 알면서도 내용물을 길가에 버리기로 한다면 어떨까? 우리는 그가 사악하다고 판단할 것이다. 그런데 그가 문제의 환자에게 오래전 부당한 대우를 받았기 때문에 그렇게 행동한 것이라면? 우리는 그가 앙심 깊은 사람이라고 판단할 것이다. 그가 배달할 생각은 있지만 언제 도착하든 상관없다는 듯 느긋하게 시간을 끌고 있다면? 우리는 그가 이기적이고 잔인하며 어쩌면 현실감각이 없는 정신이상자일지도 모른다고 판단할 것이다. 반면 배달 할 물건이 그저 아픈 아이를 위한 사탕일 뿐인데도 그가 이를 최대한 빨리 전달하기 위해 목숨을 걸고 횡단보도를 질주한다면? 우리는 그가 성자 같은 인물이라고 판단할 것이다. 이처럼 한 인물이 다른 사람에게 중요한 물건을 어떻게 다루는지 살펴보면 그 인물을 통찰하는 데 큰 도움이 된다.

• 인물들은 서로를 어떻게 대하는가? 초점 화자는 그들이 서로를 대하는 태도를 어떻게 생각하는가?

• 어떤 인물이 초점 화자에게 그가 예상한 것과 다른 태도를 취한다면 그는 어떤 반응을 보일까? 은행에 줄 서 있던 두 번째 사람은 창구 직원이 그에게 친절하게 대한다면 어떻게 반응할까? 창구 직원이 불친절하다면 첫 번째 사람의 반응은 어떨까? 창구 직원의 태도로 인해 그들의 생각이 달라질까, 아니면 더 굳어질까? 우리는 그들의 판단을 덜 신뢰하게 될까, 더 신뢰하게 될까?

집단 성격 묘사

공동 의식이 뚜렷한 집단에 소속된 적이 있는가? 단짝 3인조? 축구팀? 연극반? 위원회? 함께한 시간은 짧았지만 이후로 오랫동안 친하게 지낸 사람들인가? 아니면 반대로 갈등이 분명히 드러난 관계였는가? 이보다 더 안 맞는 사람들을 한데 모아놓기도 어려울 듯한 집단이었나? 항상 싸움이 그치지 않는 모임이었나?

1장과 2장에서는 개별적인 인물을 만드는 법을 배웠다. 이제는 당신이 만든 인물들이 집단적으로도 좋은 선택인지, 흥미로운 상호작용을 보여줄 가능성이 있는지 확인해볼 차례다. 괜찮은 선택이었다면 바로 알아볼 수 있다. 장면 하나하나가 살아 숨 쉬기 시작할 테니까. 〈조찬 클럽〉, 〈오드 커플〉 같은 영화나 연속극을 생각해보자. 이 작품들의 추진력은 등장인물들의 상호작용에서 나온다.

장군과 병역 기피자를 한 방에 둔다면 저절로 흥미로운 장면이 펼쳐질 것이다. 두 사람 모두가 판에 박힌 전형이 아니라 살아 움직이는 인물이라면 예상을 뛰어넘는 결과가 나올 수도 있다. 어쩌면 장군은 한때 병역기피를 시도했지만 가족에 의해 강제로 입대한 사람일지도 모른다. 병역 기피자는 사실 입대하고 싶었지만 여자 친구의 회유에 넘어간 것일지도 모른다. 양쪽 모두 열렬한 애국자지만 애국심을 표현하는 방식이 서로 다른 것은 아닐까? 어쩌면 두 사람에게는 많은 공통점이 있을지도 모른다. 둘 다 동전을 수집하는 천문학 전문가일 수도 있다. (6장 '갈등'을 참조하자.)

반면 인물들을 잘못 선택한 경우도 바로 알아볼 수 있다. 어떤 수를 쓰든 장면들이 밋밋하게 느껴질 테니까. 그런 이야기를 살려내려면 평소보다 열 배는 더 애써야 할 것이다. 더욱 위트 넘치는 대화, 더욱 기기묘묘한 배경, 거기다 서스펜스 요소를 더하고 어쩌면 인물 자체에도 양념을 쳐야 할지 모른다. 하지만 이 모든 것은 시작하기도 전에 망친 장면을 살리기 위한 피상적 수단에 지나지 않는다. 편집자로서 나는 이미 계약을 마쳤거나 작가가 손을 뗀 원고를 고쳐야 하는 경우가 종종 있다. 설정을 바꿀 수는 없으니 내게 가능한 선에서 구제해야 한다. 위에 언급한 모든 요소를 추가하고, 전반적으로 더 생기 넘치며 잘 읽히고 흥미진진하게 만들 수는 있다. 하지만 그 원고는 결코 걸작이 될 수 없을 것이다. 첫 단추부터 잘못 끼워졌기 때문이다. 결박된 채로 용쓰는 것이나 마찬가지다.

망친 작품을 구제할 것이 아니라 처음부터 걸작을 쓰기 위해 최선을 다하자. 우선 등장인물들을 살펴보자. 대척 관계인 인물들이 있는가? 거의 비슷한 인물들은? 그들에게 공통점이 있는가? 유대 관계는? 그들은 같은 목표를 이루기 위해 협동하는가? 그럼에도 불구하고 서로를 싫어하는가? 그들을 갈라놓는 요소나 상충하는 사안이 있는가? 그들은 각각 다른 계급과 인종 출신인가? 별자리 궁합이 나쁜가? 그럼에도 불구하고 서로를 사랑하는가?

딱히 비슷하거나 다른 점이 없는 관계에서도 심각한 의견 차이가 존재할 수 있다. 예를 들어 A와 B는 아주 사이가 좋지만 A는 담배 연기라면 질색인 반면 B는 줄담배를 피울지도 모른다. 아니면 A는 시끄러운 사람을 싫어하는데 B는 목소리가 쩌렁쩌렁할 수도 있다. (6장 '갈등'을 참조하자.) 이처럼 사소하고 의미 없어 보이는 세부사항이 거의 완벽한 관계의 균열을 암시할 수도 있다. 인물들이 강제로 함께 행동하도록 만드는 묘미가 바로 여기에 있다. 모든 인물은 관용과 타협을 깨닫고 자기 자신과 다른 사람에 관해 배워야 한다. 그리고 각자 사소한 불편과 피상적 취향을 극복할 수만 있다면 서로에게서 예상보다 더 많은 것을 발견할지도 모른다.

함께 보내는 시간

당신 작품의 등장인물들은 얼마나 긴 시간을 함께 보내는가? 장면마다 복수의 인물들이 상호작용을 하는가? 아니면 열 가지의 다양한 장면에 각각 다른 인물들이 나오지만 상호작용은 전혀 일어나지 않는가? 인물들이 반드시 상호작용을 할 필요는 없지만, 이야기 속에서 상호작용이 적게 일어날수록 이를 벌충할 수단이 필요하게 된다. 예를 들어 인물들을 특정한 시간, 설정, 배경을 통해 연결할 수 있다. 하지만 그런 경우 추가된 요소 자체를 하나의 캐릭터로 볼 수도 있다. 〈샤이닝〉의 배경인 호텔은 인물들만큼이나 중요한 하나의 캐릭터로 작용한다. 영화가 진행될수록 인물 간의 상호작용은 줄어들고 그들을 하나로 묶어주는 호텔의 비중이 점점 더 커지지만 말이다.

등장인물들이 함께 보내는 시간이 어떤 **종류**의 것인지도 생각해보자. 당신의 작품은 피상적인 만남으로 가득한가? 버스 정류장이나 술집에서

스쳐가지만 결코 서로를 깊이 알진 못하는 인물들이 등장하는가? 아니면 십 년 동안 같은 감방에서 지내며 고난을 나누고 서로를 잘 알게 되는 인물들인가? 스쳐 지나듯 만난 사람을 깊이 알게 될 수 있을까? 혹은 평생 함께 살아온 사람을 제대로 알지 못할 수도 있을까? 우리는 결국 누군가를 안다는 것은 그와 함께 보낸 시간의 양이 아니라 질에 달려 있음을 알게 된다. 중요한 것은 상대에 관해 배우려는 인물의 의지, 그리고 자신에 관해 알려주려는 상대의 의지다.

등장인물들이 과연 함께 시간을 보내길 원하는지도 생각해보자. 서로에게서 도망치고 싶지만 그럴 수 없는 두 인물은 작품 전체를 이끌어갈 수 있는 강력한 설정이다(〈미드나이트 런〉). 두 사람이 서로에게서 도망칠 수 없게 가로막는 장애물은 무엇인가? 그들은 군대에서 같은 막사를 배정받은 병사인가? 아니면 같은 기숙사 방? 한 팀에 소속된 선수거나 감방 동기인가? 반대로 함께 있고 싶지만 그럴 수 없는 두 인물도 똑같이 강력한 설정이 될 수 있다. 두 사람이 함께하지 못하게 방해하는 장애물은 무엇인가? 막강한 가문?(〈로미오와 줄리엣〉) 지리적 거리? 돈? 나이? 아니면 A는 B와 함께 시간을 보내길 원하지만 B는 A로부터 도망치고 싶어하는가? A는 스토커인가? 공격적인 구혼자나 추종자인가?

집단행동

복수의 인물로 이루어진 집단을 하나의 캐릭터로 간주할 수도 있다. 때때로 그들의 존재는 작품 전체를 떠받칠 만큼 강력하다. 갱단(〈워리어〉), 회사(〈네트워크〉), 가족(〈보통 사람들Ordinary People〉) 등을 생각해보자. 인물들이 하나의 단위로 움직이면 놀라운 일들이 일어난다. 집단은 개인과 전혀 다르게 행동하기 때문이다.

당신이 만든 인물이 집단의 일원이라면 그들의 논리에 어떤 영향을 받을까? 집단 논리에 휘말려들까? 세뇌되어 이전과 다르게 행동할까? 그는 열렬한 하레 크리슈나 신자가 되었는가? 뻔뻔한 기업 외판원, 규율을 신봉하는 군인, 거리의 깡패로 변했는가? 그는 집단과 함께 있을 때만 이전과 다르게 행동하는가, 아니면 완전히 바뀌어버렸는가? 아니면 집단의 영향을 받지 않고 오히려 그가 집단에 영향을 미치는가? 그는 홀로 집단을 부정하며 그들에게 맞서는가?(〈워터프론트〉) 집단의 성향을 바꾸려고 시도하는가? 개인과 집단은 서로에게 맞서는 지표로 활용될 수 있다. 개인과 집단을 대립시키는 것은 서로를 정의하는 가장 효과적인 방식이다. 그런가 하면 독자적인 개인을 외부 집단과 맞서게 하거나(〈신체 강탈자의 침입〉), 두 개의 집단이 서로 맞서게 할 수도 있다.

작가는 천재성의 분출, 정교하고 기발한 시공간적 배경, 또 순전히 콘셉트를 통해 하나의 세계를 창조할 수 있다. 〈블레이드 러너〉가 그런 사례일 것이다. 하지만 단지 인간 집단을 그림으로써 세계를 더 쉽고 일관성 있게 창조할 수도 있다. 〈대부〉는 양쪽 모두에 해당된다. 독창적인 시공간과 콘셉트의 세계를 만들어낸 한편, 강력한 집단(이 경우에는 가족이다) 역동을 지속하는 작품이니까. 우리가 〈대부〉를 높이 평가하는 것은 마피아에 관해 알려주기 때문만이 아니라 톰이 마이클에게 항상 그의 형제 같은 존재가 되고 싶었다고 말하는 장면 때문이기도 하다. 〈대부 2〉의 결말이 그토록 충격적이었던 것은 바로 이 지점 때문이다. 마피아라는 설정이 마이클의 친형제 살인과 뒤얽히면서, 우리는 마피아와 가족이라는 두 집단의 논리가 결코 공존할 수 없다는 것을 깨닫는다. 〈스타워즈〉도 같은 경우다. 완전히 생소한 시공간과 생명체로 이루어진 세계를 창조해내는 한편, 서로 반목하는 세력과 군대뿐만 아니라 가장 내밀한 차원에서 기본적으로 가족에 뿌리를 둔 익숙한 집단의 역학을 보여주는 것이다. 실제로 〈스타워즈〉의 가족 관계는 멜로드라마와 숨겨진 비밀로 가득 차 있어 연속극을 방불케 한다. 〈원 라이프 투 리브〉ABC 방송국에서 45년 가까이 방영된 일일 연속극—옮긴이에 그대로 옮겨놓는다 해도 무리가 없을 정도다. 하지만 이처럼 익숙한 가족 관계야말로 생소한 외부 세계와의 균형을 잡아주는 평형추 구실을 한다. 〈대부〉와 〈스타워즈〉가 역대 최고의 흥행 영화로 남았으며 수많은 후속편을 낳은 것은 결코 우연이 아니다.

상황

A는 열렬한 애국자다. 그는 조국을 위해서라면 살인도 할 수 있다고 믿으며 그런 논리를 항상 옹호해왔다. 조국에서 전쟁이 시작되자 징집당한 A는 참호에 앉아 적군에게 총을 겨눈다. 적군 병사가 시야에 들어온다. 하지만 격렬한 갈등 끝에 그는 방아쇠 당기기를 포기한다.

　B는 소대의 약점이자 겁쟁이로 여겨진다. 체구가 작고 연약한 그는 살인에 반대하며 무기를 제대로 다루지도 못한다. 항상 자신이 군대에 어울리지 않는다고 생각해왔고, 동료들처럼 자기 힘을 과시하거나 거친 말을 내뱉지도 않는다. 그런데도 어느 날 막사 안에 수류탄이 떨어지자 그는 주저 없이 몸을 내던진다. 겁에 질려 꼼짝 못하고 앉아 있던 다른 군인 열 명의 목숨을 구하기 위해 자신을 희생한 것이다.

　인물은 특정한 방식으로 생각하고 느끼면서도 막상 행동할 때가 되면 전혀 다른 방식으로 움직일 수 있다. 우리가 움직이는 인물을 보게 되는 것, 그가 실제로 어떤 사람인지 알게 되는 것은 항상 어떤 **상황**을 통해서다. 작가인 당신의 일은 그 상황을 만들어내는 것이다. 상황이 충분히 강력하다면 인물들은 자연스럽게 행동하고 반응하며 그에 따라 살아 움직이게 된다. 그들은 행동을 통해 자신이 어떤 사람인지 알려줄 것이다. 적당한 상황을 만들어낸다면 장면들이 저절로 펼쳐질 것이며, 그 과정을 통해 당신은 자신이 만든 인물을 훨씬 더 잘 파악하게 될 것이다.

인물의 기질을 보여주는 상황이 없으면 그의 관점을 파악하고 그에 대해 판단하기가 어려울 수 있다. 그 인물이 초점 화자라면 더욱 그렇다. 작품을 감상하는 내내 한 인물의 머릿속에 들어가 있다보면 깜박 속을 수 있다. 그와 함께 시간을 보내며 그의 내밀한 생각을 들여다보고 있으면 그에게 공감하지 않기가 어려워지는 것이다. 그의 바람은 우리의 바람이 된다. 우리는 초점 화자의 내적 독백에 말려든 나머지 한 걸음 뒤로 물러나 그의 행동을 보고 판단하는 것을 잊어버린다.

하지만 작품 감상을 마치고 그 내용을 머릿속에서 생각할 때, 혹은 남에게 이야기하며 되돌아볼 때 우리가 떠올리는 것은 인물의 생각이 아니라(그것이 얼마나 사악하거나 혹은 자비롭든 간에) 그의 행동이다. 인물의 행동이야말로 작품 속에서 일어나는 사건이자 우리가 지적할 수 있는 구체적 내용이기 때문이다. 어떤 인물이 200쪽 내내 다정한 생각을 하다가 친구를 총으로 쏜다면, 누군가 그 책의 내용을 물었을 때 우리는 "다정한 생각을 하는 사람에 관한 이야기야"라고 대답하는 것이 아니라 "친구를 쏜 사람에 관한 이야기야"라고 대답할 것이다. 당신이 만든 인물의 생각과 행동을 비교해가며 살펴본다면 종종 그 둘이 일치하지 않는다는 사실에 놀라게 될 것이다. 현실에서 우리의 생각과 행동이 불일치하는 것과 마찬가지다.

하지만 인물을 하나의 상황에 근거하여 확정적으로 판단하는 것은 조심해야 할 일이다. 총의 방아쇠를 당기기 두려워하는 열여덟 살의 군인을 생각해보자. 우리가 열여덟의 그를 만난다면 위태로운 상황에서 의지할 만한 인물이 아니라고 단정할지도 모른다. 하지만 이 년 후의 그는 소대에서 가장 노련한 살인자가 되었을 수도 있다. 이처럼 상황에 따라 달라지는 동일한 인물의 반응은 그의 여정을 만들어내는 강력한 수단이 된다. (4장 '여정'을 참조하자.) 그는 자신이 부딪힌 상황을 새로운 배움과 성장과 변화의 기회로 삼았는가? 아니면 그 상황에서 정신적 외상을 입었는가?

인물이 딱히 변화하지 않았다 해도, 그의 실행력 부족이 반드시 그의 신념을 무효로 하는 것은 아니다. A라는 인물이 열렬한 애국자이고 남들에게 살인을 부추기면서도 실상 그 자신은 사람을 죽이지 못할 수도 있다. 이를 위선이라고 단정하는 사람도 있겠지만 그건 너무 단순한 결론일 것이다. 말과 행동에는 엄청난 차이가 있으며, 행동하지 않는다고 신념이 부정되는 것은 아니다. 하지만 결국 인물은 어떤 신념을 가졌든 간에 그의 행동에 따라 판단되어야 한다.

도자기 그릇이 깨지는 지점을 확인하려면 극단적인 온도가 필요하다. 이와 마찬가지로 극단적인 상황은 어떤 인물로부터 다른 상황에서는 결코 알 수 없었을 면모를 이끌어낼 수 있다. 우리는 잔혹한 고문을 묵묵히 견뎌낼 수 있는 인물에게 존경심을 느끼듯이, 고문기술자가 제대로 위협하기도 전에 동료들의 정보를 전부 불어버리는 인물에게는 새삼 혐오감을 느낀다. 〈디어 헌터〉에 러시안 룰렛 장면이 나오지 않았다면 우리는 그 영화의 등장인물들에게 전혀 다른 감정을 느꼈을 것이다(그들 자신도 마찬가지였으리라). 하지만 항상 극단적인 상황이 필요한 것은 아니다. 고문은 우리의 일상생활과는 거리가 멀고, 당신이 만든 인물을 설명하기 위해 고문 같은 것에 의존한다면 당신의 작품은 대다수가 공감할 수 없는 과장된 상황들로 가득 찰 것이다. 다음의 상황 요소들을 고려해보자.

고통

고통은 인간에게서 많은 것을 이끌어낼 수 있다. 당신이 만든 인물은 부모의 죽음에 어떻게 반응할까? 몇 달 내내 흐느껴 울까? 눈물 한 방울 흘리지 않을까? 그는 암에 걸렸다는 진단에 어떻게 반응할까? 파산에 이른다면? 공개적으로 모함을 받는다면? 혹은 좀 더 평범한 문제에 직면한다면 어떨까? 예를 들어 격려 한마디 없는 고용주와 일하게 된다면? 끊임없이 치통에 시달린다면? 그는 불평을 늘어놓거나 남들에게 독설을 퍼부을까? 그는 평생을 고통에 시달리면서도 꿋꿋이 버텨왔는가, 아니면 고통을 견디지 못하는가? 그는 고통을 피하기 위해서라면 무슨 짓이든 할 사람인가?

희생

우리가 죽일 것인가 죽임을 당할 것인가 하는 딜레마에 빠질 일은 드물다. 희생이란 대체로 더 사소하고 모호한 형태를 취하게 마련이다. 당신이 만든 인물은 전철에서 남에게 자리를 양보하는가? 부모를 부양하기 위해 묵묵히 일하는가? 주말에도 집에 있으면서 조카를 돌봐주는가? 그는 항상 순교자가 되기를 자처하는가, 아니면 자기 이외의 사람을 위해서는 손가락 하나 움직이지 않는가?

주변 환경

누군가와 함께 여행하면 그를 잘 알게 된다는 격언은 사실이다. 그저 인물의 주변 환경을 바꾸기만 해도 그 사람의 다양한 면모가 드러날 수 있으니 말이다. 도시인이 정글에 간다면 어떻게 반응할까?(〈로맨싱 스톤〉) 시골 사람이 맨해튼에 간다면 어떤 반응을 보일까?(〈미드나잇 카우보이〉) 부자는 이동식 주택단지에서 어떻게 행동할까? 이동식 주택단지에서 자란 아이는 파크애비뉴의 대저택에서 어떤 행동을 할까? 그는 추위를 싫어하는가? 더운 날씨에 활기를 띠는가? 어떤 환경에서든 잘 적응하는가? 아니면 어디에 가든 거의 똑같이 행동하는가?

고난의 순간

당신이 만든 인물의 약점이 무엇인지, 그를 화나게 할 수 있는 것은 무엇인지 생각해보자. 언제나 점잖은 인물이 아침, 점심, 저녁식사까지 거른 다음 혼잡 시간대의 만원 통근열차에 탔다고 상상해보자. 발이 아프지만 계속 서 있어야 하는 상황인데 설상가상으로 열차가 터널 안에서 멈추더니 한 시간째 움직이지 않는다면, 그는 폭발해버릴까? 사람은 언뜻 보기엔 별것 아닌 상황에서도 순식간에 백팔십도 달라질 수 있다. 이런 변화가 인물의 실제 내면을 반영하는 것인지는 그가 그런 상황에 얼마나 자주 반응하는지, 그의 반응이 상황에 어울리는지 여부에 달려 있다. 사람이 고통스러운 순간에 폭발하는 것은 자연스러운 일이다. 그럼에도 그가 만약 폭발하지 않고 꿋꿋이 버틴다면 이로써 그에 관해 많은 것을 알 수 있다. 반면 그가 한 시간은커녕 겨우 3초 기다렸다고 폭발해버린다면 이 역시 그에 관해 많은 것을 알려준다. 하지만 독자는 상황을 모르고서는 아무것도 알 수 없으며, 따라서 상황을 만드는 것은 당신의 몫이다.

다차원성

인물의 다차원성은 일시적인 동요, 그러니까 상황 때문에 순간적으로 그 답지 않은 행동을 하는 것과는 다르다. 선량한 사람이 흥분한 나머지 아이를 때렸다고 생각해보자. 일시적인 동요 탓에 그런 것이라면 그는 자신의 행동을 후회할 것이다. 반면 다차원적 인물은 자신의 행동이 잘못되었다고 생각하기는커녕 자주 그런 짓을 저지를 수도 있다.

작품의 등장인물 역시 인간인 만큼 모순적인 행동을 할 수 있다. 평생 자선활동에 헌신한 남자가 배우자에겐 폭력을 일삼을 수도 있다. 평생 아동 구제에 매진한 여자가 자기 아이에게는 소리를 질러댈 수도 있다. 고문을 당해도 입을 열지 않았던 인물에게로 돌아가보자. 그 장면 직전까지는 그가 우리의 경멸을 받는 혐오스러운 겁쟁이였다고 해보자. 이제 우리에겐 그를 좋아할 이유가 생긴 셈이다. 우리는 어떤 입장을 취할까? 우리도 인간인지라 남에 관해 판단을 내리고 그에게 어떤 감정을 느껴야 할지 확신하고 싶어한다. 우리는 남들의 장단점을 가늠해보는 것을 즐긴다. 하나하나 구분하여 목록을 만들기 위해서가 아니라 종합적인 결정을 내리기 위해서다. 이 인물의 경우는 장단점을 가늠해본다 해도 여전히 단점이 더 크게 느껴지리라. 아마도 우리는 여전히 그를 싫어하겠지만, 어느 정도 유보적인 태도를 취할 것이다.

다차원성의 중요한 기능은 작품이 더 현실적으로 느껴지고 독자가 인물에게 더 쉽게 공감하도록 만드는 것이다. 완벽한 인물은 좀처럼 우리의 공감을 사지 못한다. 하지만 몇 가지 단점을 집어넣으면 그는 좀 더 우리와 비슷해진다. 우리는 슈퍼맨에 자신을 대입하긴 어렵겠지만, 형사 서피코뉴욕 경찰 조직의 부패에 맞서 싸우다가 결국 고립되는 강직한 경관을 묘사한 동명 영화의 주인공—옮긴이의 입장에 처하는 일은 쉽게 상상할 수 있다. 누구에게나 영웅

100

이 될 수 있는 영역과 겹쟁이로 머무는 영역이 존재한다. 인물의 다양한 면모를 드러낼수록 그는 한층 더 현실적인 인물이 된다. 윤리적으로 복잡한 인물은 이야기를 풍요롭게 해주며, 누가 옳고 누가 그른지 논쟁할 여지를 남겨준다. 이는 〈배트맨과 로빈〉처럼 일차원적인 작품에서는 좀처럼 찾아보기 어려운 철학적 완성도로 이어진다.

하지만 다차원성은 성취하기 어려우며, 노련하게 다루지 못하면 큰 골칫거리가 될 수도 있다. 인물이 다층적일수록 독자로서는 그가 마음에 드는지, 그의 편에 서야 할지 판단하기가 어려워진다. 많은 작가들이 결국에는 딱히 호감도 비호감도 느끼기 어려운 평범하고 매력 없는 캐릭터를 만들어내고 만다. 이처럼 '도덕적으로 모호한' 인물을 만들겠다는 것은 특정한 인물에 전념할 배짱이 없는 우유부단한 작가, 특히 어떻게든 '사실성'을 쟁취하려는 작가에게 편리한 구실이 되곤 한다.

오늘날 '리얼리티'는 문화적 성소와 같은 존재가 되었다. 〈리얼 월드 Real World〉나 〈캅스Cops〉 같은 텔레비전의 소위 '리얼리티' 프로그램, 〈블레어 위치〉 같은 리얼리티 영화, 지금 '실제로' 일어나고 있는 일들을 인터넷으로 지켜볼 수 있는 실시간 중계 카메라……. 2001년 신규 방영된 텔레비전 프로그램의 약 70퍼센트가 리얼리티쇼였다는 조사 결과도 있다. 작가들이 사실주의를 갈구하는 것을 비난하기는 어렵다. 모든 창작 워크숍이 '아는 것을 써라'는 상투적 문구를 무슨 강령처럼 남발하고 있으니 말이다. 사실주의에도 장점은 있다. 사실주의는 작품을 더욱 그럴듯하게 만들어주고, 불신의 유예독자가 픽션에 몰입하기 위해 의심을 중단하는 심리 작용—옮긴이를 용이하게 해주며, 독자에게 더 많은 공감을 이끌어낸다. 하지만 사실주의를 무엇보다도 중시하려고 하면 독자가 응원하거나 미워할 인물이 아무도 남지 않기 십상이다. 사실주의는 모든 영웅과 이상을 벌거

벗긴다. 영웅이라는 개념 자체가 '사실'과는 거리가 멀기에 당혹스러운 것이 된다. 지난 이십 년 동안의 영화만 살펴봐도 시대의 변화를 알아차릴 수 있다. 오늘날 〈록키〉나 〈코난〉처럼 도덕적으로 지극히 단순한 영웅이 등장하는 작품은 만들어질 수 없을 것이다. 그 결과 우리에게 진정한 영웅이나 역할 모델은 얼마 남지 않았다. 평범한 인생의 일상적 현실만이 남았을 뿐이다. 예술은 도피가 아니라 일상의 수용이 되었다.

문제는 독자에겐 기본적으로 애정을 쏟을 인물, 긍정적으로든 부정적으로든 작품을 계속 읽을 만큼 관심이 가는 인물이 필요하다는 것이다. 독자는 이 이야기가 누구에 관한 것인지, 어느 인물에 공감해야 하는지 알아야 한다. 독서에 있어 신뢰할 만한 관점을 확보하기 위해서라도 말이다. 오늘날 많은 사람들은 동화와 신화 속의 영웅과 악당이 안이하고 일차원적이라며 비웃을지 모른다. 하지만 지난 수천 년간 생명력을 유지해온 것은 바로 그런 이야기들이다. 반면 치밀하게 사실적으로 쓰인 현대소설들은 보통 이 년 만에 절판되어버린다. 옛날 사람들은 일차원적 인물에 큰 장점이 있음을 알고 있었다. 영웅은 끊임없이 오락가락하는 바닷물 속에서도 굳건하게 흔들리지 않는 존재가 되어 다른 등장인물들이 더 복잡하고 다차원적일 수 있게 해준다. 영웅은 마치 동굴 탐험가가 매달린 밧줄과도 같다. 탐험가는 밧줄에 매달려 있는 한 몇 번이고 굽어지거나 꺾으면서 더 멀리 나아갈 수 있다. 하지만 그를 이끌어주는 밧줄이 없으면 지극히 단순한 굽이에서도 길을 잃어버릴 수 있는 것이다. 조지 루카스는 〈스타워즈〉의 등장인물들을 만들 때 이 점을 잘 알고 있었다. 그들은 그 어떤 현대적 인물보다도 더 고대의 영웅과 악한에 가까우며, 문자 그대로 이원론적이다. 아이들도 이해할 수 있을 만큼 단순하지만 어른들도 열광시키는 존재다. 수백만 어린이가 다스베이더와 루크 스카이워커를 흉내

내며 놀았고, 핼러윈이 오면 가면을 쓰고 광선검을 휘둘렀다.

그렇다고 일차원성이 정답은 아니다. 요점은 다차원적 인물을 만들 때 반드시 일차원성의 장점을 염두에 두고 그로부터 벗어나면 무엇을 희생해야 할지 자문해보는 것이다. 제대로 된 다차원성은 다층적이고 생생한 인물을 만들어낼 수 있는 강력한 도구지만, 적당히 주도면밀하게 사용되어야 한다. 약간의 오점을 극복할 수 있으려면 일단 연민을 얻을 만한 인물이어야 한다. 그는 눈부신 기록에 딱 하나의 얼룩이 남은 영웅일 수도 있다. 반대로 악한이라면 위험한 이력 가운데 선행 하나가 존재할 수도 있다. 독자가 이 인물에 동조해야 할지, 애초에 그가 신경 써야 할 만큼 중요한 인물인지 판단하기 너무 어려운 것은 아닐까 항상 자문해보아야 한다. 캐릭터가 충분히 호감 가는 인물이라면 우리는 그에게 애증을 느끼고, 끊임없이 혼란스러워하면서도 계속 그의 곁에서 지켜보기를 원하게 된다.

장면 목록

만약에 아직 만들지 않았다면 장면 목록을 만들어보자. 각 장에 존재하는 기본적인 사건이나 상황을 목록으로 정리하는 것이다. 아직 작업 초반이라면 대강이라도 좋다. 목록이 불완전하거나 부분적이라도 괜찮다.

등장 빈도

이제 장면 목록을(너무 어렵다면 그냥 목차 정도라도 좋다) 살펴보면서 각 장면 혹은 장 제목 아래 거기 등장하거나 등장할 인물들의 이름을 적자. 이로써 작품의 각 장에 등장하는 인물 목록이 준비된 셈이다. 이 과정만으로 영감이 떠오르는 경우도 흔히 있다. 예를 들어 당신은 이제 A라는 인물이 1, 2, 3, 5장에 등장하지만 그 뒤로는 14장에 가서야 다시 나온다는 걸 알았다. 어떤 인물이 작품 전체에 고르게 나오는지, 아니면 불균형적으로 등장하는지도 한눈에 확인할 수 있다. 인물의 등장 시간이 불균형적이라도 그것이 작가의 의도라면 반드시 잘못된 것은 아니지만, 실제로는 의도적이지 않았던 경우도 많다. 책이나 시나리오는 무척 길어질 수도 있고, 그렇게 되면 작가는 어느 인물이 어디에 나오는지 조망하는 능력을 잃기 쉽다.

이 과정은 작품의 개요를 만드는 데 있어서도 중요한 첫 단계지만, 이 점에 관해서는 나중에 다시 논하겠다.

인물 관계도

모든 등장인물의 이름을 커다란 원 안에 적자. 아직 작품을 집필하지 않은 상태라면 이 원은 매우 중요한 역할을 할 수 있으며, 어쩌면 아이디어가 떠오르게 해줄 수도 있다. 상호 관계가 존재하는 인물들을 선으로 연결해보자. 친구나 한편이라면 직선으로, 적대 관계라면 곡선으로 연결하자. 뭔가 영감이 떠오르는가? A, B는 C, D와 상호 관계를 맺고 있는가? A, B와 흥미로운 관계를 맺을 만한 또 다른 인물은 누구일까? 가장 강한 관계는 어느 인물들 간에 존재하는가? 가장 약한 관계는? 정답은 없고 '올바른' 경로도 없지만, 등장인물 간의 관계를 개관하는 것은 꼭 필요한 과정이다. 이들의 관계를 이해하는 것은 생각만큼 쉬운 일이 아니며, 작품의 길이가 길고 등장인물이 많은 작품에서는 특히 더 어려울 수 있기 때문이다.

상황 설정

인물의 기질을 파악했다면 이제 이를 연결하여 그림을 그릴 차례다. 그의 반응을 이끌어낼 만한 상황을 열 가지 적어보자. 예를 들어 그가 수영을 못한다면 그를 낡은 조각배에 태워보자. 그가 시끄러운 사람들을 싫어한다면 술집에서 그의 뒷자리에 시끄러운 손님 다섯 명을 앉혀보자. 그가 질투 많은 사람이라면 아내가 다른 사람과 춤추고 있는 파티 장소에 불쑥 나타나게 해보자. 그가 애견인이라면 생일 선물로 강아지를 받게 해보자. 해당 인물이 긍정적이든 부정적이든 강렬한 경험을 하게 될 열 가지 상황을 골라보자.

이제 각각의 상황을 뼈대로 어떤 장면을 만들어낼 수 있을지 생각해보자.

이번에는 그에게 강렬한 경험을 안겨주면서도 작품 전체의 주제와 연결될 수 있는 상황을 열 개 더 골라보자.

그리고 이 각각의 상황을 뼈대로 작품 전개에 도움이 될 장면을 만든다면 어떤 것일지 생각해보자.

인물의 행동 목록

인물은 결국 그의 행동에 따라 판단되어야 한다. 어떤 인물이 400쪽에 걸쳐 모든 인간을 증오한다고 말하지만 실제 행동은 길을 건너는 노부인을 도와준 것뿐이라면, 그는 긍정적인 인물이라고 말해야 할 것이다. 반면 어떤 인물이 400쪽 내내 모든 사람을 좋게 말하지만 실제 행동은 누군가의 주머니를 턴 것이라면 그는 부정적인 인물일 수밖에 없다. 역설적인 것은 독자가 어떤 인물의 머릿속에서 오랜 시간을 보냈다는 사실만으로 그의 행동이 아니라 생각에 근거하여 그를 판단하기 쉽다는 것이다.

인물 하나를 선택하여 이 과정을 수행해보자. 작품 전체를 살펴보면서 그의 긍정적 행동과 부정적 행동을 모두 구체적으로 정리하자. 어느 쪽의 비중이 더 큰가? 그의 생각, 감정, 신념과 행동의 괴리를 발견하고 놀라지는 않았는가? 그 괴리는 얼마나 큰가? 오직 그의 행동에 근거하여 판단한다면 그는 어떤 인물인가? 판단 결과는 당신이 예상한 대로인가? 이 인물을 좀 더 당신이 원하는 모습에 가깝게 만들려면 무엇을 바꾸어야 좋을까?

영감의 원천

어떤 인물을 만들고 싶은지는 알았지만 플롯을 떠올리기가 어렵다면, 잠시 멈춰 애초에 어디서 그런 인물을 만들고 싶다는 영감을 받았는지 생각해보자. 그의 어떤 면모에 흥미를 느꼈는가? 그 면모를 끌어내려면 어떤 사건이나 상황이 필요할까?

4 장

여정

책을 쓴다는 것은 밤에 차를 모는 것과 같다.
당신은 전조등 불빛이 비치는 곳까지밖에 볼 수 없지만,
그렇게 계속 가다보면 결국 목적지에 도착하게 된다.

E. L. 닥터로

할리우드 영화 제작사는 중요한 작품의 공식 개봉을 앞두고 시사회를 열곤 한다. 대중의 반응을 예측하고 관객이 **만족**하는지 확인하기 위해 수백만 달러를 쓰는 것이다. 만족스러운 경험은 어떻게 이루어질까? 그런 경험은 보편적일까? 인공적으로 만들어낼 수 있는 것일까? 우리는 왜 단순히 줄거리를 보는 것으로는 만족하지 못하는가? 내용 요약만 읽고 결말을 바로 확인할 수도 있는데 왜 굳이 앉아서 500쪽짜리 책이나 두 시간짜리 영화를 보려는 것일까?

작가가 이야기를 쓰면서 가장 먼저 깨닫게 되는 점이 있다. 이야기의 핵심은 정보를 주는 것이 아니라 그 시점을 최대한 미루는 것이라는 점이다. 정보 자체보다는 그것을 전달하는 경로가 훨씬 더 중요하다. 독자나 관객은 이 경로로 여행하면서 만족을 느끼는 것이다. 자전거를 타는 사람의 기쁨이 목적지에 도착해 자전거를 멈출 때가 아니라 자전거로 달리는 과정에 있듯이 말이다. 목적지는 결코 여정만큼 중요하지 않다.

작가의 임무는 이런 여정을 시작하고 이어갈 수 있는 인물을 만드는 것이다. 변화의 직전에 있으며 결말에 이르면 여러모로 환골탈태하는, 즉 성숙해가는 인물을 만드는 것이라고도 할 수 있다. 결혼 생활이 위기에 처하여 혼외정사를 저지를 준비가 된 사람이나, 부주의한 행위로 파멸을 자초한 조직폭력배 말이다. 이상적인 등장인물은 휘발성 화합물과 같다. 그는 불안정하고 예측 불가능하며, 만병통치약을 발명하거나 대량살상을 저지르기 일보 직전에 다다른 사람이다. 그렇기 때문에 스탠리 엘킨이 "나는 벼랑 끝에 서보지 않은 사람의 이야기는 쓰지 않을 것이다"라고 말한 것이다. 만족과 결단은 불만족과 우유부단 이후에만 올 수 있다는 것을 우리는 명심해야 한다.

어떤 여정은 독자를 만족시키는 반면 다른 여정은 그렇지 못한 이유가 뭘까? 등장인물이 20개국과 50년에 걸쳐 누가 봐도 명확한 여정을 통과하는데도 독자는 감동을 받지 못할 수 있다. 반면 등장인물의 여정이 거의 알아보기 어려울 만큼 미미한데도 독자는 깊은 만족감을 느낄 수 있다. 여정이라고 모두 똑같은 것은 아니다. 공공연하고 누구나 쉽게 공감할 수 있는 '표면적' 여정이 있는가 하면, 내면에서 일어나며 알아보기 어려운 '심오한' 여정도 있다. 이런 여정들을 곰곰이 뜯어보면 그들을 구분하는 지점이 바로 만족감과 지루함의 차이에 있음을 깨닫게 된다.

우선 세 종류의 '심오한' 여정을 살펴보도록 하자.

심오한 여정 1: 타인에 대한 인식

우리는 하루 종일 다른 사람의 말을 듣고 그들과 상호작용하지만, 실제로 남들의 말에 귀 기울이고 그들을 있는 그대로 받아들이는 일은 드물다. 그 대신 우리가 원하는 대로 남들의 이미지를 만들어내고, 그들의 잘못을 무의식적으로 눈감아주기도 한다. 이처럼 우리 스스로 눈 가리고 아웅 하는 이유는 다양하다. 어머니는 아들에 대한 순수한 애정 때문에 그의 악행에 눈을 감을 수 있다. 노동자는 해고당할 것이 두려워서 직장에서 일어나는 부정행위를 모르는 척할 수 있다. 군인은 적에게도 옳은 점이 있다는 사실을 외면하려 할 것이며, 실제로도 그래야 한다. 혹여 남들의 잘못을 인식하더라도 정당화하거나 묵살하거나 축소해버리기 십상이다.

타인을 있는 그대로 바라보는 것은 생각만큼 쉽지 않다. 어느 날 잠에서 깨어나 눈가리개를 벗고 누군가의 실체를 깨닫는 것은, 특히 그 실체가 유해하다면 자신의 판단이 틀렸음을 깨닫는 것이기도 하다. 원치 않더라도 나 자신을 대면하고 자기 인식의 여정에 나서야만 하는 것이다. 이는 사람들 대부분에게 그 무엇보다도 두려운 일이다. 자신의 판단이 틀렸다는 것을 인정하느니 차라리 계속 해로운 상대와 함께 있기를 선택할 사람도 많으리라.

그래서 우리는 서로에 대해 눈을 가리고 살아간다. 다행히도 어느 날 문득 상대의 실체에 눈뜨게 되지 못한다면 말이다. 학대당하던 아내가 마침내 정신을 차리고 남편이 개자식임을 알게 된다. 노동자가 고용주의 실체에 눈을 뜬다. 광신적인 종교 신자가 그의 신앙이 **정말로** 광신임을 인식한다. 반항적이던 아들이 어머니가 자신에게 항상 상냥하고 친절하게 대해주었다는 사실을 깨닫는다.

타인에 대한 인식은 그 자체로 심오한 여정이지만, 그것만으로는 불완전한 여정에 그친다. 학대당한 아내는 남편을 떠날 수 있지만 일 년 뒤 그에게 돌아가거나 똑같이 폭력적인 남자를 만날 수도 있다. 광신도는 기존의 신앙에서 완전히 벗어날 수 있지만 일 년 뒤 또 다른 종교집단에 빠질 수도 있다. 문제가 되는 현상을 제거한다고 반드시 기존 행동 방식에서 벗어날 수 있는 것은 아니다. 그러려면 한층 더 심오한 또 하나의 여정에 나서야 한다. 바로 자기 인식의 여정이다.

심오한 여정 2: 자기 인식

자기 인식의 여정에 나선 인물은 그가 속한 종교집단이 광신적임을 인식할 뿐만 아니라 한 걸음 더 나아가 그가 광신에 빠진 이유도 깨닫는다. 학대당한 아내는 남편의 폭력성뿐만 아니라 자신이 왜 항상 폭력적인 관계에 이끌렸는지도 깨닫게 된다. 이들은 살아오면서 맺은 관계들에 대한 자신의 책임을 받아들인다. 이 단계에 이르면 인간관계를 새롭게 규정하고 선을 넘는 상대를 용납하지 않게 된다. 다른 사람들은 그가 원하는 바에 따르거나 아니면 그에게서 떠나야 한다. 그는 자신이 어떤 사람이며 얼마나 가치 있는 존재인지 깨달은 것이다.

　인간 사회에서 뉘우침은 왜 그토록 중요할까? 누군가 끔찍한 범죄를 저지르고 사형선고를 받았을 때 우리는 왜 그가 뉘우쳤는지 여부에 신경 쓸까? 뉘우친다고 무엇이 달라지는가? 많은 사람들은 매우 큰 차이가 생긴다고 믿는다. 뉘우친다는 것은 자기 인식의 여정을 의미하기 때문이다. 이 여정을 어찌나 중요시하는지 그저 범죄자가 뉘우쳤다는 사실만으로 만족을 느끼는 사람도 많으며 심지어 그가 뉘우치기만 한다면 용서하겠다는 사람도 있을 것이다. 실제로 여러 종교에서는 범죄자가 이 같은 내면의 여정을 거쳤는지 여부에 따라 내세에서의 운명이(그가 구제받을 것인지, 천국과 지옥 중 어디에 떨어질 것인지) 결정된다고 말한다. 『이방인』에서 〈데드 맨 워킹〉에 이르는 여러 작품들이 뉘우침을 향한 여정 혹은 반反여정을 둘러싸고 펼쳐진다는 점은 우연이 아니다. 중요한 것은 뉘우침 자체보다도 자기 인식의 여정이다(『죄와 벌』의 라스콜니코프를 생각해보자).

자기 인식은 내면에서 시작될 수도 있다. 깊은 사색가나 은둔자는 혼자만의 노력을 통해 자기 인식에 이를 수도 있을 것이다. 하지만 대체로 자기 인식은 스승의 가르침이나 종교인을 통한 감화와 같은 외부적 계기를 통해 일어난다. 어떤 상황이 맞아떨어지면서 내면 깊은 곳의 무언가를 건드리는 것이다. 이런 외부적 계기는 중요한 촉매가 되지만, 50명의 사람이 그와 함께 같은 교실이나 예배당에서 같은 말을 듣더라도 자기 인식에 이르지 못할 수 있다는 점을 명심해야 한다. 무언가에 진심으로 귀 기울일 준비가 되어 있는 사람만이 내면의 깨달음에 이를 수 있는 것이다.

심오한 여정 3: 인식에 근거한 행동

남편이 개자식임을 깨닫는 것과 이혼 소송을 제기하는 것은 별개의 문제다. 자신이 평생 폭력적인 관계에 이끌렸음을 인식하는 것과 그런 패턴에서 벗어나려고 의식적으로 노력하는 것, 심리치료를 통해 두 번 다시 그런 관계 속에 놓이기를 거부하는 것, 그 인식에 근거하여 **실제로 행동**하는 것은 별개의 문제다. 독자는 자기 인식(예를 들어 살인자의 뉘우침)만으로도 만족감을 느끼겠지만, 살인자가 뉘우칠 **뿐만 아니라** 평생 다른 피해자 구제에 헌신한다면 더욱 만족할 것이다. 노동자가 회사의 부정을 인식하는 것에 만족할 수 있지만 그가 퇴사하기로 결단을 내린다면 더욱 만족할 것이다. 인물이 아무리 뉘우치고 선한 생각을 하며 강렬한 자기 인식에 이른다 해도, 결국 우리가 그를 판단하는 근거는 오직 지도상의 위치 표시처럼 남겨놓은 그의 행적뿐이다. 심지어 행동으로 이어지지 않는다면 진정한 인식이 아니라고 주장하는 사람도 있을 것이다.

당신이 만든 인물이 행동을 취할 것인지 결정하려면 우선 그의 인식이 얼마나 깊은지를 유념해야 한다. 그의 신념이 바뀐 것은 한 시간짜리 연설을 들었기 때문인가, 아니면 4년에 걸쳐 해당 주제를 공부하고 심사숙고했기 때문인가? 인물의 성격도 고려해야 한다. 그는 변덕스럽고 쉽게 감동하는 사람인가, 아니면 좀처럼 남의 영향을 받지 않는 사람인가? 뉴에이지 세미나에 매주 참석하며 돌아올 때마다 자기가 달라졌다고 주장하는 사람이 새삼 같은 말을 하더라도 우리는 놀라거나 감동하지 않을 것이다. 반면 평생 뉴에이지 철학을 비판해온 사람이 어느 날 일주일간의 명상에 참여하기로 결심한다면 우리는 깊은 만족감을 느낄 것이다. 그 사람이 변화의 여정을 거쳤기 때문이다.

　과거의 습관으로 돌아가지 않는 것도 일종의 행동이라고 할 수 있다. 알코올의존자였던 사람은 다시 술을 마시고 싶은 유혹에, 전직 도박꾼은 도박장으로 돌아가고 싶은 유혹에 시달릴 것이다. 인간은 습관의 동물인 만큼 기존의 습관을 거부하는 것도 그 자체로 강력한 여정이 된다. 그러나 가장 강력한 여정은 역시 인식에 근거한 행동이다. 이런 여정을 마친 인물은 예전과는 완전히 달라지며 심지어 스스로에게도 낯선 사람이 된다. 그렇기 때문에 변화의 가능성이 있는 인물을 만드는 일이 중요한 것이다. 신념은 정체성과 함께 온다. 자신의 신념을 바꾸고 새로운 신념에 따라 행동하기만 하면 그는 전혀 다른 사람이 될 수 있다. 그가 입대를 할지, 아니면 병역 거부자가 될지는 전적으로 그의 신념에 달려 있다. 아들이 집에 새 여자 친구를 데려올 때 부모가 걱정하는 것은 그가 여자 친구하고만 붙어 지내기 때문이 아니라 여자 친구의 신념에 영향을 받아 더 이상 부모와 시간을 보내지 않는 낯선 사람이 될까봐서다. 무시무시하기로 손꼽히는 작품들이 등장인물에게 특정한 신념을 강요하는 내용인 것은 바로 이런 이유에서다. 우리가 〈맨츄리안 캔디데이트〉나 〈시계태엽 오렌지〉에서 가장 생생하게 기억하는 것이 세뇌 장면이라는 점은 우연이 아니다. 이 영화의 등장인물들은 타의에 의해 다른 사람이 되었으며, 기존의 인물들은 영원히 사라진 셈이다. 이를 통해 우리는 인간이란 얼마나 손쉽게 다른 사람이 될 수 있는지 깨닫게 된다.

인식과 행동의 불일치

하지만 인물이 인식에 근거하여 행동하지 않는다고 해서 무조건 그의 인식을 폄하해도 괜찮을까? 정상 참작의 요소가 있지 않을까? 그에게 인식에 근거해 행동할 기질, 의지력, 자신감, 혹은 능력이 있는지도 고려해야 하는 것이 아닐까?

행동하는 일이 항상 쉬운 것은 아니며, 행동하지 않는다고 해서 꼭 인식이 무효로 돌아가는 것은 아니다. 인물이 새로운 행동을 취하려고 하지만 다른 인물들에게 만류를 당하는 경우도 흔하다. "너답지 않아" "오래 못 갈 거야" "전에도 해본 일이잖아" "잠시 그러다 말 거야" 등등. 누군가의 변화를 지켜보는 것은 두려운 일이기 때문이다. 그들 곁에는 도무지 어떤 관계를 맺어야 할지 알 수가 없는 완전히 새로운 사람이 남게 되리라. 그렇게 되면 주변의 다른 사람들도 전부 변할까봐 두려워질 수도 있다. 갑자기 삶 전체가 훨씬 불안정하게 느껴지는 것이다.

종교적인 가정에서 자랐지만 어느 날 문득 신앙을 잃었음을 깨달은 소녀는 그대로 집에 머물며 종교의식을 수행할 수도 있고, 완전히 새로운 환경을 찾아 떠날 수도 있다. 만약 떠난다는 선택을 한다면 온 가족과 이웃의 신뢰를 잃을 위험을 무릅쓴다는 점에서 그녀의 강인한 신념과 기질을 드러낼 수 있을 것이다. 그러나 집에 머무르면서 거짓된 삶을 산다고 해도 이해 못할 행동은 아니며, 그런 선택을 한다고 해서 그녀의 인식이 의미를 잃는 것도 아니다.

인식과 행동이 불일치하는 것은 가능하며, 실제로도 종종 있는 일이다. 하지만 이런 불일치를 빨리 해결하기 위해 인물을 바로 행동하게 할 필요는 없다. 오히려 불일치를 연장함으로써 매우 강력한 갈등을 연출할 수 있기 때문이다. 해당 인물은 자신의 상황에 알맞은 행동이 무엇인지 알지만 과연 그렇게 행동해도 될지 확신하지 못해 전전긍긍한다. 계속 연장되는 갈등은 무시무시한 분위기를 자아낸다.

내적 갈등은 투사에서 편집증까지 다양한 신경증을 일으킬 수 있다. 이런 경우 실제로 병에 걸리거나 신체적 증상이 나타나기도 한다. 자신이 의식이나 계율을 지키지 않았다는 것만으로 돌이킬 수 없는 죄를 지었다고 단정할 만큼 종교적 죄의식이 극단적인 사람은 예수의 성흔처럼 손바닥에 피가 흐르거나 귀신 들린 증세를 보일지도 모른다. 이는 자신의 행동이 잘못되었음을 인식하지만 그 잘못을 보상할 행동을 할 수 없거나 하지 않는다는 괴리감 때문이다. (종교적 죄의식과 같은 경우, 이런 '잘못'에 대한 '인식'이 애초에 스스로 원한 것일지 궁금해지지 않을 수 없다.) 청부 살인자나 나치 당원이 자신의 행동이 잘못되었다고 인정하지 못하는 것은 이런 이유에서다. 일단 그렇게 인식하고 나면 자기 행동의 무게에 짓눌려버릴 테니까.

불일치는 도덕적 딜레마의 근거가 될 수도 있다. 누군가가 자신의 잘못을 인식했지만 외부적 상황 때문에 억지로 악한 행동을 계속해야 한다면 어떨까? 유대인이 나치 당원에게 총으로 위협을 받으며 가족의 목숨을 구하고 싶으면 자신에게 협조하라는 강요를 받았다고 치자. 그는 남들의 생명과 가족의 목숨 중 어느 쪽을 우선시해야 할까? 노동자가 직장 내의 부정행위를 알게 되었지만 누이의 수술비를 벌기 위해 계속 일할 수밖에 없다면? 그는 가족과 낯선 사람들 중 어느 쪽에 더 충실해야 하는가? 잘못된 행동이 용납될 수 있는 것은 언제일까? 그런 행동을 어떻게 정당화할까? 그는 어떤 대가를 치러야 할까?

인식과 행동의 불일치가 끝까지 해소되지 않을 가능성도 있다. 당신의 작품을 통해 사람들 대다수가 좀처럼 행동하지 못하는 이유를 탐구해볼 수도 있을 것이다. 당신이 만든 인물은 회사의 부정을 인식하지만 아무런 행동도 하지 못할지도 모른다. 어쨌든 그가 인식엔 이르렀다는 불완전한 만족감 속에서 그대로 이야기를 끝내버려야 할 수도 있다. 인물이 아무런 행동을 하지 않을 경우 이를 보상하고 독자를 만족시킬 수 있는 다른 방법도 존재한다. 예를 들어 그가 자책하며 괴로워하는 모습을 묘사하여 독자에게 부분적인 만족감을 안겨줄 수 있다. 앞에서 언급했듯이 자책감을 다양한 신경증이나 광기, 심지어 자살로 발전시킬 수도 있다. 그러면 이야기는 인물의 행동이 아니라 행동 불능에 따른 자책에 관한 것이 된다.

앞에서 언급했듯이, 결과를 따지느라 행동하지 못하는 인물은 도덕적 딜레마를 제시함으로써 독자에게 일종의 철학적인 쾌감을 줄 수 있다. 독자는 어떻게 행동하는 것이 옳은지 논쟁하거나 자신이라면 어떻게 행동했을지 생각해볼 수 있다. 하지만 독자가 가장 큰 쾌감을 느끼는 것은 인물이 자신의 인식에 근거하여 행동하기로 결심했거나 심지어 행동하기 시작했지만 이미 늦은 경우다. 노동자는 부정한 동료들을 고발하기로 결심하고 연방수사국으로 가는 도중 오히려 체포되고 만다. 버릇없는 고집쟁이 아들은 격렬한 말다툼 끝에 마침내 그가 얼마나 어머니를 괴롭혔는지, 어머니가 얼마나 그에게 잘해주었는지 깨닫고 사과하러 가지만 어머니가 이미 돌아가셨음을 알게 된다(플래너리 오코너의 「오르는 것은 모두 한데 모인다」). 그는 인식에 이르렀고 행동하기로 결심했으며 실제로 행동에 나섰지만, 이미 너무 늦어버린 것이다. 이런 수법은 『로미오와 줄리엣』을 비롯해 그보다 이전의 비극 장르에서도 효과를 극대화하기 위해 사용되어왔다.

표면적 여정

'표면적' 여정이란 누구나 바로 알아차릴 수 있는 과정, 관습적이며 사회에서 인정받는 성장과 진보의 표식이다. 예를 들어 체중을 20킬로그램 줄인다든지, 직장에서 승진한다든지, 새로 연애를 시작한다든지 말이다. 표면적 여정은 작가에게 무척 유용하다. 인물에 관해 궁금해하는 독자가 이해하고 공감하고 참조할 수 있는 사항이기 때문이다. 그는 편집 보조인가, 편집자인가, 편집장인가? 연봉이 3만 5천 달러인가, 4만 5천 달러인가?

표면적 여정은 심오한 여정과 쉽게 혼동될 수 있지만 사실 전혀 다르다. 표면적 여정은 인식, 정신적 정체성, 신념, 결심 등의 심오한 여정보다 훨씬 손쉽게(그리고 간단하게) 이해할 수 있다. 역설적인 점은 내면의 심오한 여정이 오히려 사소하고 부질없어 보이기 쉽다는 것이다. 반면 집을 사는 것과 같은 표면적 여정은 더 영속적이고 확고한 것으로 여겨지곤 한다. 인생의 비극은 우리가 이런 표면적 여정에 현혹되어 그것을 심오한 여정으로 믿어버린다는 것이다. 소유물과 지위는 왔다가 사라지는 것이며, 결국 우리에게 남는 것은 내면의 여정인데도 말이다(「용기」). 하지만 표면적 여정도 잘 다루면 인물을 심오한 여정으로 이끄는 중요한 수단이 될 수 있다.

소설과 시나리오는 비교적 짧은 매체다. 겨우 300쪽 혹은 두 시간 안에 인물을 만들어내고 그의 여정과 변화, 새로운 인물로의 재탄생을 보여주어야 하는 것이다. 이것만 해도 충분히 어려운 일이다. 어떻게 하면 그토록 짧은 시간 내에 이 모든 과업을 완수하면서도 서두르는 것처럼 보이지 않을 수 있을까? 표면적 여정은 이런 면에서 중요할 수 있다. 하룻밤 사이 꽃핀 연애, 복권에 당첨되어 갑자기 부자가 된 사람……. 이제부터는 흔히 사용되는 일곱 가지 표면적 여정에 대해 인물의 삶을 빨리 바꿀 수 있는 순서대로 검토해보겠다. 그 변화의 속도가 얼마나 빠른지 실감할 수 있을 것이다.

표면적 여정 1: 연애

인물을 빠르고 그럴듯한 방식으로 변화시키는 것이 작가의 과업임을 고려하면, 연애야말로 가장 강력한 수단이 될 수 있다. 연애는 인물의 삶을 순식간에 바꿔놓을 뿐만 아니라 변화의 동기로서 충분히 설득력이 있다는 점에서도 중요하다. 누군가를 만나 데이트를 시작한 사람은 그만큼 가족이나 친구들과 보내는 시간이 확 줄어들 것이다. 실제로 연애는 그의 삶에 상상도 못했던 방식으로 영향을 미친다. 연애가 가족 관계나 친구 관계를 어떻게 변화시킬까? 이제 그는 여가시간을 거의 연인의 집에서 보내는가? 아니면 새로운 장소에서 새로운 인물들과 어울리는가? 물론 이런 여정이 항상 긍정적인 것은 아니다. 부정적인 여정도 그만큼, 어쩌면 오히려 더 강력하게 작용할 수 있다. 그는 별거 중인가? 아니면 이혼 소송 중?

가장 중요한 점은 이런 표면적 여정이 어떻게 내적 인식의 심오한 여정으로 이어질 수 있는가 하는 것이다. 커플은 흔히 서로 닮아가게 마련이다. 그도 연인과 닮아갈까? 연인의 어떤 면을 닮게 될까? 그의 시야는 넓어지고 있는가? 사람들이 흔히 말하길, 우리가 누군가를 따라 변화하는 것은 결국 우리의 내면에서도 어느 정도는 그런 변화를 원하기 때문이라고 한다. 그는 새로운 연인과의 관계에서 자신감을 얻고 자기 앞에 놓인 온갖 가능성을 인식하게 되었는가? 그런 인식에 따라 행동하는가? 자기 삶에 부정적 영향을 미쳐온 사람들을 모두 떨쳐냈는가? 아니면 새로운 관계로 인해 오히려 자신감을 잃었는가? 연인이 그를 서서히 무너뜨리고 있는가? 그는 소심하고 자신감 없는 사람이 되었는가? 그도 연인의 부정적인 영향을 알아차렸는가? 연인은 그의 삶에 어떤 존재인가? 혹시 부모와 비슷한가? 그는 과거의 패턴에 또다시 빠져버린 것인가? 빠져나올 방법은 없을까? 유감스럽게도, 사람들이 깊이 생각하게 되고 나아가 심오한 여정에 이르는 것은 대체로 긍정적이기보다 부정적인 표면적 여정을 거쳐서다. 연애가 끝나고 깊은 상심에 빠진 그는 이제야 생각에 잠긴다. 연인을 잃은 자신이 어떤 존재인지, 연인이 그를 어떻게 바꿔놓았는지, 그에게 정말로 중요한 것은 무엇인지. 어떤 사람은 부정적 여정을 긍정적 여정으로 바꿔놓기도 하지만, 어떤 사람은 그 이후의 각성 과정을 차마 견디지 못하고 과거의 패턴을 답습하는 운명에 빠진다.

연애가 표면적 여정 중에서도 특히 중요한 이유는 또 다른 중요한 여정으로 이어질 가능성을 갖고 있기 때문이다. 바로 '가족'이다.

표면적 여정 2: 부의 획득

표면적 여정이 강력한 것은 순식간에 인물을 완전히 바꿔놓을 수 있기 때문이다. 실제로 많은 작품이 부를 획득하는 여정을 토대로 전개된다. 막대한 유산을 물려받거나 복권에 당첨된 사람은 하룻밤 사이에 인생이 바뀌는 경험을 하게 된다. 적어도 표면적으로는 말이다. 이제 그는 집과 차를 사고 세계여행도 할 수 있다. 더 이상 일하지 않아도 되는 것이다! 그의 일상은 완전히 달라진다. 자기가 원하는 대로 시간을 보낼 수 있기 때문이다. 그는 자신의 내면도 뒤바뀔 것이라는 환상을 품겠지만, 유감스럽게도 그런 경우는 드물다. 부의 획득이 진정으로 인생을 바꿀 수 있을지는 그가 얻은 부를 내적 성장과 자각의 기회로 활용하는지 여부에 달려 있다.

부의 획득이라는 표면적 여정이 어떻게 심오한 여정으로 이어질 수 있을까? 많은 돈을 갖게 된 사람은 확실히 주변 사람들에 관해 많은 것을 깨닫는다. 모두 그에게서 한 푼이라도 뜯어내려고 달려들기 때문이다. 하지만 깨달음은 부의 상실과 함께 올 가능성이 크다. 화재로 집을 잃었거나 주식, 도박, 소송으로 전 재산을 탕진한 사람은 자신의 행동을 반성할 것이다. 시간이 지나면서 그는 자신의 삶에 진정으로 중요한 것은 무엇인지 깨닫게 되리라. 그의 삶에서 우선 순위는 어떻게 바뀔까? 그는 이윤을 추구하는 시간을 줄이고 가족 곁에서 더 오래 있으려 할까? 자선 활동에 더욱 몰두할까? 아니면 그의 여정은 결국 부정적인 것으로 밝혀질까? 그는 완고하고 모진 사람이 되어 여생을 보낼 것인가?

표면적 여정 3: 우정

우정은 인생을 아주 빠르게 바꿔놓을 수 있다. 서로 만나자마자 친구가 된 경우에는 더욱 그렇다. 실제로 어떤 친구 관계는 가족 관계보다도 끈끈하다. 중고등학생 때, 그리고 그보다는 덜하지만 대학생 때는 우정이야말로 세상에서 가장 중요한 것처럼 느껴진다. 사업과 정치의 세계에서 흔히 '접촉'이나 '교섭'이라고 불리는 우정은 수백만 달러의 돈으로 치환되기도 한다. 우정이 강력한 표면적 여정인 것은 사실상 언제 어디서든 싹틀 수 있으며 인물의 삶을 초창기부터 바꿔놓을 수 있기 때문이다. 친구는 그에게 긍정적인 영향을 미치는가? 그의 시야를 넓혀주고 새로운 책과 음악을 접할 수 있도록 도와주는가? 아니면 부정적인 영향을 미치는가? 그를 싸움에 끌어들이고 밤마다 술자리로 불러내며 자기만큼 자주 말썽에 휘말리게 하는가?

적대 관계 역시 인물에게 큰 영향을 미칠 수 있고 단기간에 형성될 수 있다. 당신이 만든 인물이 교도소에 들어간 첫날 누군가를 잘못 건드렸다면, 상대는 바로 강력한 적수가 되어 결말까지 그를 쫓아다닐 것이다. 어떤 작품들은 순전히 적을 막아내는 내용을 토대로 구성되기도 한다(〈마이 보디가드〉). 당신이 만든 인물은 적과 싸우는 과정에서 자신에 관해 무엇을 깨닫는가? 그는 적을 막기 위해 어떤 전략을 쓰는가? 막아내는 데 성공하긴 하는가? 예전에 없었던 강한 힘을 얻는가? 그에게 덤벼드는 적들은 어떤 유형인가? 적들이 그에게 자주 덤벼드는가? 어쩌면 적은 본인 자신이 아닌지 고민해봐야 할 시점인가? 아니면 그는 단지 상황의 희생자인가? (이 개념에 관해서는 뒤에 자세히 설명할 것이다.)

인물은 어떤 집단에 참여함으로써 하룻밤 만에 달라질 수도 있다(갱단, 회사, 군대 등). 그는 이제 집단의 은어로 이야기하고 그들의 기풍을 받아들이는가? 독자는 그가 바뀌어가는 모습을 지켜보며 짜릿한 만족감을 느낄 것이다. 그는 어떻게 변했는가? 변화를 통해 자신의 어떤 점을 알게 되었는가? 군대 생활을 통해 정신력을 얻었는가? 회사 생활을 통해 자신이 타고난 외판원이라는 것을 깨달았는가? 갱단 생활을 통해 싸움꾼 기질에 눈을 떴는가? 아니면 그는 집단에서 파문당했는가? 어째서? 그가 집단 구성원들과 다르다면 어떤 점에서 그러한가? 그런 차이점이 어떻게 심오한 여정으로 이어질 수 있을까? 집단이 와해된다면 그는 자신에 관해 어떤 깨달음을 얻을까? 동료들에 관해서는? 결과적으로 그의 삶은 어떻게 달라질 것인가?

표면적 여정 4: 신체 변화

신체 변화가 강력한 표면적 여정인 것은 비교적 빨리 진행될 수 있으며 누구나 공감 가능한(그리고 남몰래 고민하는) 주제이기 때문이다. 게다가 신체가 변하면 외모도 달라지며, 유감스럽게도 많은 사람들은 외모를 자기 정체성과 동일시하게 마련이다. 실제로 〈록키〉를 비롯한 여러 작품에서는 인물이 몸을 만들거나 훈련하는 과정 자체가 중심이다. 당신이 만든 인물은 근육을 9킬로그램 늘렸는가? 아니면 지방을 20킬로그램 줄였는가? 수영 챔피언이 되었는가? 머리를 빡빡 밀었거나 문신을 했는가? 이런 수법을 통해 인물은 순식간에 몰라보게 달라질 수 있다. 이 같은 표면적 변화만으로도 독자는(관객이라면 더욱더) 큰 만족감을 느낄 것이다.

　질병도 빠르고 납득 가능한 변화의 경로가 된다. 당신이 만든 인물은 처음엔 건강했지만 암 진단을 받고 얼마 지나지 않아 사망할 수도 있다. 아니면 처음에 암 진단을 받았지만 투병을 거쳐 완치할 수도 있다. 사고를 당해 기억이 사라질 수도 있고(〈헨리의 이야기〉) 팔다리를 잃을 수도 있다(〈7월 4일생〉). 신체 변화는 독자에게 특별히 강한 인상을 준다. 소품이라면 신체 변화만으로도 충분히 플롯을 진행할 수 있고, 더 나은 작품에서는 신체 변화를 통해 한층 심오한 여정으로 나아갈 수 있다. 그는 자신에 관해 무엇을 알게 되었는가? 자신이 신체장애를 극복할 수 있다는 걸 깨달았는가? 온전한 몸을 잃은 자신이 어떤 존재인지 의문을 갖기 시작했는가?

표면적 여정 5: 지식

지식의 획득은 고귀한 목적이며, 적어도 표면적으로는 인물의 여정을 이루는 토대가 될 수 있다. 〈고독한 스승〉 같은 영화는 지식을 얻기 위한 투쟁을 둘러싸고 진행된다. 〈선택받은 사람들〉 같은 영화에서는 하시디즘 종파의 정통 유대교 랍비의 아들이 율법이 아닌 일반 학문을 배우길 원하면서 갈등이 빚어진다. 작품의 등장인물은 공교육을 받거나 새로운 언어를 배우거나 특수한 기술(배관, 댄스, 컴퓨터 등)을 익힐 수도 있다. 이런 지식 획득의 여정은 다른 표면적 여정을 보완해준다는 점에서 특별하다. 예를 들면 열심히 노력해서 법학 학위를 딴 사람은 소득이 높은 일자리를 얻을 수 있으며, 따라서 부의 획득이라는 여정에 오르게 될 것이다.

유감스럽게도 지식이나 교육은 흔히 계몽, 지혜, 각성과 혼동된다. 온 세상의 모든 지식을 머릿속에 집어넣은 사람이 자신이나 타인에 관해서는 아무런 자각도 얻지 못했을 수 있다. 뛰어난 학식을 지닌 하버드대학 교수라 해서 반드시 현자인 것도, 자신이나 타인과 교감하는 것도 아니다. 반면 초등학교만 나온 선불교 스승이 평생 만난 그 누구보다 더 깊은 깨달음을 줄 수도 있다. 실제로 외적 지식만 추구하다보면 그보다 더 어려운 내적 인식의 추구와는 오히려 멀어지는 경우가 많다.

표면적 여정 6: 지위

직장에서의 승진은 보통 급여 인상을 뜻하지만(부의 획득) 직책이나 지위의 상승을 의미하기도 한다. 어느 고위 간부의 승진이 신문 기사로 보도된다면 십중팔구 그 사람의 연봉이 올랐다는 점이 아니라 그의 지위가 상승했다는 점이 언급될 것이다. 부는 아주 다양한 경로를 통해 획득 가능하지만, 지위는 훨씬 한정된 경로로만 획득할 수 있으며 대체로 더욱 쟁취하기 힘든 집단적 인식이다. 지위 상승은 종종 타인에 대한 권위 행사를 뜻하기도 하는데, 이는 가장 강력한 권력의 형태에 속한다.

이런 점은 인물의 지위가 직장, 군대, 정계, 사교 단체, 혹은 다른 어느 분야에서 상승하든 똑같이 적용된다. 지위 상승의 여정은 길고 더디며 무척 어려운 만큼 높이 평가받기 마련이다. 실제로 누군가 어쩌다 이런 여정을 거치지 않고서 정상에 오른다면 많은 사람들은 그를 비난하며 분노할 것이다. 기업 대표의 아들이 겨우 일 년 근무한 뒤 갑자기 부사장이 된다면 어떻겠는가? 사람들은 지위 상승의 여정에 엄청난 자부심을 느낀다. 훗날 높은 지위에 올라서 자신이 얼마나 오랫동안 노력했는지 자랑할 수만 있다면 기꺼이 몇 년이고 사다리 맨 아래에서 일에 매진할 사람도 많을 것이다.

지위 획득이 인식이라는 심오한 여정으로 이어질 수 있을까? 아마도 어려울 것이다. 중간 관리자가 창고 담당으로 일하던 시절을 돌아보는 경우는 드물다. 최고경영자도 딱히 자신이 부사장이던 시절을 회고하고 싶지는 않을 것이다. 대다수의 사람들은 현재의 지위도 위태롭다고 느끼기 때문에 느긋하게 과거를 돌아보며 '그땐 그랬지'라고 회상할 여유가 없다. 그보다는 과거를 잊고 지금의 자신에게 집중하고 싶을 것이다.

반면 직책과 지위의 상실은 인식으로 이어질 가능성이 있다. 출세가 위험한 것은 사람들이 출세한 인물을 보며 상상하는 이미지 때문이다. 인간은 천성적으로 역할 모델을 원하기 때문에 자기보다 높은 지위에 있는 인물이 실제로 더 훌륭한 사람이라고 생각하려 한다. 자신이 그에게 종속되어 있다는 것을 정당화하기 위해서라도 말이다. 사람들은 그에게 자신이 생각한 거창한 이미지를 투사하며 그가 자신보다 훌륭한 인물인 것처럼 대한다. 오랫동안 많은 이들에게 이런 대접을 받다보면 출세한 사람 본인도 그것이 사실이라고 믿어버릴 수 있다. 하지만 그가 몰락하고 나면 씁쓸한 인식에 다다를 것이다. 그는 높은 지위가 자신의 진짜 정체성과는 관계없는 일시적인 것이었음을 억지로 깨닫게 된다. 그는 높은 지위의 영광에 현혹될 위험성을 인식하고 진정한 자신을 되찾으려 할 것이다. 이런 과정이 그를 어떻게 변화시킬까? 그는 어떻게 새로운 인생을 시작할 것인가?

표면적 여정 7: 가족

이야기의 서두에는 자식이 없었지만 결말에는 아이 셋을 가진 인물은 적어도 외적으로는 전혀 다른 사람이 되었을 것이다. 이야기 속에서 출산이나 결혼을 통해 형제자매나 삼촌, 사촌을 얻게 된 인물 역시 마찬가지다. 가족이란 세상에서 가장 변함없는 존재처럼 느껴지지만 실제로는 끊임없이 변화하는 관계다. 탄생, 죽음, 결혼과 이혼이 계속 일어난다. 처음에는 항상 대가족과 함께 있던 인물이 끝에는 그들과 멀어질 수도 있다. 그는 가족에서 축출되거나, 아니면 결혼하여 아내 곁을 지키게 될지도 모른다.

가족이 중요한 표면적 여정인 것은 인식이라는 심오한 여정을 이끌어 내는 데 가장 유용한 경로이기 때문이다. 인간은 대체로 가족 관계에서 빠져나가기 어려우며, 가족 중의 누군가와 공존하려면 내면을 돌아보고 자신과 타인에 관해 깨우쳐야 한다는 것을 배운다.

가족 자체를 심오한 여정으로 착각하는 경우도 흔히 있다. 사실 가족은 오히려 심오한 여정에 방해물이 될 수 있다. 평생에 걸친 방대한 과업이자 고결하고 만족스러운 노력인 만큼 심오한 여정으로 혼동되기 쉬운 것이다. 하지만 실은 그렇지 않다. '빈둥지증후군'을 겪는 사람들을 보면 이를 분명히 확인할 수 있다. 평생 애써 키운 자식을 세상으로 떠나보낸 뒤 갑자기 인생이 공허하다고 느끼는 부모들 말이다. 그들은 이제야 자식을 구실 삼아 그동안 스스로의 내면을 돌아보지 않았음을 깨닫는다. 아이들은 떠나갔지만 그들의 인생은 계속되어야 한다. 다시 원점으로 돌아와서 말이다.

가족은 심오한 여정이 아니라 표면적 여정이며, 내적 인식이야말로 심오한 여정이다. 빈둥지증후군을 겪는 사람들은 이제 새로이 기분 전환이 될 거리를 찾거나 자신의 내면을 직시해야 한다. 많은 사람들에게 이 무렵은 은퇴 시기와도 겹친다. 하나의 표면적 여정이 끝나고 내면을 들여다보아야 하는 또 다른 계기가 생긴 것이다. 이 지점에서 다른 가족을 꾸리거나 새로 일을 시작할 가능성은 희박하기 때문에 더더욱 그렇다. 평생 내면을 들여다보는 것을 피해왔던 사람들은 이런 상황을 감당하지 못하고 차라리 죽음을 선택하기도 한다. 이처럼 인생의 전환점이 되는 시기에 많은 사람들이 죽거나 병에 걸린다는 것은 우연이 아니다.

당신이 만든 인물이 귀가했더니 집이 완전히 불타버렸거나 지진으로 온 가족이 사망한 뒤였다고 상상해보자. 그의 삶은 순식간에 뒤집혔다. 하지만 과연 이런 경우도 여정이라고 할 수 있을까? 두 번째 표면적 여정인 '부의 획득'이나 일곱 번째인 '가족'의 부정적 양상이라고 판단하는 사람도 있을지 모른다. 하지만 사실 이런 사례는 진정한 여정과 '상황의 희생자'가 되는 것의 차이를 보여준다고 할 수 있다.

재난을 겪은 인물이 정신적 외상으로 절망에 빠지고 자신이나 타인에 관한 깊은 깨달음에 이르러(어차피 자기에게 많은 재산은 필요 없다거나, 혹은 아버지에게 단 한 번도 사랑한다고 말한 적이 없다거나) 완전히 다른 삶을 살게 되었다면 여정을 통과했다고 할 수도 있다. 하지만 그렇지 않다면? 그가 별생각 없이 시큰둥하게 그 자리를 떠나 계속 예전처럼 살아간다면? 이런 경우 설사 그의 삶이 완전히 뒤바뀌었다 해도 그는 여정을 통과하지 않았다고 판단할 수밖에 없다.

외적 상황은 어떻게 인물의 여정을 촉발하는가? 혹은 그의 여정에 어떤 영향을 미치는가? 위의 사례처럼 집이나 가족을 잃는 일은 분명 커다란 여파를 일으킬 것이다. 하지만 덜 극단적인 상황도 가능하다. 한 번도 종교적 열정을 드러낸 적 없는 인물이 어느 날 이스라엘에 다녀오고 깊은 감동을 받아서 독실한 신자가 될지도 모른다. 당신이 만들어낸 다른 인물들에게도 비슷한 일이 생길 수 있다. 백인 우월주의자인 A가 흑인 학자인 B와 한 방을 써야 하는 상황에 처할 수도 있다. 그런 상황의 결과로 A는 B와 친해지고 그를 통해 관용을 배우면서 존경심을 느껴 완전히 다른 사람이 될지도 모른다. A는 이 같은 외적 상황이 아니었다면 불가능했을 내적 여정을 거치게 된 것이다.

　종교적 측면에서 살펴보면, 유대-기독교 종파는 신은 공정하며 모든 일에는 이유가 있지만 인간이 항상 그 원리를 이해할 수 있는 건 아니라고 가르친다. 불교의 업보 원칙도 우주는 공평하며 업보를 진정으로 이해하려면 여러 생에 걸친 선행과 악행을 고려해야 한다고 말한다. 이런 식으로 생각한다면 지진으로 가족을 잃는 것처럼 임의적이고 무의미하며 부당해 보이는 사건도 공정한 것으로 여겨질 수 있다. 어쩌면 그는 전생에서 다른 사람의 가족을 화산에 던져넣었는지도 모른다. 이런 종교의 가르침에 따르면 임의적인 상황의 희생자는 없다고 말할 수도 있다. 당신이 만든 인물의 삶에 일어난 모든 사건은 바로 그 자신의 책임인 것이다. 그가 자초했든, 아니면 업보가 그에게로 찾아왔든 말이다.

특정한 목표

앞에서 살펴본 모든 여정을 시작하기에 앞서 인물이 특정한 목적이나 목표를 갖는 것은 도움이 된다. 물론 우연히 사랑에 빠지거나 집안에 새로운 식구가 태어나는 등 목표 없이 여정을 겪게 되는 경우도 있다. 하지만 그 밖의 경우 목표는 인물에게 힘을 주고 구조와 방향을 제시해준다. 예를 들어 연애의 여정이라면 그가 특정한 상대를 마음에 두었다고 상상해보자. 신체 변화의 여정이라면 그가 체중 68킬로를 목표로 노력한다고 상정해보자. 지식을 향한 여정이라면 그가 대학에서 학위를 받길 원한다고 상정해보자. 지위를 향한 여정이라면 그가 최고경영자가 되기를 희망한다고 상정해보자. 부를 향한 여정이라면 그가 현금 백만 달러와 대저택과 자동차를 원한다고 상정해보자.

　일단 목표를 정하기 시작하면 인물이 겪을 수 있는 추상적인 여정도 무척 다양하다는 것을 깨닫게 된다. 원칙을 따르는 여정, 복수를 향한 여정, 정의를 향한 여정처럼 말이다.

결말

이야기를 어떻게 시작할 것인지 아는 작가는 많지만, 이야기를 어떻게 끝낼지 아는 작가는 드물다. 마지막 장면을 맨 처음에 쓰거나 아예 이야기를 거꾸로 써나가는 작가도 있긴 하지만, 대다수의 작가는 그런 방식은 엄두도 못 낸다. 작가들은 보통 첫 장면이나 인물에 관해 멋진 아이디어를 떠올리고 거기서부터 이야기를 발전시키려 한다. 실제로 그것이 작가의 임무가 아니던가? 이야기란 인물에서 발전해나가는 것이 아닌가? 인물이 무조건 정해진 경로를 따르고 정해진 결말에 맞춰가도록 강요하는 건 무리가 아닐까?

정답은 '예'와 '아니요' 둘 다이다. 이야기가 인물에서 발전해나가야 한다는 것은 옳은 말이지만, 어떤 사건도 일어나지 않는 이야기 속에서 인물이 목적지 없이 어영부영 헤매다가 별다른 결론도 없이 결말에 이른다면 작가는 난관에 빠질 것이다. 그렇다면 어느 쪽을 택해야 할까? 수천 년전 솔로몬 왕이 말한 것처럼 '중도'가 정답이다. 그렇다. 결코 인물을 정해진 결말에 욱여넣어서는 안 되지만, 동시에 그를 목적지 없이 돌아다니게 놔둬서도 안 된다. 그의 목적지는 모호하거나 도중에 바뀔 수도 있다. 작가들은 결말을 미리 정해두면 작품의 가능성이 제한될까봐 염려하곤한다. 오히려 그 반대다. 결말이 정해져 있으면 인물은 그 범위 내에서 더자유로워질 수 있다. 당신이 만든 인물을 캘리포니아행 기차에 태운다고생각해보자. 그가 애리조나에서 내리기로 결정한다고 해도 상관없다. 그가 애리조나에 정착하여 다시는 기차를 타지 않게 된대도 괜찮다. 하지만 애초에 그가 캘리포니아행 기차를 타지 않았다면, 그의 마음속에 어떤 목적지가 없었다면 그는 결코 애리조나에 이르지 못했으리라.

배우에게 아무런 룰이나 지시도 없이 그냥 무대에 올라가서 즉흥연기를 하라고 한다면 그는 당황할 것이다. 하지만 3분 동안 뭔가를 훔치는 행위로 끝나는 즉흥연기를 해보라고 지시한다면 그는 바로 무대에 올라가 지극히 유연하고 창의적인 연기를 보여줄 것이다. 즉흥연기란 보통 사전에 정해진 룰이 많을수록 뛰어나게 마련이다. 배우에게 더 많은 제한을 가할수록 그는 다른 것을 염려하지 않고 그 순간에 집중할 수 있는 것이다. 사람들은 즉흥연기가 사실 매우 구조적이라는 것을 잘 모른다. 하지만 즉흥연기를 하는 배우에게는 그가 누구이며 어디에서 무엇을 하고 있는지, 어떻게 연기를 시작하고 끝낼 것인지 매우 엄격한 룰이 주어진다.

종이 위에 있는 당신의 인물도 마찬가지다. 어떤 목적지를 정해두고 시작한다면 인물이 결국 어떻게 될지 고민할 필요 없이 거기까지 가는 경로에서 더 많은 창의성을 발휘할 수 있다. 그의 여정은 더욱 풍요로워질 것이다. 결국에는 어떻게 될지 알고 있기에, 목적지와 정반대 방향의 예상치 못한 경로로 빠지는 시도를 해볼 수도 있다.

단 하나의 최종 목적지만 정해두는 것이 너무 두렵게 느껴진다면, 일단 이야기를 쪼개어 여러 개의 부수적인 목적지를 설정해보자. 일련의 짧은 여정들을 구상해보는 것도 좋다. 당신이 만든 인물은 4장에서 어디쯤에 있을까? 10장에서는? 목적지가 반드시 특정한 상태일 필요는 없다. 인물의 내적 성장과 관련된 목적지를 생각해볼 수도 있다. 작품의 결말에서 그는 어떤 성찰에 이르게 될까? 사실 내적 목적지는 언제나 외적 목적지보다 더 효과적이다. 일단 내적 목적지를 정하면 인물을 거기에 이르게 해줄 외적 상황도 떠오를 테니까. 반면 외적 목적지는 그가 내적으로 도달할 수 없는 장소를 향해 그를 몰아갈 가능성이 크다.

발단

목적지가 중요한 만큼 출발점 역시 중요하다. 사실 어떤 면에서는 출발점에 주목하는 것이 더 중요할 수도 있다. 사람들은 여정을 생각할 때 자연스럽게 목적지부터 떠올리기 때문이다. 출발점은 거의 항상 간과되거나 당연한 것처럼 여겨진다.

강렬한 출발점이 여정 전체를 결정지을 수도 있다. 빈민가에서 탈출하기를 바라는 인물이나 빚더미에서 빠져나가려 하는 인물을 생각해보자. 이들은 목적지보다도 일단 출발점에서 벗어나고 싶다는 생각이 더욱 간절할 것이다. 실제로 의욕 있고 사회적으로 성공한, 소위 '결국 해낸' 사람들 중에는 보잘것없는 자신의 과거를 떨쳐내려고 애쓰는 경우가 많다. 외적으로는 가난한 출신 배경을 벗어난 지 오래지만, 그런 환경이 내면에 너무나 깊이 각인된 나머지 바로 어제의 일처럼 느껴지는 것이다. 그들은 여전히 보이지 않는 싸움을 하고 있다.

강렬한 출발점은 그 자체로 인물의 여정을 정당화하기도 한다. 실제로 빈민가에서 자란 인물은 교외 중산층 거주지에서 자란 인물에겐 없는 장점을 갖고 있다. 빈민가 출신은 자기가 어디로부터 탈출해야 하는지 잘 안다. 그는 외골수일지언정 이미 목적지를 결정했기에 다른 목적지를 고민해보느라 에너지를 낭비할 필요가 없다. 반면 중산층 출신은 상대적으로 현재 환경에 만족하기 때문에 목적지를 향한 열정이 부족하다. 그의 앞에는 수많은 선택지가 있지만 그중에 반드시 성취해야 하는 것은 없다. 이런 상황 때문에 그는 때때로 온몸이 마비될 만큼의 강력한 불안을 느낀다. 빈민가 출신은 결코 모를 불안이다. 게다가 모든 것을 가졌으면서도 아무것도 하지 않는다는 조롱에 시달리기도 한다. 아무것도 못 가졌지만 뭐든 해낼 가능성을 지닌 빈민가 출신과는 정반대다. 키르케고르가 말했듯이, 절망에는 두 종류가 있다. 아무런 가능성도 없다는 절망과 가능성이 너무 많다는 절망 말이다.

출발점이 모든 것을 결정하는 이야기도 있다. 〈알카트라스 탈출Escape from Alcatraz〉을 보면서 탈옥수들이 대저택에 살게 될지 궁금해하는 관객은 없을 것이다. 과연 그들이 감방에서 빠져나올 수 있을지가 문제인 것이다. 당신이 만든 인물의 출발점은 어디인가? 끔찍한 직장? 형편없는 동네? 무인도?

방해물

방해물은 작가가 마음대로 써먹을 수 있는 유용한 수단에 속한다. 어떤 여정이든 연장시킬 수 있고, 미련을 만들거나 갈등을 일으키거나 서스펜스를 끌어낼 수도 있다. 역대 최고의 수익을 거둔 영화 중 하나인 〈인디애나 존스〉는 오직 끊임없이 나타나는 방해물에 힘입어 이야기가 진행된다. 주인공인 인디애나 존스에게는 목표와 임무가 있지만, 관객은 그의 앞에 계속 새로운 장애가 생겨나는 것을 지켜보게 된다.

방해물을 활용하면 단순하기 짝이 없는 과업도 무한히 어려워진다. 당신의 인물이 해야 할 일이 교실 저쪽 끝에 있는 선생님에게 질문을 하는 것뿐이라고 해보자. 그는 선생님에게 다가가려 하지만 친구가 그를 불러 뭔가를 묻는다. 그는 친구에게 대답을 하고 선생님에게 가지만 다른 학생세 명이 선생님을 둘러싸고 질문하는 중이라 한참 기다려야 한다. 마침내 그의 차례가 오자 수업을 마치는 종이 울리고 선생님은 교실을 떠난다. 그는 선생님을 뒤쫓아 복도를 달려가지만 목표에 이르기 직전 축축한 바닥에 미끄러져 넘어지면서 의식을 잃는다. 이처럼 방해물을 활용하면 시시하고 간단해 보이는 목표도 흥미진진하고 심지어 서스펜스 넘치는 것이 된다.

앞서 살펴본 모든 여정에서 작가는 인물이 목적지에 이르는 길에 어떤 방해물이 나타날 수 있을지 고려해야 한다. 무엇이 그를 방해할까? 그의 연애에 걸림돌이 있다면 무엇일까? 자동차가 없다는 것? 부모의 반대? 그의 지위 상승을 방해하는 것은 무엇일까? 경쟁 관계인 정치가? 언론을 통해 그를 비방하는 적수? 무엇이 부를 향한 그의 여정을 방해할 수 있을까? 주인공이 흑자를 거두기 직전에 새로 도착한 예상 밖의 청구서? 그가 체중 68킬로그램에 도달하는 데 훼방을 놓는 것은 무엇일까? 목표까지 1킬로그램 남은 상태에서 갑자기 부상을 입고 누워 있느라 도로 불어난 5킬로그램? 그의 지식 획득에 방해가 되는 것은 무엇일까? 대학 등록금을 낼 형편이 안 된다는 것?

운명

좀 더 심오한 측면에서는 운명 혹은 숙명이 인물의 여정에 어떤 영향을 미치는지 생각해볼 수 있다. 운명은 목적지와는 다른 것이다. 아서왕 전설을 생각해보자. 어린 시절 아서는 왕이 되는 것이 그의 운명이라는 이야기를 듣는다. 이 예언은 이야기 전체를 좌우한다. 우리는 그가 언제 어디서 어떻게 왕이 될지, 정확히 무엇의 왕이 된다는 것인지, 그가 왕이 되면 어떤 일이 생길지 전혀 모른다. 말하자면 분명한 목적지는 없지만 운명은 존재하는 셈이다. 운명은 신비감과 서스펜스를 더해줄 수 있다. 우리는 그가 정확히 언제 어떻게 왕이 될 것인지, **지금**이 그가 왕이 되는 순간인지, **저 사람**이 그를 왕좌로 이끌어줄 사람인지 계속 궁금해하게 된다.

운명은 우리의 머릿속에서 텍스트 해석 전반에 영향을 미치는 요소가 되며, 이야기에 방향성뿐만 아니라 강력한 필연성을 부여한다.

이는 더욱 심오한 다른 문제와 연결된다. 어떤 사상가들은 현세의 모든 것이 이미 결정되어 있으며 우리의 운명도 태어나기 전에 이미 정해진다고 말한다. 그렇기 때문에 심령술사가 우리의 미래를 말해줄 수 있으며 점쟁이가 정확한 예언을 할 수 있다는 것이다. 이런 생각은 널리 받아들여지고 있다. 날마다 별자리 운세를 확인하는 수백만 명의 사람들만 봐도 알 수 있듯이 말이다. 그렇다면 우리는 그저 꼭두각시 인형에 지나지 않는가? 자유의지란 실제로 존재하는가, 아니면 인간은 그저 자유의지의 환상 아래 놀아나는 것인가? 이런 생각이 당신의 인물과 그 여정에 어떤 영향을 미칠까?

『맥베스』의 첫 장면에서 주인공의 미래를 예언하는 세 마녀처럼 노골적인 장치를 등장시킬 필요는 없다. 하지만 인물의 운명을 암시할 수는 있다. 부유한 가문에 태어났지만 아직 어린아이인 인물이 있다고 생각해보자. 그의 아버지는 대기업을 경영하며, 모든 정황에 따르면 언젠가는 자신의 아이에게 제국을 물려줄 것이다. 이 역시 좀 더 세속적인 차원에서는 그의 운명이라고 할 수 있다. 운명이 반드시 거창할 필요는 없다. 어떤 인물이 형제자매 없는 40대 독신이고 80대인 어머니와 같이 살며 서로 무척 가까운 사이라고 생각해보자. 그런데 그의 어머니는 점점 거동이 어려워지는 상태다. 두 사람 모두 간병인을 고용할 여유는 없다. 어머니는 요양원에 들어가길 원하지 않고 자식 쪽에서도 마찬가지다. 그렇다면 어머니가 돌아가실 때까지 함께 지내며 간병하는 것이 그의 운명이리라. 앞으로 십 년에서 이십 년간 그의 운명은 이미 결정된 셈이다.

이처럼 운명은 강력한 방향성과 목표의식을 부여한다는 점에서 중요한 수단이 된다. 다양한 층위의 운명이 겹쳐질수록 당신의 인물이 어딘가로 향해간다는 느낌이 들 것이다. 아니면 운명을 거스르는 시도를 해볼 수도 있다. 그는 운명에 맞서 싸우는가? 거물 사업가의 아들이 30년 동안 아버지와 그의 제국에 저항한다면 어떨까? 그는 분명 저항하는 매 순간 아버지의 제국을 생각할 것이다. 그는 무언가에 맞서서 행동한다. 설사 그가 절대 포기하지 않는다 해도, 그의 뒤에는 항상 아버지의 제국이 존재하며 그의 삶은 그가 운명에 굴복하지 않는다는 사실로 정의되는 것이다. 그가 자신의 운명을 결정할 수 있을까? 아버지의 제국보다 더 방대한 자기만의 세계를 건설할 수 있을까?

상호의존적 여정

〈록키〉의 주인공은 다양한 여정을 거친다. 더 나은 권투선수가 되기 위한 신체 단련의 여정, 자기회의를 극복하고 세계 중량급 챔피언이 될 가능성을 진지하게 받아들이는 정신 수련의 여정, 그리고 막 시작된 연애의 여정이다. 영화 중간에 록키가 절망한 나머지 훈련을 중단하는 부분이 흥미롭다. 사실상 그의 두 번째 여정인 정신 수련이 첫 번째 여정이었던 신체 단련에 영향을 미친 것이다. 따라서 이 두 가지 여정은 상호의존적이라는 점을 알 수 있다.

결국 록키는 여자 친구 덕분에 마음을 다잡는다. 세 번째 여정인 연애가 앞선 두 여정에 영향을 미친 것이다. 그의 여정들은 평행선을 그리며 서로 시기적절하게 영향을 미친다. 록키가 영화 초반에, 그러니까 여자 친구를 만나기 전에 정신적 정체에 빠졌다면 적절한 지점에 그녀의 격려를 받아 여정을 계속할 수 없었을 것이다. 다른 여정에서 폭주하던 그가 마침내 고갈되는 시점에 때맞춰 여자 친구가 개입하게 된다. 록키의 여정들은 서로 배턴을 전달하며 달리는 계주와도 같다. 하지만 결국 관객을 마지막 장면까지 이끄는 여정은 록키의 연애다. 그의 여자 친구가 없었다면 훈련은 중단되었을 것이며 중량급 시합도 없었으리라. 따라서 시합이 끝난 뒤 록키가 기자들을 무시하고 여자 친구에게 전화하는 것이나 두 사람이 함께 있는 장면으로 영화가 끝나는 것은 당연한 일이다. 〈록키〉는 결국 로맨스 영화인 것이다.

이 영화에서 주인공의 여정들은 서로 거드는 관계다. 하지만 여정들이 상충할 수도 있을까? 한 여정이 다른 여정에 방해물이 될 수도 있을까? 록스타로의 여정에 오른 인물이 마약과 알코올의존증에 빠지는 것은 흔한 일이다. 인기 배우로의 여정에 오른 인물이 명성에 중독되어 오만하고 이기적인 사람으로 변해가는 경우도 드물지 않다. 상충되는 여정들은 플롯에 매우 유용하다. 이런 갈등이 인식으로의 심오한 여정으로 이어질 수 있기 때문이다. 그는 결국 긍정적인 여정이 자신을 부정적인 여정으로 이끌었음을 깨달을 것이다. 두 여정이 서로 공존할 수 없는 지점에 이르는 것이다. 그는 마약을 끊고 겸손해지거나, 아니면 자멸의 길을 가야 한다.

상호의존적 여정의 강력한 변형으로 평행 여정이 있다. 〈셰익스피어 인 러브〉에서는 두 여정이 동시에 진행되며 서로를 연료 삼아 공동의 목적지를 향해 간다. 셰익스피어는 한 여정에서 맹렬하게 희곡 완성에 매진하고, 다른 여정에서는 여성에게 구애한다. 그가 연인에 대한 사랑에서 희곡의 영감을 얻고 그의 글을 읽은 연인이 그를 사랑하게 되었을 때 두 여정은 결합한다. 양쪽 모두 서로가 없으면 존재할 수 없다. 두 여정이 합쳐지면서 관객에게 더욱 장대하고 강렬한 인상을 남기는 것이다. 〈백 투 더 퓨처〉의 주인공은 현재와 과거에서 각각 다른 여정을 진행하는데, 관객은 마지막 장면에서야 두 여정이 서로 영향을 미쳤다는 것을 알게 된다. 이 영화 특유의 쾌감은 바로 이런 플롯에서 나온다. 〈매트릭스〉의 등장인물들은 매트릭스 밖에서 죽임당하면 그 안에서도 죽는데, 한편으로 매트릭스 안에서 해야 할 일을 해내지 못하면 매트릭스 밖에서도 죽게 된다. 이처럼 상호의존적인 두 가지 여정이 마지막 장면까지 숨 막히게 몰아쳐간다.

꼬리에 꼬리를 무는 여정

여정을 끝내는 것의 단점은 독자가 따라가던 여정이 끝나면 작품 감상을 중단할 수도 있다는 것이다. 이를 피하는 방법은 여정의 결말을 제시하되 그로부터 자연스럽게 새로운 여정을 시작하는 것이다. 이번이야말로 마지막인 것처럼 급격히 내리꽂혔다가 다시 더욱 높이 치솟아 오르는 롤러코스터처럼 말이다.

현실에서의 여정은 대체로 새로운 여정을 촉발한다. 권투선수가 마침내 전 세계 중량급 챔피언 자리에 등극했다고 생각해보자. 그다음에는? 이제 그는 온갖 새로운 문제에 직면해야 한다. 챔피언 타이틀을 지키고, 체형을 유지하고, 노화에 맞서 싸우고, 명성과 승리에 도취하지 않게 조심하고, 대중의 대변인이자 역할 모델이 되고, 무리한 요구를 거절하는 법을 익히고, 앞날을 위해 돈을 모으고……. 설사 챔피언 자리에 오르는 여정만큼 흥미롭지는 않다 해도 이런 것들 역시 여정이다.

작가의 목표는 만족스러운 여정을 만들고 마무리 짓는 것이지만, 독자를 보다 흥미롭고 새로운 여정의 출발점으로 데려가는 것이기도 하다. 〈록키〉, 〈대부〉, 〈스타워즈〉의 후속편이 성공한 것은 이런 이유에서다. 이 영화들은 모두 관객을 충분히 만족시키는 한편 완전히 새로운 여정에 나설 여지를 남겨두었다. 이는 창작에 있어서 가장 성취하기 어려운 목표

중 하나다. 말하자면 지금 가는 길에서 눈을 떼지 않으면서도 더 먼 곳을 내다보는 셈이다.

이 목표를 성취하는 방법 가운데 하나는 등장인물로 하여금 독자로서는 좋아하지 않을 여정에 나서게 하는 것이다. 그가 최악의 범죄자로 변해가는 과정을 독자가 지켜본다고 생각해보자. 독자는 그것이 잘못되었고 그에게도 안 좋은 길이라는 것을 알기에 마음 한구석에서 반감을 느낄 것이다. 하지만 어찌되었든 인물의 여정을 지켜보길 원하는 마음속 다른 구석에서는 그가 극한까지 나아가는 모습을, 그의 여정이 과연 어디서 끝나는지를 확인하고 싶을 것이다. 우리는 〈스카페이스〉에서 토니 몬태나의 여정이 위험하고 부주의하며 결국엔 그를 파멸시킬 것임을 알지만, 그럼에도 그가 여정을 감내하길 원하며 그의 종착지가 어디일지 보고 싶어 한다. 감수성 충만한 젊은이가 사이비 종교에 미혹되는 여정을 상상해보자. 우리는 그가 경도되고 세뇌당하여 마침내 종교집단의 지도자가 될 때까지 지켜볼 것이다. 그의 여정은 끝났지만, 우리는 아직 끝이 아니라고 느낀다. 애초에 그것이 잘못된 여정이라는 것을 알기 때문이다. 그래서 우리는 그의 몰락과 동시에 그가 새로운 여정에 오르는 순간을 기다리게 된다.

과거의 여정

작품이 시작되기 전에 당신의 인물이 어떤 여정을 거쳤을지도 생각해보아야 한다. 알코올의존자였지만 이제는 술을 끊은 인물을 상상해보자. 그의 과거 여정은 이야기에 현재의 여정을 **지속해야 한다**는 긴장감을 더해준다. 독자는 그가 다시 알코올의존에 빠지는 건 아닌지 계속 염려할 것이다. 예전에 살던 집이나 동네처럼 오래되고 익숙한 것에는 마법적인 매력이 있으며, 우리는 곧 그가 과거의 습관으로 되돌아가지 않는 것 자체가 하나의 여정임을 깨닫는다. 이런 경우에는 **정체 상태**도 여정일 수 있다. 하지만 대부분의 경우 정체 상태는 견뎌내기 어렵다. 유감스럽게도, 형기를 마치고 나와서 범죄자의 삶을 청산하기로 결심한 마피아 단원은 결국 익숙한 생활로 돌아갈 확률이 높다. 수백 달러를 펑펑 쓰고 유흥과 폭력을 즐기며 내키는 대로 행동하던 인물에게 평온하고 조용한 삶은 이 세상 무엇보다도 견디기 힘든 여정인 것이다.

여정 없는 인물

작품 속의 모든 인물이 반드시 여정을 떠나야 할까? 고작 3초 정도 등장하는 집사라면 어떨까? 게다가 모든 인물이 줄곧 여정에 나선 상태라면 독자는 계속 흘러가는 모래 바다에 빠졌다고 느낄 수도 있다. 하나의 이정표처럼 변치 않고 그대로 남아 있을 인물도 필요한 게 아닐까?

모든 등장인물에게 여정이 필요한 것은 아니다. 인물의 여정을 묘사하려면 시간과 에너지, 주의력, 무엇보다도 지면이 필요하다는 건 확실하다. 그런데 수많은 인물들에게 동일한 지면을 할당할 수는 없다. 그랬다간 독자가 이것이 누구의 이야기인지 알 수 없어 당황할 테니까. 독자는 한정된 수의 인물과 한정된 수의 여정만을 따라갈 수 있다. 게다가 여정의 수가 적을수록 그 하나하나는 더욱 의미 있게 보일 것이다. 글쓰기가 항상 그렇듯 여정 또한 맥락의 문제다. 당신의 주인공이 아무 생각 없는 좀비들의 세계에서 유일하게 인식에 도달한 인물이라면 독자는 자연히 그를 주목할 것이다. 그러니 어떤 의미에서는 여정 없는 인물들도 필요하다.

하지만 달리 생각해보면 모든 인물은(아무리 사소한 인물이라도) 어떤 방향으로든 움직여야 한다. 소년이 부모에게 저항하는 여정을 거칠 수 있듯 그의 부모도 나름의 여정을 겪을 수 있다. 아들에게 점점 가혹하게 대하든, 아니면 자기네가 틀렸음을 깨닫고 아들에게 용서를 구하든 말이다. 둘 중 어느 쪽이든 부모의 여정은 소년의 여정을 보충할지언정 압도하거나 훼손하지는 않을 것이다.

원칙적으로 중요한 등장인물은 모두 나름의 여정에 나서야 한다(중요도가 반드시 등장 분량에 따라 결정되는 것은 아니라는 것을 명심하자). 긍정적이든 부정적이든, 다른 인물의 여정을 보완하든 방해하든, 중요하든 사소하든, 숨겨져 있든 공공연하든 간에 말이다. 여정을 겪지 않는 인물은 중요하지 않거나 거의 등장하지 않거나 집단으로만 다루어지는 이들뿐이다.

다른 종류의 여정

다음에 영화를 볼 때는 컷^{한 번의 연속 촬영으로 찍은 장면 — 옮긴이}에 주목해보자. 특히 컷의 길이에 주목해야 한다. 영화의 도입부인 첫 장면은 보통 상당히 길다는 점을 깨닫게 될 것이다. 때로는 컷 하나가 10초에서 20초까지 지속되기도 한다. 하지만 같은 영화에서도 액션 장면의 경우 컷이 거의 1초마다 바뀐다는 것을 확인할 수 있다. 컷은 관객의 심리에 무의식적인 영향을 미친다. 영화에 속도감을 부여할 뿐만 아니라 안심해도 될 때와 긴장해야 할 때, 느긋해질 때와 변화에 대비할 때를 알려준다. 영화는 컷을(그리고 음악과 조명 등 관객이 주의를 기울이지 않는 온갖 요소를) 통해 여러 차원의 여정을 거치는 것이다.

소설의 경우도 마찬가지다. 명확한 사례를 들자면, 긴 문장으로 진행되던 소설이 갑자기 짧은 문장들로 이어지는 경우이다. 내용이 변한 것은 아니지만 소설을 읽는 독자의 체험이 변한 것이다. 그리고 이는 무의식중에 내용 자체에도 영향을 미친다.

　가장 노련한 작가는 이 점을 잘 알고 있으며 텍스트를 활용해 작품의 여정을 보완한다. 예를 들어 인물의 정신적 붕괴를 일인칭으로 서술한 소설을 읽는다면 그의 서술 능력 자체가 붕괴되었음을 느끼게 될 것이다. 문장이 파편적이거나 말꼬리가 흐려지거나 기괴할 만큼 늘어질지도 모른다. 작품이 전개되면서 문장과 단락과 장 길이가 어떻게 변하는지 살펴보자. 문체와 언어의 활용, 중요한 순간 대화의 활용이나 부재에 주의하자. 텍스트가 이야기와 함께 여정에 나서는가? 양쪽이 서로를 보완하고 있는가?

어째서 여정인가?

이 모든 논의는 가장 근본적인 차원의 의문을 이끌어낸다. 독자이자 관객인 우리는 애초에 어째서 여정을 원하는가? 어째서 등장인물이 여정에 나서기를 갈망하거나 심지어 요구하는가? 어째서 여정이 없는 작품을 감상하고 나면 불만과 분노를 터뜨리는가? 작가로서의 우리는 이 같은 인간의 욕구를 철학적·심리적으로 이해함으로써 더욱 원활하게 충족시킬 수 있다. 이 질문에는 수천 가지 대답이 가능하겠지만, 그중에서도 가장 확실한 네 가지를 차례대로 살펴보자.

영감

때로 우리는 그저 영감을 느끼길 원한다. A라는 인물이 회사 사장이라는 이야기만 듣고서 자기도 그런 지위에 오를 수 있다고 생각하는 사람은 적을 것이다. 하지만 A가 신입사원에서 출발해 성공의 사다리를 차근차근

올라가고 역경을 극복하는 여정을 지켜본 사람이라면 그 과정을 마음속에 그려보면서 자기도 해낼 수 있다고 느낄 것이다. 여정은 불가능에서 가능까지의 경로를 하나의 선으로 연결할 수 있게 하며, 우리도 똑같은 경로를 따라갈 수 있다는 영감을 준다. 사람들 대부분은 자신의 삶이 바뀌길 원하며 변화가 가능하다는 사례를 보고 싶어한다. 건달이었던 록키가 자력으로 출세하는 것을 보면서 나도 할 수 있다는 희망을 느끼는 것이다.

카타르시스

고대 철학자들은 이런 화두를 던진 바 있다. "인간은 어째서 예술을 필요로 하는가?" 플라톤은 인간에게 예술은 필요 없는 것이라 이야기했다. 심지어 예술이란 감정을 자극하여 결과적으로 이성을 흐리게 할 수 있기 때문에 삿된 것이라고 여겼다. 반면 아리스토텔레스는 예술이 꼭 필요하다고 보았다. 아리스토텔레스에 따르면 예술의 주된 기능은 사람들에게 카타르시스를 제공하는 것, 즉 인간의 가장 저속한 두 감정인 슬픔과 공포를 씻어주는 것이다. 그리고 나면 사람들은 슬픔과 공포에서 자유로워지고 의욕에 차서 일상으로 돌아갈 수 있다. 아리스토텔레스에게는 카타르시스야말로 예술이 존재하는 이유였다.

하지만 여정 없이는 카타르시스도 존재할 수 없다. 독자는 인물의 흥망성쇠를 따라가며 정신적 외상을 함께 겪고 그의 성공을 즐겨야 한다. 그를 통해서 대리 만족을 느끼고, 작품을 감상한 뒤에는 몽상에서 벗어나 일상으로 돌아갈 마음의 자세를 갖추는 것이다.

변화

우리는 살다보면 순식간에 일상과 습관, 제한 속에 갇혀버린다. 오늘 하루를 어떻게 보냈는지 생각해보자. 아마도 어제와 끔찍하게 비슷했을 것이다. 직장, 가정, 동네, 가족, 친구 관계에 잘 적응할수록 다른 삶을 상상하기란 더욱 어려워진다. 변화란 지금으로서는 불가능한 환상, 먼 옛날에 일어났거나 막연한 앞날에 일어날 수도 있는 일처럼 느껴진다. 그렇기 때문에 새로운 직장, 새집, 새 연인이나 새 차가 생긴 첫 주에는 그토록 신이 나는 것이다. 변화가 가능하다는 것을 새삼 확인했기 때문이다. 자유의지의 긍정이다.

우리가 인물의 여정과 변화를 지켜보기를 좋아하는 것도 같은 이유에서다. 남들이 변화하는 것을 보면서 그중에 내가 받아들일 수 있거나 없는 변화는 무엇인지, 지금까지 고려해보지 않았던 변화는 무엇인지 확인할 수도 있다. 가장 심오한 차원에서의 여정이란 변화하고 싶다는 욕구를 충족시키면서 우리의 유한성을 외면하려는 일종의 거대한 도피인지도 모른다.

목적

인생에서 목적의식만큼 만족감을 주는 것도 드물다. 목적의식은 최악의 적들을 공동의 대의 아래 단결시킬 수 있고, 많은 사람이 하루에 18시간씩 몇 년이나 일하게 할 수도 있으며, 아들이 한순간의 주저도 없이 20년 동안 어머니를 돌보게 할 수도 있다. 사람들은 하나의 목적 아래 집결하기를, 무언가를 이루는 일부가 되기를 원한다. 국가가 가장 굳게 단결하는 것은 재앙의 시기를 맞았을 때다. 홍수나 폭탄 공격이라도 일어나면 전국에서 도움의 손길이 쇄도하며 자원봉사단이 몇 달씩 현장에 와서 머문다. 국가주의는 전시에 가장 격렬해진다. 많은 이론에서 확인되었듯이 역사를 살펴보면 약 30년 주기로 큰 전쟁이 일어난다. 정체 상태가 너무 오래 지속되면 어딘가에서 전쟁이 터지게 마련이다. 어떻게 보면 목적의식의 부재가 축적되는 데 30년이 걸린다고 말할 수도 있으리라. 그런 상태가 절정에 달하고 목적의식의 부재가 인류에게(또한 개인에게) 너무 버거워지면 전쟁이 시작되는 것이다. 인간 사회에서 전쟁에 나가 싸우는 것이나 전쟁으로 파괴된 국가를 복구하는 것에 견줄 만한 목적도 드물다.

인간의 삶에 목적이 크나큰 만족감을 주는 것처럼, 종이 위에서도 여정에 내재하는 목적은 만족감을 가져온다.

여정의 개요

3장 실전 연습에서 만들었던 장면 목록을 살펴보면서, 중요한 사건이나 상황마다 각각의 인물이 내적 인식의 여정에서 어디쯤 와 있는지 적어보자. 도표로 그려도 좋다. 그들은 작품 내내 발전하는가? 계속 꾸준히 나아가는가? 그들의 인식 과정이 연장되거나 압축될 수 있을까? 아니면 한 번의 사건을 위해 유예되거나 세 번에 걸쳐 나누어지는가? 가장 많이 변한 인물은 누구인가? 가장 적게 변한 인물은? 유독 큰 변화를 유발했거나 반대로 변화를 일으키지 않은 사건은 무엇인가?

이제 다시 사건과 상황 목록을 살피면서 이런 질문을 던져보자. 그중에 인물의 내적 인식에 따른 결과가 있는가? 작품에서 전반적으로 사건이 인식을 유발하는가, 아니면 인식이 사건을 유발하는가? 인식에 따른 결과로 분류할 수 있는 사건이 더 있는가? 그로 인해 작품이 어떻게 달라지는가?

마지막으로 인식의 순간 각각을 살피면서 거기에 촉매가 있다면 무엇

148

인지 생각해보자. 다른 인물? 놀라운 사건? 이런 촉매가 작품 전반에 걸쳐 제대로, 중요하게 다루어지는가? 아니면 촉매 같은 건 전혀 존재하지 않는가? 인물들이 단계적으로 인식에 도달하는가?

표면적 여정 목록

당신의 작품은 얼마나 다양한 표면적 여정을 활용했는가? 이 장에서 설명한 일곱 가지 범주를 돌이켜보자. 연애, 부의 획득, 신체 변화, 우정, 지식, 지위, 가족. 당신이 만든 인물은 이 모든 범주의 여정을 거쳤는가? 그렇다면, 혹은 그렇지 않다면 어떤 이유 때문인가? 그렇지 않은 경우 새로운 여정을 추가하겠는가? 만약 그런다면 여정이 너무 많아지는 것은 아닌가? 각 범주에 속하는 여정이 하나 이상 나오는가? 각각의 여정들은 상호 보완적인가, 아니면 서로 방해가 되는가? 하나의 여정이 끝나고 다른 여정이 시작되는 지점은 언제인가? 아니면 여정들이 서로 겹쳐지는가? 작품의 어느 지점에서? 왜 그 지점인가? 이들 중에 심오한 여정으로 이어지는 여정은 무엇인가? 전부 다? 아니면 하나도 없는가? 그 이유는 무엇일까?

표면적 여정의 속도

각각의 표면적 여정이 진행되는 속도를 살펴보자. 당신의 작품은 대체로 하나의 여정에 집중되며(예를 들어 주인공이 회사 사장이 되기까지) 그 여정을 작품 전체에 걸쳐 느리고 꾸준히 펼쳐나가는가? 아니면 그가 사장으로 승진하는 과정은 한 장으로 완결되며 사실상 기나긴 몰락의 전조에 지나지 않는가? 그는 하룻밤 만에 사랑에 빠지는가, 아니면 30년 동안 하나의 사랑을 가슴에 품고 사는가? 당신의 작품은 각각의 여정에 얼마 정도의 분량을 할당했는가? 연애가 하룻밤 만에 꽃피지만 300쪽에 걸쳐 서술될 수도 있고, 거꾸로 30년 동안 지속되지만 단 한 쪽으로 끝날 수도 있다. 여정이 급격히 진행되어야 할 지점은 어디인가? 원만하게 진행되어야 할 지점은? 그가 부를 획득하는 과정은 느린가, 아니면 순식간인가? 그의 조부가 사망하는 것은 길고 지지부진한 암 투병 이후인가, 아니면 갑작스러운 교통사고 때문인가? 각각의 경우 인물에게 어떤 영향을 줄 수 있을까?

5장

서스펜스

감정은 서스펜스의 필수 요소다.

앨프리드 히치콕

인물은 어설프고 여정은 빈약하며 플롯은 진부한 영화도 있다. 하지만 영화에 서스펜스가 있는 한 관객은 마지막 장면까지 자리에 머무를 것이다. 영화가 끝나면 화를 내며 자리에서 일어나 그 내용을 바로 잊어버릴 수도 있겠지만, 어쨌든 몇 시간 동안은 그 영화에 몰두한 셈이다. 다른 어떤 요소보다도 작품의 즉각적이고 단기적인 감상에 영향을 미치는 것이 서스펜스이기 때문이다. 따라서 서스펜스는 작품에 깊이를 주는 느리고 완만한 요소들을 멋지게 보완해준다.

하지만 제대로 활용하지 못한다면 서스펜스는 하나의 수단으로만 그치고 만다. 이런 경우 작가는 인물과 상황에서 자연스럽게 서스펜스를 끌어내는 대신 서스펜스를 형성하기 위해 인물과 상황을 끼워 맞춘다. 여정의 부속물이어야 할 서스펜스가 목적지로 변질되는 것이다. 그러나 이런 경우에도 서스펜스가 존재한다는 것 자체가 하나의 성취이며 작품의 가능성을 보여준다고 할 수 있다. 작가가 자기 자신보다도 독자를 염두에 두었다는 의미이기 때문이다. 실제로 여러 문학 석사 과정에서 양산되고 대다수의 문학잡지에 실리는 최근의 '문학적인' 단편과 장편소설들을 살펴보면 놀라울 정도로 서스펜스와는 거리가 멀다. 이런 소설의 작가들은 사실주의와 비유에만 집중한 탓에 독자들이 여전히 서스펜스를 원하며 단지 읽을거리가 필요해서 소설을 읽는 게 아니라는 점을 잊은 듯하다. 이런 소설은 설사 출간된다 해도 대체로 고작 수천 권 팔리는 데 그치지만, 스티븐 킹과 같은 서스펜스의 거장들은 수백만 권의 책을 팔아치운다. 심오하고 문학적인 문장과 인물이 서스펜스와 양립할 수 없는 것은 아니다. 그런 모순적인 생각을 하는 것은 최근의 '문학적인' 작가들뿐이다. 멜빌의 『모비 딕』이나 콘래드의 『어둠의 심연』을 슬쩍 훑어보기만 해도 진정으로 문학적인 작가들이 얼마나 서스펜스를 중시했는지 깨달을 수 있을 것이다.

『제3제국의 흥망The Rise and Fall of the Third Reich』을 내려놓지 못하고 계속 읽게 되는 이유는 무엇일까? 〈샤이닝〉을 보면서 눈이 쌓여갈수록 관객들이 조마조마해지는 이유는 무엇일까? 서스펜스는 언뜻 보면 신비롭고 마술적인 요소 같지만, 다행히도 서스펜스를 분석하다 보면 더욱 명확한 토대에 접근하게 된다. 인물의 여정을 정의하는 데 있어서는 독자 열 명의 의견이 엇갈릴 수 있지만, 서스펜스는 누구나 보편적으로 느낄 수 있는 요소다. 그래서 영화가 마음에 들지 않는다고 말하면서도 서스펜스 하나만은 끝내준다고 인정하는 관객이 있는 것이다.

서스펜스는 결국 '기대'에 관한 것이다. 우리가 갖지 못한 것, 아직 생겨나지 않은 것, 사건이 펼쳐지는 것을 지켜보는 과정의 문제다. 피해자가 살해당하거나 여자가 프러포즈를 받고 나면 서스펜스는 사라져버린다. 하지만 피해자가 쫓기고 남자가 여자에게 구애하는 한 서스펜스는 지속된다. 한마디로 서스펜스는 기대감을 자아내고 연장하는 것이라고 할 수 있다.

다만 구체적으로 어떻게 그러는지는 훨씬 복잡한 문제다. 서스펜스는 서로 받쳐주고 의지하는 다양한 요소들로 이루어져 있다. 우선 기대감 형성에서 시작하자(일단 기대감이 있어야 그것을 연장하는 일도 가능할 테니까). 지금부터 성공을 보장하는 열두 가지 방법을 공개한다.

서스펜스 형성

1. 목표

기대감을 자아내는 첫 단계는 인물이 하나의 목표(혹은 목적지)를 염두에 두게 하는 것이다. 살인마는 홀로 방 안에 앉아 있을 때보다 희생자를 쫓을 때 훨씬 더 서스펜스를 고조시킬 수 있다. 느긋하게 길모퉁이에서 서성거리는 육상선수는 마라톤 결승선을 향해 달려가는 육상선수에 비하면 싱겁기 그지없다. 살인마와 육상선수에게는 목표가 있다. 일단 그들에게 목표가 주어지면 우리는 갑자기 그들의 성취 여부에 관심이 쏠린다. 기대감이 싹트는 것이다.

2. 위기감 높이기

목표는 중요한 첫 단계지만, 누군가 쓰레기를 내다버린다는 것만으로는 심장이 조여드는 서스펜스를 자아내기 어렵다. 서스펜스를 조성하는 방법 하나는 위기감을 높이는 것이다. 쓰레기 청소부는 일주일에 딱 한 번 찾아와 문 밖에서 경적을 누르는데 주인공이 삼 주 연속으로 청소부를 놓치는 바람에 좁은 복도가 악취 나는 쓰레기로 가득 찼고, 집주인 아주머니는 그가 한 번만 더 청소부를 놓치면 셋집에서 쫓아낼 것이라고 경고하는 상황을 떠올려보자. 쓰레기 청소부의 트럭 엔진에 시동이 걸린다. 차가 떠나가기 직전이다. 위기감이 고조되고, 갑자기 주인공이 쓰레기를 버릴 수 있을지 여부가 손에 땀을 쥐게 한다.

위기감을 높이는 방법 하나는 목표의 중요성을 키우는 것이다. 사실 말만큼 쉬운 일은 아니다. 중요성이란 상대적이라는 점을 유념해야 하니 말이다. 도서 출간 계약을 예로 들어보자. 자신의 첫 책이 출간될 날만을 꿈꾸며 꾸준히 노력해온 A에게 이 계약은 목숨만큼 의미 있는 것일 수도 있다. 하지만 이미 50권을 출간한 전문 작가이자 해마다 두 권씩 신작을 계약하는 B에게 새 책 계약은 그저 일상일 것이다. 마찬가지로 억만장자에게 백만 달러짜리 도서 계약은 아무것도 아니겠지만, 최저임금을 받으며 일하는 굶주린 예술가에게 5천 달러짜리 책 계약은 세상에서 가장 귀중하게 느껴질 것이다. '중요성'은 상대적이다.

그러니 그 목표가 당신이 만든 인물에게 얼마나 중요할지 생각해보자. 이렇게 생각하면 언뜻 보기에 시시한 목표도 매우 중요해지며 서스펜스를 자아낼 수 있다. 그는 얼마나 간절히 목표를 이루고 싶어하는가? 얼마나 오래전부터 그 목표를 꿈꾸어왔는가? 십 년 동안 손가락 하나를 움직이려고 애써온 전신마비 환자를 상상해보자. 지금 그의 손가락이 처음으로 몇 센티미터 움직였다. 다른 인물이었다면 별것 아닐 일이지만, 그를 지켜보는 관객의 심장은 서스펜스로 두근거릴 것이다.

위기감을 높이는 또 다른 방법은 인물의 목표가 다른 등장인물에게 얼마나 중요할지 생각해보는 것이다. 죽어가는 환자에게 수혈 팩을 전하려는 배달원에게로 돌아가보자. 배달원이 그 목표를 달성하든 말든 그에게는 딱히 달라질 것이 없지만, 수혈 팩을 받을 환자에게 이는 생사가 달린 문제다. 그렇기에 그가 대다수의 인간과 비슷하다면 배달원 자신에게도 그 일의 성공 여부가 중요해지는 것이다. 사람은 종종 자기보다도 타인을 위해 더 큰 노력을 기울이기 때문이다.

3. 위험

위험은 서스펜스를 고조시키는 데 탁월한 수단이다. 어떤 인물이 강을 헤엄쳐 건너야 하는 상황을 떠올려보자. 그는 엄청난 위기감을 느낀다. 강을 건너가지 못하면 동료들과 합류할 수 없으며, 여행을 계속할 수도 없기 때문이다. 서스펜스가 넘치는 상황이다. 이제 시나리오를 조금 바꾸어 강에는 굶주린 악어가 바글거리고 위험한 급류도 있어서 헤엄쳐 건너려는 사람은 십중팔구 실패할 확률이 높으며, 그렇다고 그가 건너기를 포기한다면 쫓아오는 군인들에게 총살당할 거라는 상황을 추가해보자. 이렇게 위험을 더함으로써 서스펜스를 한껏 고조시킬 수 있다.

하지만 위험 역시 상대적이라는 점을 명심하자. 예를 들어 두 인물이 물속에 던져진다 해도 A는 헤엄을 칠 줄 알고 B는 모른다면 이는 B에게만 위험한 시나리오가 되는 것이다. 〈슈퍼맨〉은 위험의 상대성과 그에 따른 서스펜스를 훌륭하게 활용한 사례. 슈퍼맨이 남들이라면 위험할 상황, 예를 들어 무너지는 건물 안에 놓여도 우리는 염려하지 않는다. 슈퍼맨은 그런 상황에서도 다치지 않으리라는 걸 잘 알기 때문이다. 반면 다른 인물에게는 전혀 염려할 문제가 아닌 크립토나이트슈퍼맨의 고향 행성인 크립톤에서 유래한 녹색 결정 물질로, 슈퍼맨을 약화시키는 특이한 방사선을 방출한다―옮긴이에 슈퍼맨이 접근한다면 우리는 엄청난 두려움에 빠질 것이다. 시나리오 작가에게 크립토나이트가 필요한 이유는 그것이 없으면 슈퍼맨이 위험해질 일도 없으며 따라서 전반적으로 서스펜스가 사라지기 때문이다. 그러니 위험 요소를 효과적으로 활용하려면 그것은 해당 인물에게만 위험해야 한다.

서스펜스는 다른 인물들이 위험에 처했을 때도 생겨난다. 주인공이 누군가를 위험에서 구해내려 하는 중이라면 더욱 그렇다. 우리는 위험에 처한 인물을 염려한다기보다 주인공이 즉각적인 목적을 가지고 급박한 위기 속에 뛰어들었다는 사실, 그에게 소중하지만 그를 위험에 빠뜨릴지도 모르는 존재를 염려하는 것이다. 주인공이 거리에서 얻어맞는 사람을 보고 상황에 개입하기로 결심한다면 서스펜스가 생겨나겠지만, 그것이 우리가 기대할 수 있는 최대한의 서스펜스는 아닐 것이다. 우리는 피해자에 대한 정보가 없는 상태이기에 그가 과거에 나쁜 짓을 했는지, 혹시 가해자를 먼저 도발한 것은 아닌지 알 길이 없다. 심지어 피해자는 주인공의 도움을 받으면 성을 낼지도 모른다. 하지만 주인공이 얻어맞는 이를 보고 자기 형제임을 알아차린다면 그 순간 서스펜스는 급격히 고조될 것이다. 이제 주인공은 그 자리를 떠날 수 없다. 이제는 자기 자신과도 관련된 문제니까.

위험에는 다양한 종류가 있다는 것도 기억하자. 성적 위험(어떤 여성이 위험한 동네로 걸어 들어간다면 우리는 그녀가 구타당할까봐 염려하기보다 성희롱을 당할까봐 염려할 것이다), 의학적 위험(질병 혹은 〈아웃브레이크〉에 나오는 전염병), 감정적·심리적 위험(학대받는 아이), 영적 위험(살인마들의 세계로 끌려들어가 결국 자신도 살인마가 되는 주인공) 등.

서스펜스는 주인공이 다른 인물에게 위협적인 존재일 때도 생겨난다. 이런 경우 우리는 시종일관 긴장감을 느낀다. 그가 어디를 가든 누군가를 공격할까봐 염려되기 때문이다. 살인마가 시내 중심가를 활보하며 등교하는 어린아이들을 흘끗거리는 동안 그를 따라다니며 그의 시야를 공유하는 관객이 느낄 서스펜스를 상상해보자. 관객은 그가 무슨 짓을 저지를 수 있는지 잘 안다. 마찬가지로 그가 스스로에게 위험한 존재일 때도 서스펜스가 발생한다. 그는 무모하거나(고속도로에서 음주운전을 한다든지, 맞은편에서 달려오는 차와 담력을 겨룬다든지) 심지어 자살 충동을 느끼는 사람일 수도 있다. 이런 인물은 서스펜스의 주체인 동시에 대상이 된다.

마지막으로, 위험이란 결국 관점의 문제임을 명심하자. 위험이 반드시 독자도 느낄 수 있는 실재여야 하는 것은 아니다. 인물의 머릿속에만 위험이 존재하면 되는 것이다. 사람들이 자기를 쫓아온다고 확신하여 도망치기 시작하는 과대망상증 환자를 생각해보자. 실제로 그를 쫓아가는 사람이 없다 해도, 우리는 도망치는 그를 보며 서스펜스를 느끼게 된다.

4. 시간제한

시간제한을 추가하는 것은 서스펜스를 오래 연장하는 방법이다. 시험을 치르는 학생에게 충분한 시간이 주어지는 상황보다는 딱 60초만 남은 상황이 훨씬 더 긴장을 고조시킬 것이다. 시간제한은 특정 장면(예를 들어 교실 안)에만 적용될 수도 있지만 작품 전체의 토대로 활용될 수도 있다. 특히 액션스릴러 작품은 오직 시간제한의 힘으로 전개되기도 한다. 24시간 안에 대통령을 구해야 한다든지(〈뉴욕 탈출〉) 48시간 안에 범죄자들을 찾아야 한다든지(〈48시간〉) 30일 안에 돈을 전부 써야 한다든지(〈백만장자 브루스터〉).

하지만 무조건 시간을 제한할 필요는 없다. 단지 작품을 훑어보면서 그 내용이 정확히 며칠, 몇 주, 몇 달에 걸쳐 진행되는지 자문해보는 것만으로도 큰 도움이 된다. 많은 작가들은 자기 작품의 시간표를 제대로 파악하지 못하며, 그들의 작품 속에서 정확히 얼마나 시간이 흘렀는지 물어보면 십중팔구 대답을 못하고 당황하게 마련이다. 작품 속에서 시간이 중요한 요소가 아닐 경우는 더욱 그렇다. 당신의 작품은 왜 삼 주가 아니라 석 달에 걸쳐 전개되는가? 어째서 사흘이 아니라 삼 주인가? 믿기 어렵겠지만 대부분의 작품은 훨씬 더 짧은 시간 안에 전개될 수 있으며, 그 과정에서 긴박한 느낌도 더해진다. 작품에 전혀 없던 서스펜스가 생겨나는 것이다.

작품에 시간제한을 넣지 않기로 한 경우에도, 작품 속에서 정확히 얼마나 시간이 흘렀으며 이를 어떻게 활용할지 알고 있으면 무척 유용하다. 각 사건에 할당된 시간이 얼마인지 파악하고 대부분의 경우 시간을 더 적절히 할당할 수 있기 때문이다. 게다가 시간의 흐름을 암시적으로 포함시킬 수도 있게 된다. 예를 들어 어떤 사건이 정확히 금요일에 일어났음을 파악한다면 주인공이 금요일에 일찍 퇴근한다는 내용을 집어넣을 수 있을 것이다. 특정한 사건이 여름 동안 일어났음을 파악한다면 등장인물이 에어컨 소음 때문에 전화기 벨소리를 못 들었다는 설정을 추가할 수도 있다. 이런 사소한 세부사항이 작품에 현실성과 생명력을 준다.

시간제한 자체로는 서스펜스를 자아낼 수 없다는 것을 기억하자. 모든 것은 시간제한을 어떻게 활용하는지에 달려 있다. 시간제한은 인물이 시계를 보지 않는다면 아무 의미도 없겠지만, 매 순간 그에게 시간이 통보된다면 엄청난 중요성을 띠게 된다. 〈맨헌터〉에서는 첫 장면부터 바로 시간제한이 주어진다. 형사는 다음번 보름달이 뜨기 전까지 삼 주 안에 살인마를 찾아야 한다. 영화의 첫 1분부터 압박이 가해지는 것이다. 하지만 작가는 그것만으로 충분하지 않았는지 많은 장면에 개별적인 시간제한을 추가했다. 예를 들어 형사들은 신문이 인쇄되기 전까지 25분 안에 복잡한 수수께끼를 풀어내야 한다. 이런 장면이 나올 때마다 시간제한이 관객을 죄어오고, 한편으로 영화 전체를 아우르는 더욱 광범위한 시간제한이 내용을 전개시키며 방향성을 더해준다.

시간 할당 역시 중요하다. 경험 법칙에 따라서, 영화 속 중요한 장면에 서스펜스를 극대화하고 싶다면 사건이 진행되는 속도를 늦추어 실제 재생 시간과 일치시키자. 예를 들어 영화 속에서 5초 뒤 폭탄이 터진다면 실제로 5초 동안 카운트다운에 들어갈 수도 있다.

5. 행동 불능

서스펜스의 가장 강력한 형태는 인물이 중요한 목표를 가지고 있지만 행동을 취할 수 없을 때 나타난다. 살인마가 주차장을 가로질러 한 인물에게 접근한다. 그는 열쇠로 차 문을 열려고 하지만 생각처럼 되지 않는다. 살인마는 점점 더 가까이 다가온다. 우리의 심장이 쿵쾅거린다. 군중 속에서 자신을 폭행한 범인을 발견한 인물이 사람들에게 그 사실을 알리려고 하지만, 목소리가 나오지 않아서 비명을 지를 수가 없다. 〈이창〉의 마지막 장면에서 서스펜스를 자아내는 것은 주인공의 부러진 다리다. 그는 자신을 죽이려는 자가 다가오는 소리를 듣지만 어디로도 도망칠 수 없다. 만약 그가 비상계단을 내려갈 수 있다면 서스펜스는 생기지 않았으리라.

주인공이 다른 인물을 도울 수 없는 경우, 위험이 다가오는데도 무기력하게 지켜보고 있어야 하는 경우도 있다. 한 사람이 상어에 쫓겨 목숨을 걸고 헤엄치는데 그와 가장 친한 친구가 50미터 떨어진 보트 안에 앉아 있는 상황을 생각해보자. 주인공이 행동을 취하기는 하지만 애초부터 가망이 없었던 경우도 있다. 〈공포의 묘지〉에서는 엄마가 달려오는 트럭으로부터 아이를 구해내려고 달려가지만, 우리는 이미 시간이 모자란다는 것을 알고 있다. 〈데드존Dead Zone〉은 바로 이런 구조에 바탕을 두고 진행되는 영화다. 주인공은 미래를 볼 수 있지만 아무도 그의 말을 믿어주지 않는 것이다.

등장인물이 정신적·심리적·영적 이유로 행동 불능에 빠질 수도 있다. 예를 들어 금고를 털려던 중 정신적 정체 상태에 빠져 갑자기 비밀번호를 까먹은 인물을 상상해보자. 혹은 영리하지 못해서 똑똑한 속물에게 지적으로 망신당하지만 아무 대꾸도 못하는 인물을 상상해보자. 심리적 행동 불능의 경우로는 우울증에 빠진 아들을 돕지 못하고 점점 증세가 악화된 아들이 결국 자살할 때까지 지켜봐야만 하는 어머니를 상상할 수 있다. 영적 행동 불능으로는 아들이 죽어 슬퍼하는 여성을 위로해야 하지만 그러지 못하는 목사를 상상해볼 수 있을 것이다. 이런 경우 서스펜스는 극심하게 고조되는데, 우리가 아무리 간절히 바란다 해도 인물이 행동할 수 없는 상태이기 때문이다.

6. 미지의 존재

등장인물이 지하실에 들어가야 하는 상황을 상상해보자. 첫 번째 시나리오에서 그는 세 번째 계단에 다다르면 누군가 다리를 붙잡을 것이라는 귀띔을 듣는다. 그는 불을 켜놓고 계단을 내려가다가 세 번째 계단에서 다가와 그의 다리를 붙잡는 남자를 목격한다. 모든 것이 예상대로 진행되며 서스펜스는 희박하다. 두 번째 시나리오에서 그는 지하실에 뭔가 끔찍한 것이 있다는 얘기만을 듣는다. 그는 암흑 속에서 계단을 내려가야 하며 그 아래 무엇이 있을지 전혀 모른다. 그가 이리저리 더듬으며 계단을 내려가는데 갑자기 뭔가 그의 다리를 붙잡는다. 그는(그리고 관객도) 분명히 비명을 지를 것이다. 두 시나리오는 모든 면에서 같은 내용이지만, 두 번째 시나리오는 서스펜스가 넘치는 반면 첫 번째 시나리오는 그렇지 못하다. 어째서일까?

미지의 존재보다 더 무시무시한 것은 없다. 우리는 앞으로 어떤 일이 일어날지만 안다면 거의 모든 형태의 고통을 견뎌낼 수 있다. 하지만 암흑 속에 갇혀서 앞으로 어떻게 될지 짐작만 할 수 있다면 엄청난 서스펜스에 압도될 것이다. 우리의 상상력은 대체로 일어날 수 있는 최악의 상황을 떠올리기 때문이다. 스트레스 전문가들은 끔찍한 상황을 예상하는 것이야말로 스트레스의 본질이라고 말한다. 그들에 따르면 교통사고 같은 끔찍한 상황이 실제로 일어나는 순간에 우리가 느끼는 스트레스는 오히려 0까지 떨어진다고 한다. 실제로 스트레스를 유발하는 것은 끔찍한 상황이 아니라 미지의 상태인 셈이다.

미지의 존재가 가장 잘 활용되는 것은 공포영화에서다. 실제로 많은 외계인 영화들은 미지에 대한 공포에 바탕을 두고 있다. 이 외계인은 친근한 존재인가, 위험한 존재인가? 어딘가에 더 많은 외계인이 숨어 있는 것은 아닌가? 역대 최고 수익을 올린 영화의 상당수에 외계인이 등장한다는 것도 놀라운 일은 아니다.

미지에 대한 공포는 초자연 현상을 다룬 작품의 근간이 되기도 한다. 〈아미티빌 호러〉, 〈엑소시스트〉, 〈폴터가이스트〉를 생각해보자. 초자연 현상은 영원한 미지의 존재이기에 항상 효과적인 내용이 된다. 인간은 초자연적 힘을 통제할 수 있을 때조차 결코 그 정체를 이해하지 못한다. 〈초능력 소녀의 분노Firestarter〉, 〈데드존〉, 〈캐리〉를 생각해보자. 이런 작품들에서는 초능력자 자신도 능력의 정체를 모른다는 점이 그 신비함을 더욱 증폭시킨다.

미지의 존재가 항상 이처럼 극적인 차원에서만 활용되는 것은 아니다. 심지어 일상생활에서도 미지의 존재는 서스펜스를 자아낼 수 있다. 전학생이 새로운 학교에서 보내는 첫날을 상상해보자. 그가 복도를 걸어가며 낯선 얼굴들을 바라볼 때 우리는 그에게 연민을 느낀다. 그는 어떤 일을 겪게 될까? 아직 모두가 낯선 그 순간 서스펜스는 최대로 고조된다. 일단 그가 학급 친구들과 담임 선생님과 학교 건물을 잘 알게 되면 긴박감은 사라져버린다.

미지의 존재는 배경에 서스펜스를 더해주기도 한다. 무시무시한 것은 귀신 들린 집이나 공동묘지 자체가 아니다. 그 안에 뭐가 있을지 모른다는 점이 두려운 것이다.

7. 성적 긴장감

아주 오래전의 이야기지만 어느 유명한 영화감독은 이렇게 말했다. "여자 하나와 총 한 자루만 있으면 영화를 만들 수 있다." 〈로맨싱 스톤〉에서 연애 요소가 쏙 빠졌다고 상상해보자. 뭔가 불완전하고 밋밋한 영화처럼 느껴질 것이다. 이 영화에서 관객을 조마조마하게 만드는 것은 액션이지만, 시나리오 작가는 액션의 효과를 극대화하려면 도중에 쉬는 시간이 필요하다는 것 또한 알고 있었다. 그는 이런 쉬는 시간을 무의미하게 낭비하는 대신 또 다른 방식으로 서스펜스를 고조하는 데 활용했다. 마이클 더글러스는 위험한 정글을 헤쳐 나가는 대신 연애 상대라는 더욱 무서운 도전자에 맞서야 한다.

성적 긴장감은 가장 강력한 형태의 서스펜스를 자아낼 수 있으며, 딱히 다른 내용 없이도 작품 전체를 이끌어갈 수 있다. 하지만 단지 로맨스가 나오는 것만으로는 부족하다. 실제로 많은 작가들은 로맨스를 넣고 완성시키는 것만으로 할 일을 다했다고 착각하는 실수를 저지른다. 진부하고 고루한 로맨스에 그친 작품이 넘쳐나는 것은 바로 이 때문이다. 애초에 로맨스가 필요했던 건 작품에 서스펜스를 자아내기 위해서였음을 작가들이 잊어버린 것이다.

그렇다면 어떻게 로맨스를 통해 서스펜스를 자아낼 수 있을까? 가능성은 무한히 많다. 가장 효과적인 것은 역시 금지된 사랑이다. 기혼 여성과의 연애는 독신 여성과의 연애보다 더욱 강한 긴장감을 끌어낸다. 양쪽 집안의 반대를 무릅쓰고 맺어지는 한 쌍(〈로미오와 줄리엣〉)도 좋은 사례다. 근친상간은 극소수의 작가만이 다룰 수 있는 난이도 높은 소재지만, 가장 강력한 서스펜스를 이끌어낼 가능성도 지니고 있다. 선생과 학생(〈개인 교수〉), 사장과 비서 등 상급자와 하급자 간의 로맨스를 담은 시나리오는 항상 긴장감이 넘친다. 위험한 파트너도 좋은 소재가 된다(〈원초적 본능〉).

무엇보다 명심해야 할 점은 연애가 완성되고 두 연인이 행복해지면 서스펜스는 사라지게 마련이라는 것이다. 따라서 서스펜스를 유지하려면 연애 과정을 최대한 연장하거나, 두 사람이 도중에 헤어지고 처음부터 다시 시작하게 해야 한다. 연인들의 세상에서 모든 게 잘 돌아간다 해도 어떻게든 훼방 놓을 방법을 찾아보자. 효과적인 방법 가운데 하나는 사랑의 장애물을 만드는 것이다. 두 사람은 나이 차이가 크거나(『롤리타』), 서로 멀리 떨어져 있거나, 인종·재산·학력·계급(〈귀여운 여인〉)의 격차가 있을지도 모른다. 어쩌면 여성이 이미 다른 남성에게 '약속된' 상태인지도 모른다(〈셰익스피어 인 러브〉). 많은 고대 신화에서 영웅은 원하는 것을 얻기 위해 온갖 불가능하고 치명적인 시험에 통과해야 한다. 당신이 만든 인물은 어떤 시험을 치러야 할까?

8. 극적 아이러니

'극적 아이러니'란 등장인물들이 모르는(보통은 그들에게 영향을 미치게 될) 무언가를 독자나 관객만이 알고 있는 경우를 말한다. 젊은 한 쌍이 즐겁게 웃으며, 서로 시시덕거리고 물을 끼얹으며 바다에서 헤엄치고 있다. 저 멀리에서 거대한 상어가 다가온다. 그들이 아무것도 모른 채 웃고 있는 동안 상어는 점점 더 가까워진다. 바로 이런 것이 극적 아이러니다. 여기서 서스펜스를 느끼는 것은 인물들이나 상어가 아니다. 이것은 독자나 관객에게 맞춰진 특별한 형태의 서스펜스이며, 또한 매우 효과적인 방법이기도 하다.

극적 아이러니가 효과적인 것은 우리를 적극적으로 끌어들이기 때문이다. 우리는 등장인물들에게 조심하라고 외치고 싶어진다. 또한 우리가 그들이 보지 못하는 각도에서 접근하여 이야기를 온전히 이해할 수 있다고 느끼게 된다. 극적 아이러니는 모든 인물이, 혹은 특정 인물만 모르는 정보를 우리에게 알려준다. 예를 들어보자. 죽어가는 환자에게 수혈 팩을 전달하려는 배달원의 이야기로 돌아가되, 배달원은 자신이 배달하는 것이 그저 서류라고 여기는 상황을 그려보자. 그래서 그는 상점 진열창을 훑어보며 유유자적하게 거리를 걸어간다. 하지만 우리는 환자가 몇 시간 안에 수혈 팩을 받지 못하면 죽으리라는 것을 알고 있다.

또 다른 시나리오를 살펴보자. 남주인공이 여자 친구와 함께 식당에 앉아 저녁식사를 하고 있다. 딱히 서스펜스랄 것이 없는 상황이다. 상황을 바꾸어 우리는 여자 친구가 임신했고 저녁식사를 하면서 그 소식을 전할 생각임을 알지만 주인공은 아무것도 모른다고 해보자. 이제 서스펜스가 생겨나고 우리는 가만히 앉아 결정적인 순간을 기다린다. 상황을 더 바꿔서, 우리는 주인공이 저녁식사를 하면서 여자 친구에게 헤어지자고 말할 생각이라는 것도 알지만 여자 친구는 이를 전혀 모르는 상태라고 해보자. 이제는 말 하나하나, 몸짓 하나하나가 서스펜스로 넘쳐난다. 실력 있는 작가라면 이 상태를 최대한 길게 끌어갈 것이다. 저녁 식탁 위로 꺼내려다 만 말들, 미묘한 암시, 끼어들기, 쓸데없는 이야기, 그리고 침묵이 흘러갈 것이다. 작가는 우리를 괴롭히며 서스펜스를 고조시킬 것이다. 단지 그럴 수 있기 때문이다. 극적 아이러니 덕분에 효과적인 상황이 갖추어졌고, 그는 이 상황에서 짜낼 수 있는 것을 한껏 짜내리라.

극적 아이러니는 우리를 등장인물의 관점에 놓는 데 쓰일 수도 있다. 여자 친구의 의도만을 알 수 있는 첫 번째 시나리오에서 우리는 그녀에게 연민을 느낀다. 그녀가 마음 졸이며 말할 기회를 기다리는 중이라는 걸 알기 때문이다. 그녀가 말을 꺼내려다 그만두거나 상대가 도중에 끼어들 때마다 우리는 안쓰러워한다. 하지만 두 사람 모두 할 말이 있다는 것을 아는 두 번째 시나리오에서는 연민이 분산된다. 여자 친구가 임신을 기뻐하는 상황이라면, 우리는 상대에게 끔찍한 소식을 알려야 하는 주인공 쪽에 더 연민을 느낄 것이다. 그런데 여기서 또 시나리오를 바꾸어 우리가 두 사람을 독살하려는 식당 직원들의 계획까지 안다고 해보자. 이제 우리의 연민은 두 사람 개인보다도 한 쌍으로서의 연인에게로 향한다. 관점과 극적 아이러니는 밀접히 연관되어 있는 것이다.

극적 아이러니는 코미디에서 긴박감을 자아내는 요소로 쓰일 수도 있다. 실제로 실수 연발 코미디의 토대를 이루고 있는 것은 이 극적 아이러니다. 텔레비전 연속극 〈스리스 컴퍼니Three's Company〉는 오직 극적 아이러니의 힘으로 진행된다. 시청자는 남주인공이 게이가 아니라는 것을 알지만(두 여자 룸메이트와 한집에 살기 위해 그런 척하는 것뿐이다), 집주인은 그가 게이라고 착각한다. 이로 인해 우스운 상황이 생겨나고, 시청자는 집주인이 남주인공에게 '남자다운' 주제에 관해 설교하는 장면들을 보게 된다.

9. 미래 상상하기

우리는 대체로 지금 이 순간을 살아가지 않는다. 그 대신 한 시간 뒤, 오늘 밤, 내일, 다음 주나 내년 여름에 무얼 할지 고민하며 긴 시간을 보낸다. 다시 말해 미래를 상상하는 것이다. 우리는 기대하고 또 기대한다. 서스펜스를 자아내는 것은 기대감을 조성하는 일이기도 하다. 그렇다면 기대감을 활용할 수도 있지 않겠는가?

간단하게 서스펜스를 자아내는 방법 하나는 등장인물이 무언가를 기대하며 보내는 시간을 늘리는 것이다. 그가 인생 최고의 열연을 펼치려고 무대에 오르기 전에 단 한 순간도 염려하지 않는다면, 우리도 그 때문에 가슴 졸이지 않을 것이다. 하지만 그가 여자 친구의 부모와 만나기 전에 노심초사하는 장면이 무려 100쪽에 걸쳐 등장한다면, 마침내 여자 친구의 집 현관을 향해 걸어가는 그를 보며 우리도 가슴이 두근거릴 것이다. 이는 오로지 인물이 그 순간을 기대하며 긴 시간을 보냈기 때문이다.

등장인물이 미래에 사로잡혀 있다는 것을 표현하려고 애쓰는 작가는 드물다. 사실 그 점이야말로 모든 인물의 형성에 중요한 요소이며 나아가 작품 전체를 이끌어갈 수 있는데도 말이다. 〈내 사랑 다니엘라Unfaithfully Yours〉의 상당 부분은 더들리 무어가 어떻게 살인을 저지를지 몽상하며 세부사항을 일일이 계획하는 내용이다. 그의 몽상 속에서는 모든 계획이 완벽하게 진행되며, 마침내 그가 살인을 실행하려 할 때 관객은 서스펜스로 가슴을 졸인다. 결국에는 그의 계획이 모조리 틀어지는 바람에 기대감이 희극적 효과로 변환되지만 말이다.

우리가 케이퍼 영화강도나 절도를 다루는 범죄영화의 종류―옮긴이를 즐기는 건 바로 이런 이유에서다. 절도범들이 세우는 치밀한 계획을 지켜보고 그들이 성공할지 기다리는 과정은 관객에게 엄청난 즐거움을 준다. 희한하게도 모든 계획이 완벽하게 진행되면 서스펜스는 줄어든다. 다시 말해 우리는 뭔가 잘못되기를 바라는 것이다. **기대와 현실의 괴리를 지켜보는 일이야말로 관객을 즐겁게 해주기 때문이다.** 현실에서 우리는 결코 일어나지 않을 일을 기대하고 정확히 실현되지 않을 계획을 세우며 긴 시간을 보낸다. 그러니 우리만 그런 것이 아니라는 사실은 안도감을 준다. "인간은 계획을 세우고 신은 인간을 보며 웃는다"는 속담처럼 말이다.

작품 속의 시간은 실제 시간과 다르다는 점도 잊지 말자. 등장인물이 무언가를 기대하며 삼 년을 보낸다 해도 그 내용이 단 한 쪽으로 끝난다면 우리는 그에게 공감하지 못하리라. 반면 그가 기대감을 느낀 것이 겨우 몇 시간이라 해도 그 내용이 100쪽에 걸쳐 다루어진다면 우리는 깊은 공감을 느낄 것이다.

10. 미완결

대부분의 작품은 여러 서브플롯의 조합이다. 독자가 서브플롯 중에 몇 가지를 나머지보다 선호하는 것은 어쩔 수 없는 일이다. 작가는 독자를 다른 서브플롯으로 끌고 갈 때 독자가 이탈할 위험을 감수하는 것이다. 사실상 독자에게 모든 것을 처음부터 다시 시작하라고 요청하는 셈이니까. 이런 위기를 극복하는 방법 하나는 미완결, 즉 하나의 서브플롯을 결정적인 순간에 중단하고 독자를 조마조마한 상태로 남겨두는 것이다. 독자는 다른 서브플롯을 읽으면서도 앞서의 서브플롯으로 돌아가기만을 기다리느라 서스펜스를 느끼게 된다. 이는 일일 연속극에서 가장 애용되는 수법이기도 하다.

작가는 작품 전체를 미완결로 끝내서 후속편에 대한 독자의 기대감을 높일 수 있다. 〈한니발〉이 엄청난 수익을 거둔 이유 중 하나는 전편인 〈양들의 침묵〉의 결말에서 살인마가 풀려났기 때문이다. 〈헬러윈〉 시리즈가 7편이나 제작되었고 〈13일의 금요일〉 시리즈는 더 많이 제작된 것도 같은 이유에서다. 물론 한층 더 수준 높은 작품에서는 이런 수법이 위험할 수 있다. 이런 작품을 미완결로 끝낸다면 관객은 불만스러워하며 작가의 뻔한 수법에 항의할 것이고, 심지어 후속편이 제작되더라도 외면할지 모른다. 작가의 과제는 이야기를 마무리 짓고 관객에게 95퍼센트의 만족감을 주되, 내용의 일부분을 해결하지 않음으로써 5퍼센트의 아쉬움을 남기는 것이다. 그러니까 관객이 후속편을 보러 올 정도로만 말이다.

　개별적인 장면을 미완결로 마칠 수도 있다. 한 남자가 직장과 관련된 좋은 소식을 아내에게 들려줄 생각에 신이 나서 퇴근했다고 생각해보자. 그가 아내와 함께 자리에 앉아 입을 열려는 순간 현관 초인종이 울린다. 나가보니 소식이 끊긴 지 오래된 그의 누이가 와 있다. 부부는 당황하여 어쩔 줄 모른 채 손님을 맞아들이고, 기나긴 식사 장면이 이어진다. 이 식사 장면을 관객이 계속 보게 되는 것은 미완결된 앞 장면(남편이 가져온 희소식)을 끝까지 확인하고 싶다는 마음 때문이다. 심지어 그 장면에 또 다른 미완결을 추가할 수도 있다. 어쩌면 아내에게도 그에게 들려줄 희소식이 있었는지 모른다. 어쩌면 부부가 미처 확인하지 못한 자동응답기의 음성 메시지 16개 중에 또 다른 희소식이 숨겨져 있는지도 모른다. 이런 식으로 더 많은 미완결이 추가되면서 관객은 점점 더 간절히 식사 장면이 끝나기만을 기다리게 된다. 물론 미완결이 넘쳐나고 완결은 전혀 없는 상황에 지친 관객이 자리를 떠나지 않는다면 말이다.

11. 비밀
비밀은 제대로 활용하기만 한다면 작품 전체를 이끌어갈 만큼 강력한 서스펜스를 자아낼 수 있다. 추리소설에는 비밀이 넘쳐난다. 누가 살인자인가? 집사가 말하지 않은 것은 무엇인가? 멜로드라마도 마찬가지다. 그녀는 누구와 잠자리를 하는가? 그녀가 그에게 숨기고 있는 것은 무엇인가? 〈카사블랑카〉에서는 일자가 릭에게 말하지 않은 비밀이 처음부터 끝까지 서스펜스를 유지시킨다. 〈사이코〉에서 노먼 베이츠의 어머니에 관한 진실은 결말 직전까지 밝혀지지 않는다. 영화의 초반부터 진실이 알려진다면 〈사이코〉는 지금의 절반만큼도 인상적이거나 짜릿하지 않았을 것이다. 〈카사블랑카〉에서 일자가 릭에게 솔직하게 비밀을 말해주었다면 그들에게는 더 이상 아무런 행동의 여지도 남지 않았을 것이다.

비밀을 통해 서스펜스를 자아내려면 비밀이 있다는 것을 알려주어야 한다. 노먼 베이츠의 어머니는 어둠 속에서 언뜻언뜻 모습을 비춘다. 〈카사블랑카〉에서 일자는 릭에게 말할 수 없는 것이 있다고 직접 언급한다. 추리소설 독자는 하인들이 교환하는 눈빛을 통해 누군가 무언가를 숨기고 있음을 알아차린다. 비밀의 존재를 아는 것만으로는 서스펜스가 생기지 않는다. 서스펜스는 비밀이 있지만 그게 무엇인지 아무도 모른다는 인식에서 나오기 때문이다. 비밀이 중요한 것일수록 서스펜스도 더욱 고조된다. 작가가 독자를 정답 가까이 이끌수록 독자는 정답이 무엇일지 궁금해한다.

하지만 비밀은 조심스럽게 사용해야 한다. 다소 뻔한 수단인 만큼 남발되거나 너무 노골적인 경우 인위적이고 부자연스러워 보일 수도 있다. 유감스럽게도 작가들은 서스펜스 요소의 부족을 벌충하기 위해 비밀을 남용하는 경향이 있다. 비밀은 다른 서스펜스 요소에 추가되는 보충제여야 하며, 비밀만으로 서스펜스를 자아내려고 해서는 안 된다.

12. 등장인물

작품의 서스펜스는 등장인물의 성격에 따라 고조되거나 저하될 수 있다. 예를 들어 공포영화에는 방금 전 강도당한 집에 직접 들어가 수색하려들 만큼 멍청한 인물이 필요하다. 당연히 바로 다음 구석에 강도가 기다리고 있을 것임을 아는 관객은 당연하게도 주인공의 멍청함에 탄식하지만, 그럼에도 그가 복도를 걸어가는 동안 조바심 내며 움찔거린다. 주인공이 활짝 열려 있는 대문을 보고 합리적 판단을 하여 경찰서로 달려간다면 서스펜스는 생겨나지 않았을 것이다.

당신이 만든 인물은 영웅적인 성격일 수도 있다. 그를 불이 난 집 앞에 세운다면 서스펜스가 생겨날 것이다. 그는 분명 생존자를 구조하려고 집 안으로 뛰어들 것이기 때문이다. 아니면 그가 폐소공포증이라서 좁은 공간 근처에만 가도 신경쇠약을 일으킨다고 생각해보자. 그런데 건물 53층에서 열리는 사업상 중요한 회의에 참석하려면 좁은 엘리베이터에 타야 한다. 혹은 당신이 만든 인물이 누이를 지키려 하는 싸움꾼이라고 생각해보자. 누이가 폭행을 당했다는 소식이 그에게 전해지면 우리는 안달복달할 것이다. 그의 성격상 어떤 일이 일어날지 알기 때문이다(〈대부 1〉의 소니를 생각해보자). 인물의 특성만으로 평범한 시나리오에 서스펜스를 더할 수 있으며, 거꾸로 시나리오가 인물의 특성을 이끌어낼 수도 있다.

마찬가지로 우리가 그를 잘 모른다는 데서 서스펜스가 생겨날 수도 있다. 작가는 인물의 예측 불가능한 면모, 수수께끼 같은 부분을 의도적으로 암시할 수 있다. 우리는 그를 조금씩 알아가면서 뿌듯함을 느끼게 된다. 더욱 중요한 점은 그가 상황에 어떻게 반응할지 전혀 모르기 때문에 서스펜스가 생겨난다는 것이다. 마치 길에서 마주친 개 두 마리를 지켜보는 경우와 비슷하다. 개들은 서로 호감을 느낄 수도 있지만 서로를 공격

172

할지도 모른다.

　당신의 인물이 차분하고 호감 가는 성격이지만 나름 성질머리가 있어서 권위적이고 으스대는 인간과는 잘 지내지 못한다고 해보자. 사장이 그를 자신의 집무실로 호출해 비난 섞인 어조로 이래라저래라 명령한다. 그의 성격을 아는 우리는 서스펜스를 느끼기 시작한다. 그가 분노를 터뜨릴 것인가? 〈샤이닝〉의 서스펜스를 유지해주는 요소 중 하나는 잭 니콜슨이 연기한 주인공이 과거에 아내와 자식을 학대했음을 관객도 안다는 것이다. 눈이 쌓이면서 압박감도 고조되고, 우리는 그가 또다시 폭력을 저지를 수 있다는 것을 느낀다.

　서스펜스는 4장에서 다룬 인물의 여정 가운데서 작용하기도 한다. 인물의 내적 인식과 그에 따른 행동의 괴리는 우리를 조바심 나게 한다. 그녀는 그가 집에 돌아오면 이번에야말로 그를 쫓아내겠다고 결심한다. 그가 돌아온다. 우리는 안달하며 기다린다. 그녀가 정말로 해낼까? 결국 그녀는 그를 내쫓지 못하지만, 내일은 반드시 그렇게 할 거라고 다짐한다. 서스펜스는 이런 식으로 한참 지속될 수 있다.

　마찬가지로 우리가 인물의 운명을 알기 때문에 서스펜스를 느끼는 경우도 있다. 그는 운명을 완성할까? 언제? 어떻게? 매 순간 우리는 자문하게 된다. '지금이 운명의 순간일까?'

　물론 서스펜스를 자아내는 방법은 이 밖에도 매우 다양하다. 지금까지 다룬 열두 가지는 중요한 방법 가운데 일부일 뿐이다. 여기에 빠진 것이 있다면 딱 하나, 갈등이다. 하지만 갈등은 매우 중요한 요소인 만큼 따로 한 장을 할애할 예정이다(6장을 참고하자).

서스펜스의 연장

괜찮은 작가는 서스펜스를 자아낼 줄 알고 뛰어난 작가는 서스펜스를 연장할 줄 안다. 효과적으로 서스펜스를 자아내는 것은 쉬운 일이 아니기에, 최고의 작가는 일단 서스펜스가 발생하면 절대로 놓쳐선 안 된다는 것을 안다. 대다수의 작가들은 갖은 애를 써서 강렬한 캐릭터와 배경과 상황을 만들어내지만, 그것들을 발전시킨다는 훨씬 손쉬운 단계를 제대로 수행하지 않는다. 마찬가지로 서스펜스를 자아내는 데 성공하고서도 제대로 활용하지 않는 작가들이 많다. 괜찮은 작가가 되기 위해서는 유용한 것이 손에 들어왔을 때 설령 그것이 우연이라 할지라도 알아볼 수 있어야 하며, 그 때문에 원래의 계획이 바뀐다 해도 유연하게 적응할 수 있어야 한다. 당신이 방대한 작품을 계획하고 그 서막이 될 첫 장면(살인자가 첫 번째 피해자를 죽이는)을 짧게 구상했다고 해보자. 하지만 집필에 착수하면서 그 장면이 엄청나게 짜릿하고 서스펜스가 넘친다는 것을 깨닫게 된다. 이런 상황에서 작가들 대부분은 원래의 계획을 고수하겠지만, 더 뛰어난 작가라면 자신의 손에 들어온 것을 알아보고 계획을 바꾸어 진행할 것이다. 결국에는 새로운 내용이 이야기의 1장 전체가 된다고 해도 말이다.

휠체어에 묶인 주인공이 아무것도 못하고 가만히 앉아 있을 수밖에 없는 〈이창〉의 마지막 장면에서, 히치콕 감독은 괴로울 만큼 천천히 다가오는 살인자의 부츠 소리가 계단참에 메아리치게 했다. 그보다 못한 감독이라면 살인자가 계단을 뛰어올라와 쾅 하고 문을 열어젖히게 했겠지만, 히치콕은 자신이 무엇을 하고 있는지 잘 알았다. 이 장면에서는 여러 강력한 서스펜스 요소가 결합된다. 위험, 미지의 존재, 시간제한(경찰이 오는

174

중이다), 인물의 행동 불능, 엄청난 위기감(생사가 달려 있다). 히치콕은 관객의 조바심을 연장시키기 위해 영화 속에서 살인자가 다가오는 시간을 30초 이상으로 늘렸고, 그다음에도 같은 수법을 연속하여 반복한다. 살인자는 방문을 열지만 들어오지 않고 그림자 속에 가만히 서 있다. 아무도 움직이거나 말하지 않는다. 이쯤 되면 서스펜스는 최고조에 다다른다. 긴장감은 이 장면 안에서도 한껏 연장되고 있지만, 사실상 관객은 영화의 첫 장면부터 살인자가 나타나기를 기다려왔던 것이다.

거의 모든 서스펜스 요소는 연장될 수 있다. 위험을 연장하는 방법은 무수히 많다. 심지어 그것이 불가능해 보일지라도 말이다. 위험한 수술을 받고도 살아남은 캐릭터가 치명적인 감염을 일으킬 수 있고, 위태로운 방해물을 돌파한 캐릭터가 또 다른 방해물에 부딪힐 수 있다(〈인디애나 존스〉 시리즈는 모두 이런 식으로 돌아간다). 당신의 인물이 맞서게 된 상대의 일부 면모만을 알려주거나 귀신 들린 집에 숨은 수수께끼 중 하나만을 파악하게 하여 미지에의 공포를 연장할 수도 있다. 인물들이 키스 직전까지 갔다가 방해받게 하여 성적 긴장감을 연장할 수도 있다. 두 사람이 관계를 맺은 직후 갈라지게 만들면 그들이 재결합할 때까지 서스펜스가 이어질 것이다. 그리고 이런 요소 중 하나를 통해 한껏 연장된 기다림은 더욱 강력한 것, 즉 기대로 진화할 수 있다.

기대는 엄청나게 강력한 수단이며, 사실상 현대의 자기계발 강의(토니 로빈스)에서 고대의 지혜(불교)에 이르는 여러 사상의 핵심 개념이다. 토니 로빈스는 인생에서 뭔가를 원한다면 단지 원하는 것만으로는 모자란다고, 자신이 그것을 가질 운명이라 느끼고 그것을 가진 자신을 상상해야 한다고 말한다. 즉, 그것을 **기대**해야 한다는 것이다. 반면 불교에서는 인생의 번뇌 대부분이 뭔가를 기대했다가 필연적으로 실망하는 데서 온다고 말한다. 불교 신자에게 번뇌의 해결책은 그 무엇도 기대하지 않는 것이다. 여기서 중요한 점은 둘 중 어느 쪽이 옳은지가 아니라, 기대가 상반되는 두 가지 강력한 사상의 근거가 될 만큼 강력한 존재라는 것이다. 이런 기대가 우리의 목적에 어떻게 활용될 수 있을지 살펴보자.

당신이 만든 인물이 한 여성에게 데이트 신청을 하는 몽상에 빠져 있다고 해보자. 그는 **수년 동안** 이런 몽상을 해왔고, 그녀에게 다가가는 순간부터 그녀가 "좋아!"라고 기쁘게 대답하는 순간까지 시나리오의 모든 장면을 머릿속에 새겨놓았다. 이쯤 되면 그의 마음속에서는 자기만의 시나리오가 너무도 확고하게 굳어졌기 때문에, 언젠가 정말로 데이트 신청을 했다가 거절당한다면 그는 엄청난 충격에 빠질 것이다. 심지어 그녀가 변심했다며 배신감을 느낄지도 모른다. 하지만 그녀는 변심한 것이 아니다. 애초에 마음을 주었던 적도 없으니 말이다! 그의 기다림이 기대로 진화한 것이다. 중요한 점은 기대 때문에 그가 어느 쪽이든 중대한 순간에 놓이게 되었다는 것이다.

서스펜스의 연장은 그 자체로 하나의 예술이다. 작품 속의 모든 짜릿한 장면을 연장하여 독자가 20분씩 안달하게 만들어야 할까? 그렇지는 않을 것이다. 글쓰기의 모든 요소가 그렇듯 서스펜스의 연장도 맥락에 달려 있다. 특정 장면의 서스펜스를 연장함으로써 그 장면이 특별히 중요하다는 것을 암시할 수 있다. 서스펜스가 연장되면 독자는 그 장면을 심각하게 받아들이고 무언가 중요한 사건이 이어질 것을 기대하게 된다. 주인공이 까치발로 빈집을 돌아다니는 장면을 한참 보여주고 나서 고작 고양이가 튀어나오는 것으로 마무리한다면, 독자는 작가에게 화가 나서 또다시 서스펜스 넘치는 장면이 나와도 몰입하지 않을 가능성이 높다. 하지만 빈집을 헤매는 장면이 10초 정도로 그친다면 작가는 아마도 좀 더 쉽게 용서

176

받을 것이다.

등장인물이 중요한 기말시험을 치렀는데 시험 결과는 다음 월요일에나 발표된다고 해보자. 그는 주말 내내 자신의 성적이 어찌될지 전전긍긍할 것이며 그만큼 긴장감도 지속될 것이다. 그런데 월요일에 학교로 가보니 교사가 병가를 내는 바람에 발표가 사흘 더 연기되었다. 기다림은 점점 더 쌓여만 간다. 목요일에 마침내 시험 성적이 발표되었지만, 이번에는 그의 성적만 빠져 있다. 교사가 채점한 답안지를 실수로 집에 두고 온 것이다. 이쯤 되면 독자는 교사를 죽이려 들지도 모른다! 그저 기다림을 연장하는 것만으로 이렇게 서스펜스를 고조시킬 수 있다.

위기감 높이기

작품의 등장인물 목록을 만든 다음 하나씩 살피며 질문을 던져보자. 이 인물에게 중요한 것은 무엇인가? 그들은 근본적인 위기에 처해 있는가? 위태롭고 절망에 빠진 사람들인가? 모든 사람은 겉으로 아무리 만족스러워 보인다 해도 내면에 어느 정도의 절박함을 숨기고 있게 마련이다. 당신의 인물들을 절박하게 만드는 것은 무엇인가? 그것을 어떻게 끌어낼 수 있을까?

작품 속의 주요 사건들을 살펴보자. 이 사건들에 서스펜스를 자아내려면 인물에게 어떤 성격을 부여해야 할까? 혹은 반대로 당신이 만든 인물의 성격을 살펴보자. 그의 성격을 최대한 드러내려면 어떤 주요 사건을 집어넣을 수 있을까? 그의 주된 목적은 무엇인가? 그가 목적을 이루지 못한다면 어떤 일이 일어날까? 그가 목적을 이룬다면 어떤 이득을 얻을까? 그런 이득 때문에 그의 일상이 달라질까? 어쩌면 그의 인생도? 이 상황에서 위기감을 높이려면 어떻게 해야 할까?

서스펜스 평가

당신의 작품에서 서스펜스는 얼마나 중요한가? 모든 장면에 존재하는가? 아니면 마지막 장면을 위해 아껴두었거나 첫 장면에만 나타나는가? 작품의 차례를 살펴보면서 10점 만점 기준으로 각 장의 서스펜스를 평가해보자. 다른 장보다 특별히 서스펜스 넘치는 장이 있는가? 그렇다면, 혹은 그렇지 않다면 어떤 이유 때문일까? 서스펜스가 부족한 부분은 어떻게 하면 더욱 짜릿해질까? 충분한 부분은 어떻게 하면 더욱 긴박해질 수 있을까? 작품에 서스펜스가 부족하지만 그래도 괜찮다고 생각한다면 그 이유는 무엇인가? 작품의 다른 측면(등장인물, 대화, 사건)에서 벌충이 되기 때문에? 전반적으로 서스펜스가 부족하다면 그래도 상대적으로 서스펜스가 느껴지는 부분을 찾아보자. 이 부분을 어떻게 확장할 수 있을까?

서스펜스 연장하기

서스펜스가 느껴지는 장면 목록을 살펴보면서 이 장면들을 어떻게 연장할지 궁리하자. 연습 삼아 그중 한 장면을 두 배로 늘려서 서스펜스가 넘치는 순간을 확장해보자. 그 장면이 한 장이라면 두 장으로, 두 장이라면 네 장으로 만드는 것이다. 덧붙인 내용은 나중에 다시 삭제해도 좋다. 당신이 최종적으로 추가한 내용은 무엇인가?

미완결

당신의 작품에서 서스펜스가 느껴지는 장면을 각각 두 개의 장면들로 나누어보자. 앞의 장면을 미완결 상태로 중단하고 나중에 그 장면으로 되돌아가는 것이다. 이제 서스펜스가 느껴지는 장면의 수는 두 배로 늘어났다. 이 방식을 한 장 전체에 적용할 수도 있을까? 아니면 작품 전체에?

6 장

갈등

갈등이란 외부에서 일어나든 내부에서 일어나든
항상 자신을 상대로 하는 싸움이다.

데시마루 다이센 선불교를 유럽에 전파한 일본 선사禪師 —옮긴이 우리가 아무리 무시하려 한들 일상생활은 갈등의 연속이다. 하다못해 시간적 압박에서도 단 하루나마 자유로울 수 있는 사람이 있을까? 갈등은 세상이 생겨난 때부터 이미 존재했다. 이승은 저승과, 바다는 육지와 대치한다. 동물의 왕국은 갈등으로 이루어져 있다. 동물은 서로를 잡아먹거나 같은 먹이를 놓고 다툰다.

어떤 면에서 삶은 선택의 연속이라 할 수 있다. 누구와 결혼할 것인가, 아이를 몇이나 가질 것인가, 어디에 살 것인가, 어디서 일할 것인가, 어떻게 시간을 보낼 것인가…… 우리의 선택이 우리의 삶을 좌우하며, 모든 선택은 갈등을 내포한다. 둘 이상의 상충하는 선택지가 존재하지 않는다면 굳이 '선택'을 할 필요도 없을 것이다. 우리가 지금 선택한 모든 것은 나중에 갈등을 일으킬 수 있다. 어떤 옷을 입든(다른 옷을 입을 수도 있었는데), 어떤 음식을 먹든(다른 음식을 먹을 수도 있었는데), 무슨 방송을 시청하든(다른 방송을 볼 수도 있었는데) 간에 말이다. 그러다 보니 갈등을 피할 수만 있다면 무슨 짓이든 하는 사람들도 있다. 이런 사람의 존재도 포용하는 것이 작가로서 당신의 임무다.

갈등은 여러모로 유용하다. 독자를 끌어들여 등장인물의 편에 서고 나아가 공감하게 하며, 균열을 일으켜 마침내 결말과 만족감에 이르는 길을 낸다. 서스펜스를 자아내고 작품에 방향 감각을 주며 예상치 못한 상황을 만들어 의외성을 부여한다. 독자에게 등장인물에 관한 정보를 주기도 한다. 누가 갈등을 유발하는가? 누가 갈등을 부추기는가? 누가 중재를 시도하는가? 『오셀로』를 읽는 독자는 갈등의 당사자인 주인공만큼 갈등을 악용하는 이아고에 관해서도 많은 것을 알게 된다.

갈등(내적·외적)의 형태와 갈등을 일으키는 방법은 수없이 다양하다. 그중에서도 비교적 단순한 열세 가지를 살펴보자.

1. 인물

인물과 상황만 제대로 선택한다면 갈등은 저절로 생겨나게 되어 있다. 작가의 임무는 서로 정반대인 인물들을 만들어 함께 배치하는 것이다. 만나면 반드시 갈등을 빚을 수밖에 없는 인물들 말이다. 장군과 병역 기피자가 한 방에 있게 되면 갈등이 일어날 가능성이 높다. 홀로코스트 생존자와 왕년의 나치 당원이 만나는 경우도 마찬가지다. 〈오드 커플〉에서는 민감한 결벽증 환자가 둔감한 게으름뱅이와 동거할 수밖에 없는 상황에 처한다. 일단 이처럼 강력한 상황을 설정하고 나면 문제는 갈등을 일으키는 것이 아니라 지속시키는 것뿐이다.

당신의 인물들이 틀에 박힌 전형이 아니라 생생하게 살아 숨 쉰다면 예상치 못한 결과가 나올 수도 있다. 자유주의적 동성애자와 보수적 동성애혐오자가 한 방을 쓰게 되었다고 생각해보자. 이 경우 독자는 갈등을 예상할 것이며 실제로도 갈등이 일어날 확률이 높다. 그렇게 전개된다 해도 문제는 없겠지만, 예상과 정반대의 전개를 선택할 수도 있다. 현실에서도 정반대로 보이는 사람들이 단짝 친구인 경우가 없지 않으니 말이다. 어쩌면 두 사람이 공통점을 발견할 수도 있다. 자유주의적 동성애자가 동거인을 매력적인 여자 친구와 맺어줄 수도 있고, 보수적 동성애 혐오자가 컨트리클럽에 가입하기 원하는 동거인을 도와줄 수도 있다. 양쪽 모두 폭력적인 부친 슬하에서 자랐을지도 모른다. 알고 보니 두 사람의 음악, 영화, 패션, 음식 취향이 일치할 수도 있다. 외적인 차이에도 불구하고 어쩌면 둘이 서로 무척 잘 맞을 수도 있는 것이다. (3장 '인물 묘사: 응용'도 참조하자.)

그렇다고 해도 갈등의 가능성은 존재하게 마련이다. 당신은 작품 속의 모든 인물에게 다른 모든 인물과 갈등을 일으킬 가능성을 부여해야 한다. 그 가능성이 실현되든 아니든 말이다. 그들이 서로 단짝 친구거나 연인이라 해도, 갈등의 원인을 끝까지 밝혀내지 못하거나 실제로는 전혀 갈등을 겪지 않는다 해도 마찬가지다. 어쨌든 이런 가능성은 작가에게 선택지를 제공한다. 더욱 중요한 것은 독자 입장에서 또 다른 차원의 서스펜스가 생겨난다는 것이다. 독자는 어느 순간에든 갈등이 터지기를 기대하게 된다. 설사 끝까지 갈등이 터지지 않는다 해도, 서로 갈등하는 두 인물이 어울려 지내는 모습은 훨씬 더 흥미진진할 것이다.

인물의 특성 목록(1장과 2장에서 답한 질문들)을 살펴보면서 그의 인종, 정치 성향, 재산, 지위, 학력, 직업 등을 다시 한 번 생각해보자. 그가 어떤 사람인지 참고하여 그와 갈등할 수 있는 상황과 인물 들을 어떻게 만들지 고민해보자. 열렬한 공화당원인 그가 폭설 때문에 민주당원과 단둘이 고립된다면? 국세청 직원인 그가 탈세범과 함께 오후 한나절을 보내야 한다면? 육군 풋볼 선수인 그가 경쟁 상대인 해군 풋볼 선수들로 가득한 술집에 들어선다면? 이런 경우 갈등이 일어난다면 인물들이 중요시하는 가치를 놓고 일어날 것이 분명하다. 예를 들어 육군과 해군 풋볼 선수들이 자신과 팀을 동일시하지 않는다면 충돌은 생기지 않을 것이다. 육군 선수 쪽에서만 그런다 해도 마찬가지다. 하지만 양쪽 모두가 자신을 팀과 동일시한다면 십중팔구 충돌이 발생할 것이다.

물론 내적 갈등 요인이 없는 인물들도 상황에 따라서는 갈등을 빚을 수 있다. 한쪽이 죽을 때까지 싸워야 하는 검투사나 챔피언 자리를 놓고 다투어야 하는 권투선수를 생각해보자. 하지만 이런 경우 갈등을 만들기 위해 상황에 의존하게 되고, 나아가 빈약한 성격 묘사를 벌충하기 위해 억지로 극단적인 상황을 설정할 수도 있다. 상황과 인물은 모두 필수적 요소지만, 이상적인 방식은 인물로부터 자연스럽게 상황이 생겨나는 것이지 그 반대가 아니다. 갈등이 자연스럽게 생겨나지 않아서 일부러 만들어 내야 한다면 무언가 잘못되었다는 의미다. 이런 경우 인물들로 돌아가서 당신의 선택을 재검토해야 한다. (1장과 2장을 참조하자.)

2. 집단

인간 집단, 특히 공통의 목표나 이상 아래 결집된 집단은 서로 갈등하게 마련이다. 총기반대어머니회는 전미총기협회와 충돌할 것이다. 코카콜라 회사는 펩시콜라 회사와, 블러즈Bloods 조직은 크립스Crips 조직과 충돌할 것이다양쪽 모두 미국 캘리포니아를 기반으로 하는 경쟁 관계의 흑인 폭력 단체다—옮긴이.

더욱 흥미로운 점은 집단 간의 갈등이 거기 소속된 개인들에게로 확산된다는 것이다. 열성적인 구성원에게 집단의 갈등은 그 자신의 갈등이 될 것이다. 블러즈 조직원은 크립스 조직원과 친구로 지낼 수 없다. 펩시콜라 직원은 회사 안에서 코카콜라를 마시며 돌아다닐 수 없다. 민주당 전국위원회에 소속된 사람은 공화당에 투표하면 안 된다. 독실한 유대교 신자는 가톨릭 예배에 참석할 수 없다. 물론 이 모든 것을 할 수야 있겠지만, 실제로 그런다면 집단을 배신하는 행위일 것이다. 따라서 집단의 논리는 외부 집단과의 갈등이든 개인 내면의 갈등이든 간에 갈등을 강제한다고 할 수 있다. 대다수의 사람들은 외적 갈등을 선택할 것이다. 사실은 코카콜라를 좋아하거나 공화당에 투표하고 싶더라도 말이다. 그렇게 하면 적어도 소속된 집단에서는 계속 그를 지지해줄 테니까.

인물이 얼마나 오랫동안 집단에 소속되어 있었는지도 염두에 두어야 한다. 집단이 그의 삶에서 얼마나 중요한지, 그가 얼마나 집단에 충실한지, 특정 문제에 대한 집단의 관점에 그가 얼마나 강하게 동의하는지도 말이다. 상황이 정말로 흥미로워지는 것은 이 지점이다. 집단에 들어온 지 얼마 안 된 인물이 가족과 일체의 연락을 끊으라고 요구받는다면 아마도 집단에서 벗어나는 것을 선택할 것이다. 아직은 집단이 마음속 깊이 뿌리 내리지 않았고 가족이란 너무도 강력한 갈등 요소니까. 하지만 그가 십 년 동안 어떤 집단, 예를 들어 스킨헤드족의 헌신적인 일원이었고 가족과 친구들 모두 그 집단에 소속되어 있다면, 그가 모든 시간을 집단 속에서 보내며 평생 동안 오직 그곳에만 소속감을 느꼈다면, 그의 유대인 지인과 더 이상 만나지 말라는 요구를 받았을 때 아마도 기꺼이 복종할 것이다.

하지만 만약 그가 외적 갈등과 내적 갈등을 동시에 겪게 된다면 어떨까? 이런 일은 현실에서도 흔히 일어난다. 경찰관을 예로 들어보자. 그는 이십 년 동안 경찰로 일했으며 친구들도 모두 경찰이다. 그는 대부분의 시간을 동료들과 함께 보내며 그들과 자신을 동일시한다. 하지만 그랬던 그가 갑자기 동료들의 부정을 알아차리고 그들의 행동에 강한 반발심을 느낀다면 어떻게 해야 할까? 개인이 집단에 등을 돌리기란 쉽지 않으며,

집단 내에 완전히 자리 잡은 상태라면 더욱 그렇다. 공동의 승인, 정체성, 고유한 삶의 방식은 집단을 가족보다도 더 저항하기 어려운 존재로 만들 수 있다.

3. 강요된 공동체

갈등을 고조시키고 연장하는 가장 효과적인 방법 하나는 서로 갈등하는 두 명 이상의 인물이 함께 시간을 보내게 하는 것이다. 그들은 룸메이트, 감방 동기, 직장 동료인지도 모른다. 그들은 군대에서 같은 막사를 배정받았는가? 같은 기숙사 방? 아니면 같은 팀 선수인가? 서로에게서 벗어나고 싶지만 그럴 수 없는 두 인물은 작품 전체를 이끌어가는 강력한 원동력이 될 수 있다(〈드라이빙 미스 데이지〉). 그들이 서로에게서 도망칠 수 없게 하는 방해물은 무엇인가?

물론 갈등의 원인이 얼마나 심각한 것인지도 고려해야 한다. A는 휘파람 불기를 좋아하는데 B는 휘파람 소리를 싫어하는 정도라면 두 인물의 갈등은 해소될 가능성이 높다. 한 사람은 평생 KKK 회원이었는데 다른 사람은 흑표당–흑인의 인권을 주장하며 무장 운동을 펼친 좌파 정치 조직—옮긴이 원인가? 이런 경우 두 사람 중 한쪽이 뒤바뀌지 않고서는 서로의 차이를 극복할 가능성이 매우 낮다.

두 사람이 함께 보낸 시간이 얼마나 되는지, 서로의 영역이 얼마나 가까운지도 중요하다. KKK 회원과 흑표당원이 가로세로 12미터밖에 안 되는 감방에 갇혀 함께 일 년을 보낸다면 결국에는 최소한이나마 마음을 누그러뜨릴 것이다. 아마도 두 사람은 여전히 서로를 싫어하겠지만, 적어도 교도관이 올 때 귀띔해줄 정도로는 협동할 것이다. 그리고 마침내 양쪽 모두 어느 정도의 관용과 타협을 터득할 것이다. 자신과 상대에 관해 배

우고, 자신의 옹졸한 성질과 피상적 선호를 극복할 수만 있다면 상대에게
도 생각보다 좋은 점이 많다는 사실을 깨달을 것이다. 작가는 이런 설정
을 활용하여 인물의 여정을 전개할 수도 있다. (4장 '여정'을 참조하자.)

4. 상충하는 목표

스타니슬랍스키의 연기 이론을 보면 초보 배우에게 주어지는 전통적인
연습 과제가 있다. 두 배우가 무대에 오른다. 첫 번째 배우에게 기타 조율
과 같은 목표가 주어지고, 두 번째 배우에게도 또 다른 목표가 주어진다.
다만 그림을 벽에 건다든지 하는 것처럼 혼자서는 달성하기 힘든 목표다.
하지만 자기 일로 바쁜 첫 번째 배우는 동료를 도와줄 수 없다. 그리하여
필연적으로 갈등이 생겨난다.

우리는 누구나 살아가면서 이런저런 것을 원한다. 우리가 하루 동안
갖게 되는 목표를 헤아려본다면 백 가지도 넘을 것이다. 전철에서 빈자
리에 앉는다거나, 빵집 진열창 안의 페이스트리를 사먹는다거나······.
이 모든 목표에는 갈등의 소지가 존재한다. 전철에 빈자리가 딱 하나뿐이
라면? 빵집 진열창 안에 페이스트리가 하나만 남았다면? 다른 사람이 동
시에 같은 것을 노리고 달려든다면? 갑자기 청천벽력처럼 갈등이 생겨나
는 것이다.

인물이 이런 갈등에 대처하는 방식은 그에 관해 많은 것을 알려준다. A
는 B에게 빈자리를 기꺼이 양보할까? B 쪽에서도 사양하며 A에게 다시
자리를 양보할까, 혹은 마다하지 않고 자리에 앉을까? 아니면 A는 빈자
리를 향해 돌진할까? B도 그렇게 할까? 두 사람은 빈자리를 놓고 옥신각
신하다가 결국 주먹다짐을 하게 될까? 여기서 중요한 점은 두 사람에게
목표가 없었다면 이 가운데 어떤 상황도 일어나지 않았으리라는 것이다.

갈등의 대상이 사람, 예를 들어 여자 친구라면 그녀의 반응을 통해서도 그 사람에 관해 많은 것을 알 수 있다. 그녀는 두 사람의 갈등을 이용하거나 부추길까? A에 대한 B의 험담을 A에게 고스란히 전하거나 A 앞에서 일부러 B를 칭찬할까? 아니면 어떻게든 충돌을 피하려고 할까? 두 사람 중 하나를 선택할까, 아니면 충돌을 피하기 위해 어느 쪽도 택하지 않을까?

5. 목표의 중요도 높이기

갈등에 목표를 부여하는 것은 중요한 출발점이지만, 그것만으로는 부족할 수도 있다. 갈등을 최대한 이끌어내려면 목표의 중요도를 높여야 하는 경우가 많다. 전철의 빈자리를 놓고 다투는 두 인물에게로 돌아가보자. 양쪽 모두가 몇 분 정도만 전철을 탈 생각이라면 자리에 앉는 일이 그렇게 중요하지는 않을 것이며 갈등이 생길 가능성도 낮을 것이다. 이제 목표의 중요도를 높여보자. A가 전철에 빈자리가 나기만 기다리며 세 시간을 서 있었다고 해보자. 그런데 방금 승차한 B가 A보다 먼저 빈자리에 앉아버렸다. A는 격분할 것이다. 이제 그는 어떻게 행동할까? 마음속으로만 울분을 터뜨릴까, 아니면 B에게 시비를 걸거나 폭력을 휘두를까?

목표의 중요도를 높이려면 등장인물이 그것을 얼마나 간절히 원하는지, 그와 갈등하는 인물도 그것을 얼마나 간절히 원하는지 강조하자. 그 목표가 얼마나 희귀한 것인지도 강조해야 한다. 경매에 참여한 두 인물이 반 고흐의 희귀한 그림을 차지하려고 서로 다툰다면 그들의 갈등은 더욱 맹렬해질 것이다.

6. 권력 다툼

어떤 면에서 권력 다툼은 목표에 대한 다툼이기도 하다. 모든 목표처럼 권력도 사람들이 귀중하게 여기고 갈망하는 것이니까. 두 사람 모두가 권력을 원한다면 갈등이 생겨나게 마련이다.

하지만 권력에는 다른 목표와 구분되는 점이 있다. 전철의 빈자리와 달리 권력을 쟁취한 사람은 타인의 삶을 좌지우지할 수 있으며, 권력을 못 가진 사람은 자신의 삶을 타인의 손에 맡겨야 한다. 따라서 양쪽 모두에게 목표의 중요도는 훨씬 높아질 수밖에 없다. 전철의 빈자리와 달리 권력은 언제나 누구의 손에든 들어갈 수 있다. 지금은 권력을 가졌다고 해도 언젠 잃을 수 있으며, 권력이 없는 사람에게도 권력을 손에 쥘 기회가 생길 수 있다. 게다가 권력은 그 자체로는 아무런 가치가 없다. 권력의 고유한 가치는 타인을 통제하는 데서 오며 따라서 백 퍼센트 상대적인 것이다. 타인이 없으면 권력도 없다. 부하가 없으면 우두머리는 그 누구의 우두머리도 아니다.

우리의 일상에서는 권력 다툼이 넘쳐난다. 권력 다툼을 유발하는 방법은 무수히 많다. 그중에서도 가장 명확한 형태는 부모, 경찰, 법률, 군대, 정부(〈람보〉) 등 권위에 대한 싸움이다. 사실 이 세상에서 자신의 삶에 백 퍼센트 만족하고 행복해하는 사람은 매우 드물다. 대부분은 어떤 식으로든 압박감을 느낀다. 압박당하는 사람을 찾으면 그를 압박하는 존재도 찾아낼 수 있다.

일단 권력 다툼이 생겨나면 위기감을 증폭하고 연장해야 한다. 노예 주인은 더욱 잔혹하게 만들고 노예에게는 더욱 압박을 가하는 것이다. 그러다 보면 갈등이 어떻게든 해소되어야 하는 임계점에 이르게 된다. 노예는 무엇이든 행동을 취할 수밖에 없다. 봉기하여 주인을 죽이든지, 아니면 자아를 포기하고 무슨 말에든 순순히 복종하든지. 갈등은 압박하거나 압박 당하는 데서 나오는 것이 아니라 압박으로부터 자유로워지려는 투쟁에서 나온다.

모든 권력에 완강히 저항하는 사람도 있기는 하지만, 대다수의 사람들에게 권력에 대한 순응은 일상의 일부이자 사실상 필수 조건이다. 도로에서 자유롭게 차를 몰고 다니려면 신호등이라는 교통 규칙의 권력에 따라야만 한다. 모든 사람이 500명 규모의 기업에서 최고경영자가 될 수 있는 것은 아니다. 순응 자체는 분노나 충돌을 일으키지 않는다. 충돌이 일어나는 이유는 권력에 복종하던 사람이 스스로 권력을 쥐려 하거나(미숙한 고용주 아래에서 일하는 노동자를 생각해보자) 더 흔하게는 권력자가 그것을 오남용하기 때문이다(노동자에게 소리를 질러대거나 일찍 퇴근하지 말고 야근하도록 강요하는 고용주를 생각해보자). 이런 상황에서 작가가 할 일은 권력 다툼을 유발하고 갈등을 최대한 오래 끄는 것이다.

7. 경쟁

A는 별로 중요하지 않은 고객의 접근을 받지만 관심을 느끼지 못한다. 하지만 경쟁자인 B가 그 고객의 환심을 사려고 한다는 것을 알자 갑자기 호기심이 생긴다. 어째서일까? 여기서 문제는 고객 자체가 아니라 그를 쟁취하는 일이다. A의 관심을 끈 것은 경쟁이다. 두 인물이 하나의 대상을 원하는 경우 중요한 것은 그 대상이 아니다. 그렇기 때문에 사람들이 전철의 빈자리 같은 사소한 이유로 주먹다짐까지 벌이게 되는 것이다. 고작 너비 30센티미터의 플라스틱 의자에 앉을 기회를 놓쳐서가 아니라 자신이 경쟁에서 졌기 때문이다.

경쟁은 사회가 지지할 뿐만 아니라 권장하는 소수의 갈등에 속한다. 자본주의는 경쟁을 토대로 번성한다. 스포츠 경기는 수백만 인파의 관람과 응원 속에 진행된다. 심지어 공립학교도 경쟁 구조로 운영된다. 기업 경영진은 둘 이상의 노동자를 경쟁시켜야 그들 각자의 생산량이 늘어난다는 것을 알고 있다. 경쟁은 갈등의 원인이지만 한편으로 사람들의 능력을 향상시킬 수도 있기 때문이다.

경쟁은 원초적 본능의 일부이기도 하다. 어린아이는 형제자매가 받은 과자를 자기만 못 받으면 성을 내며 울어댄다. 어른들은 아이에게 형제자매가 생일 선물을 받을 때면 경쟁 본능을 억누르고 기뻐해주라고 가르치지만, 모순적이게도 아이가 좀 더 크면 스포츠 경기에 나가 경쟁할 것을 권한다. 우리는 경쟁을 원하지만 특정한 영역과 조건하에서만 경쟁하려고 한다. 경쟁을 통제하고 다스려 예측 가능한 존재로 만들려는 것이다. 아이가 아무리 경쟁 본능을 억누른다 해도 그것은 사라지지 않으며, 어른이 되면 그간의 통제에서 풀려나 추악한 모습을 드러낼 수 있다.

그러니 경쟁이 종종 사람들을 유치하게 만들고 그들에게서 최악의 모습을 끌어내는 것도 당연하다. 어떤 사람들은 경쟁 상황에 처하면 괴상한 반응을 보이기도 한다. A는 경쟁에 이기기 위해 얼마나 과감하고 기이한 수단을 동원할까? 그는 원래부터 경쟁적인 성격일까? 경쟁 상황에 처하면 평소와 어떤 식으로 다르게 반응할까? 노부인을 밀쳐내고 자기가 먼저 빈자리에 앉으려 할까? 자리에 앉은 B를 완력으로 밀어낼까? 빈자리를 차지하지 못하면 화를 낼까? 난리법석을 피우거나 남들을 원망할까? 자리에 앉는 것을 깨끗이 포기할까, 아니면 B 앞에 서서 내리기 전까지 계속 그를 째려볼까? 만약 A가 빈자리를 차지하는 데 성공한다면 그는 흥분할까? 으스대거나 B를 향해 대놓고 과시할까? 경쟁은 독자가 등장인물을 파악하는 데 도움을 준다는 점에서 유용할 수 있다.

작품 속에 경쟁을 집어넣고 싶다면 일상생활에서도 충분한 동기를 찾을 수 있다. 경쟁은 단체 경기(축구, 야구)와 개인 경기(권투, 테니스), 오락(체스, 카드놀이)과 업무(구직, 고객 확보), 연애(한 여자에게 구애하는 두 남자)와 가족(부모의 애정을 놓고 다투는 형제자매)까지 온갖 상황에서 나타날 수 있다.

8. 시간

어찌 보면 인생은 시간의 활용과 할당이라고 할 수 있다. 가장 바쁘고 시간이 절실한 사람들(어린아이를 키우는 양육자, 대기업 최고경영자, 유명인사)에게 시간적 압박은 일상생활의 일부다. 많은 사람에게 시간은 문자 그대로 돈이다. 노동자 상당수는 시급을 받으며 일하기 때문이다. 노동자가 하루 집에서 쉬고 싶다면 그만큼의 급여를 손해 보게 되기에 시간적 압박이 발생한다. 아이의 학예회에 참석하길 원하지만 그 시간에 중요한 업무 회의가 있는 부모는 시간적 압박을 겪는 셈이다. 우리의 일정은 흔히 남들의 일정에 따라 뒤바뀌곤 한다.

시간적 압박을 만드는 간단한 방법은 등장인물에게 중요한 행사 두 가지가 동시에 일어나게 하는 것이다. 그가 결정을 못 내리고 고민하는 동안 갈등은 해소되지 못하고 계속 연장된다. 그가 마침내 결정을 내리더라도 갈등의 소지는 여전히 존재한다. 그는 행사에 참석해서도 다른 행사가 어떻게 진행되고 있을지 궁금해할 것이며, 자신이 잘못 선택한 것은 아닌지 아쉬워하고 후회할지 모르니까.

시간대 때문에 갈등이 생겨날 수도 있다. 아침형 인간과 저녁형 인간이 함께 여행하는 장면을 상상해보자. 아침형 인간은 날마다 저녁형 인간이 오후 3시에나 일어난다고 섭섭해할 것이며, 저녁형 인간은 밤마다 아침형 인간이 무조건 11시 전에 자러 간다고 섭섭해할 것이다. 야간에 일하는 남편과 주간에 일하는 아내를 상상해볼 수도 있다. 두 사람이 좀처럼 서로를 대면하지 못하면서 부부 관계도 서서히 와해될 것이다. 등장인물들의 달력을 훑어보기만 해도 시간과 관련하여 무수한 갈등을 만들어낼 수 있다.

9. 가족

친구는 사귀었다가 멀어질 수 있다. 부부는 맺어졌다가 갈라설 수 있다. 하지만 부모와 형제자매 같은 혈연은 우리의 의사와 관계없이 지속되는 관계이며, 바로 그 점이 가족의 본질 중 하나다. 따라서 가족 내 갈등은 어찌 보면 함께 있어야만 하는 사람들 간의 갈등인 셈이다(3장을 참조하자). 하지만 가족 내 갈등을 우리의 목적에 맞게 극대화하려면 그들을 말 그대로 '함께 있게' 만드는 것도 하나의 방법이다. 한 가족이 좁은 집에 모여 살게 하거나, 자매가 침실과 욕실을 공유하게 하거나, 서로 앙숙인 형제가 연이은 집안 행사에 함께 참석하게 하는 것이다.

  가족은 다른 어느 곳에서도 찾아볼 수 없는 특수한 형태의 갈등이 자라나는 텃밭이기도 하다. 부모의 애정을 놓고 다투거나 서로 경쟁하는 형제자매, 아들과 권력 다툼을 벌이는 아버지, 부모가 싸우는 모습을 목격한 아이들. 새로운 가족을 맞아들이는 과정에서도 갈등이 생길 수 있다. 평생 긴밀하게 지내온 자매 중 언니가 결혼하면서 갑자기 동생과 보내는 시간이 줄어든다면 동생은 분명히 형부와 갈등할 것이다. 이혼도 커다란 갈등을 일으킬 수 있다. 의붓 부모나 형제자매를 받아들여야 한다는 갈등, 무엇보다도 어머니와 아버지 중 누구와 함께 살지 선택해야 한다는 갈등 말이다.

가족 내 갈등에서, 특히 아이와 부모의 관계에서 가장 중요한 점은 아마도 그 패턴이 평생 이어지리라는 것이다. 그것이 그가 아는 유일한 가족 관계라면 더더욱 그렇다. 아버지와 다투는 데 익숙해진 아들은 평생 권위에 맞서게 될 가능성이 높다. 그렇다면 가족 내 갈등은 영원히 끝나지 않는 갈등이라고 할 수도 있다.

10. 로맨스

로맨스는 다양하고 고유한 갈등을 포함한다. 연인들은 정욕과 육체적 매력 때문에 상대의 단점이나 잠재적 갈등 요인에 눈을 감기도 한다. 하지만 결국 밀월 기간이 끝나면 억눌려 있던 갈등이 드러날 수 있으며, 그런 갈등은 때로는 로맨스를 훼손하거나 심지어 파괴할 만큼 격렬하다. 연인들의 출신 배경이 서로 다르다면 처음부터 갈등의 소지가 존재하는 셈이다. 가난한 여자가 부유한 남자와 결혼한다고 반드시 갈등이 생기리란 법은 없지만, 가난한 여자가 부자를 증오하도록 배워왔으며 여전히 그런 가르침에 동의한다면 결국 그녀의 연인은 증오심의 희생양이 될 것이다. 반대로 부유한 남자가 가난한 사람을 경멸하도록 배운 경우에도 더욱 큰 갈등이 일어날 것이다. 유대인 남자와 가톨릭교도 여자가 연인이 된다고 해서 반드시 갈등을 일으키는 것은 아니지만, 두 사람이 각각 매주 예배에 참석하는 독실한 신자라면 갈등이 생길 수밖에 없다. 두 사람이 서로 합의하여 중도에 이른다 해도, 아이를 낳아 키운다면 또다시 갈등이 싹틀 것이다.

실제로 육아는 엄청난 갈등 요인이 될 수 있다. 아버지는 엄격한데 어머니는 너그럽다든지, 어머니는 아이를 사립학교에 보내려 하는데 아버지는 공립학교를 선호한다든지, 아버지는 아이가 텔레비전을 보게 하는

데 어머니는 아이가 책을 읽길 바란다든지……. 한 걸음 물러나 생각해 보면 아이를 갖기로 결정하는 단계에서나 아이를 언제 몇 명 낳을지를 놓고서도 수많은 갈등이 일어나게 마련이다. 아이 이름을 짓는 문제로도 갈등이 생길 것이며, 여자가 원치 않았던 임신을 한 경우 아이를 낳을지 여부로도 갈등을 겪을 것이다.

두 가족이 결합되는 과정도 갈등의 요인이 된다. 부모는 대체로 자식을 얼른 결혼시키고 싶어하지만, 형제자매는 그가 결혼하면 더 이상 함께 시간을 보낼 수 없을까봐 걱정한다. 게다가 양쪽 가족 모두 완전히 낯선 사람들을 새로 만나야 하는 것이다. 특히 이 과정 초반에는 갈등이 일어날 가능성이 높으며, 양가의 출신 배경이 정반대라면 더더욱 그렇다.

마찬가지로 일단 커플이 결혼하거나 데이트하는 사이가 되면 각자 가족과 얼마나 오랜 시간을 보내는가 하는 문제로 갈등이 싹틀 수 있다. 두 사람 모두 대가족 출신이고 서로를 만나기 전까지 대부분의 시간을 가족과 함께 보내곤 했다면 더욱 그럴 것이다. 한쪽이나 양쪽 모두가 상대의 가족과 잘 어울리지 못한다면 갈등은 한층 더 커질 수 있다. 상대의 가족뿐만 아니라 친구에 대해서도 마찬가지다. 한쪽이 상대의 친구들을 싫어한다면 갈등이 생길 것이며, 상대가 그 친구들과 오랜 시간을 보내는 사이라면 말할 것도 없다.

앞서 다룬 시간적 압박은 커플에게도 적용될 수 있다. 한쪽이 상대의 시간을 많이 뺏어간다면 갈등이 생기게 마련이다. 상대가 매우 바쁘거나 홀로 시간을 보내는 데 익숙하다면 더욱 그렇다. 일을 하거나 친구를 만나느라 서로 떨어져 보내는 시간이 얼마나 되는지, 두 사람이 함께하는 시간을 어떻게 보내는지 하는 것도 갈등의 원인이 된다. 어떤 영화를 볼지, 어느 식당에 갈지, 어디로 휴가를 떠날지 등등.

커플에 따라서는 경쟁이 추가적인 갈등 요인이 되기도 한다. 무명 신인 배우 시절 만난 커플 중 한쪽이 크게 성공한 반면 상대는 예전 상태 그대로라면 억울함이 쌓일 수 있다. 커플의 한쪽만 수입이 늘었거나 한쪽은 살이 쪘는데 상대는 여전히 날씬한 경우도 마찬가지다.

커플과 외부 세상이 서로 갈등하는 경우도 있다. 두 사람의 결합을 모두가 반대한다면 그럴 가능성은 더욱 커진다. 마흔 살 남자와 열여섯 살 여자, 혹은 보수적인 동네에 사는 동성애자 부부가 그런 예일 것이다.

이번엔 부정적인 면모를 살펴보자. 질투도 갈등의 요인이 될 수 있다. 아내가 다른 남자와 시시덕거린다고 의심하는 남편은 그것이 사실인지 여부를 떠나서 갈등을 겪게 마련이다(『오셀로』). 아내가 의부증을 부추기거나 실제로 다른 남자와 시시덕거린다면 갈등은 더욱 커진다. 남편이 아내를 구타하고 욕설을 퍼붓는다면 심각한 갈등이 발생하게 된다. 아내도 구타와 욕설로 반격한다면 갈등은 더욱 격렬해져서 부부 관계가 격투기 경기에 가까워질 것이다. (물론 이들의 관계가 어떻게 묘사되는지가 중요하다. 〈스리스 컴퍼니〉에 등장하는 로퍼 부부는 계속 서로를 놀려대지만 시종일관 유쾌한 어조인데다 말다툼을 애정 표현으로 상쇄하기 때문에, 그들의 갈등은 희극적인 분위기를 자아낸다.) 남편이 바람을 피우고 있다면 엄청난 갈등의 소지가 생기며, 남편과 아내뿐만 아니라 아내와 정부 사이에도 갈등이 발생할 수 있다(〈위험한 정사〉). 마지막으로 연애의 최종적 갈등, 즉 이혼이 있다.

11. 직업

직장은 특수한 갈등의 온상이 되곤 한다. 노동자들은 승진이나 진급을 둘러싸고 서로 충돌한다. 매년 스무 명 중 한 명만이 승진할 수 있다면 이런 충돌은 더욱 격렬해질 것이다. 같은 고객이나 업무를 놓고, 혹은 특정한 성취가 누구의 공인지 따지느라 노동자끼리 갈등을 빚기도 한다. 사측에서 부추긴다면 이런 갈등은 더욱 심해질 수 있다. 직장에서 가장 잦은 빈도로 갈등이 생기는 것은 노동자와 고용주 사이에서다. 고용주가 노동자를 부당하게 대우한다면 이런 갈등은 더욱 심해진다. 계속 실수를 저지르는 비서와 사장 간에도 갈등이 생길 수 있으며, 노동자가 직장의 체계나 운영 방식에 저항한다면 노사 갈등이 발생할지도 모른다(〈노마 레이〉).

같은 고객을 놓고 경쟁하는 회사들 간에 갈등이 생기기도 한다. 또는 노동자와 고객이 갈등을 일으킬 수 있는데, 고객이 까다로운 성격이라면 더욱 그럴 가능성이 높다. A라는 배우가 매년 1천만 달러의 수입을 올리는데, A와 수입이 같은 배우인 B도 그의 소속사로 들어온다고 해보자. 하지만 A는 B가 같은 소속사에 들어온다면 자기가 떠나겠다며 위협하고, 소속사 측은 심각한 갈등에 빠진다.

물론 그 밖에도 모든 갈등 유형이 직장에 적용될 수 있다. 시간적 압박(서로 충돌하는 마감 시간), 연애(같은 상대에게 반한 동료 간의 갈등), 권력 다툼, 상충하는 목표, 장시간 함께 지내만 하는 사람들, 그리고 가족도. 많은 사업이 가족 소유이거나 가족 경영이기 때문에 더욱 큰 갈등을 일으킨다. 예를 들어 가족 내 갈등이 사업상의 갈등을 악화시킨다든지 말이다.

12. 관점

은행에 줄을 서 있는 두 사람에게로 돌아가보자. 기억날지 모르겠지만, 두 번째 사람은 창구 직원이 자기를 화나게 하려고 일부러 시간을 질질 끈다고 생각한다. 그가 속을 끓이며 서서 차례를 기다리는 동안 갈등은 쌓여만 간다. 하지만 과연 그 갈등이 실존하는가? 창구 직원이 정말로 그에게 어떤 말이나 행동을 했는가? 아니다. 우리는 갈등이 진짜인 것처럼 느끼며 두 번째 사람도 확실히 그렇게 생각하지만, 실제로는 아무런 갈등도 일어나지 않았다. 갈등은 오직 그의 관점에서 생겨난 것이다.

그저 사람들 간의 오해, 서로 다른 관점 때문에 너무도 많은 싸움과 의사소통의 오류가 생겨난다. 관점은 아무것도 아닌 일에서 갈등을 만들어내는 놀라운 도구가 된다. A가 B에게 "아름다우시네요"라고 말한다면 B는 빈정거림으로 받아들여 A를 욕할지도 모른다. 그러면 A는 진심을 말했는데 부당하게 모욕을 받았다고 느끼며 똑같이 욕설로 응수할 것이다. 선의와 비딱한 관점이 만나면서 싸움이 터진 셈이다.

13. 내적 갈등

관점의 경우와 마찬가지로, 갈등을 일으키는 데 반드시 외부의 인물이나 상황이 필요한 것은 아니다. 사실 가장 격렬한 갈등은 대체로 내적인 것이다. 적어도 외적 갈등은 설명할 수 있고 해소하거나 회피하거나 무시하는 것이 가능하다. 반면 내적 갈등은 좀처럼 분류하기 어려우며 회피하기 어렵고 결코 해소되지 않을 수도 있다. 실제로 인간은 내적 갈등을 잊으려고 외적 갈등이 생기길 바라거나 심지어 외적 갈등을 만들어낸다는 주장도 있다. 내적 갈등이 심한 사람일수록 마음속의 부담을 잊기 위해 심각한 외적 갈등을 일으키려고 한다는 것이다. 그렇기 때문에 오히려 위기 상황에서 마음이 편해지는 사람도 있는 것이다. 이런 사람은 종종 일부러 갈등을 일으키려고 애쓰기도 한다.

우리는 날마다 끝없이 사소한 내적 갈등에 부딪힌다. 선반에 두 종류의 맥주가 놓여 있다. 둘 다 맛있어 보이고 가격도 똑같다. 당신이라면 어느 쪽을 고르겠는가? 그저 갈등에서 벗어나고 싶어서 무턱대고 한쪽을 고르는 사람도 있을 것이다. 이런 사람은 '충동적'이라고 할 수 있다. 그런가 하면 최선의 선택을 하겠다는 열의로 몇 분씩 고심하는 사람도 있을 것이다. 이런 사람은 '우유부단하다'고 할 수 있다. 충동 구매자와 우유부단한 구매자 모두 내적 갈등 때문에 그런 선택을 내린 것이다. 맥주 구매는 비교적 무해한 경우지만, 내적 갈등이 한층 더 심각한 여파를 일으킬 수도 있다. 예를 들어 충동 구매자가 얼른 결정을 내리고 싶다는 생각에 가격 비교도 하지 않고 3천 달러짜리 컴퓨터를 덜컥 사버렸다면? 우유부단한 구매자가 30분이 넘도록 가게에 서서 맥주병만 노려보고 있다면?

내적 갈등은 더욱 광범위하고 본질적인 삶의 문제들과 연결될 수 있다. 사우스다코타주에 살고 가족과의 관계가 돈독한 어느 여성이 바닷가에 살기 위해 플로리다주로 이사하려 한다고 생각해보자. 그녀의 가족은 이사할 가능성이 전혀 없기 때문에 그녀는 심각한 갈등에 빠진다. 바닷가에 사는 것과 가족 곁에 머무는 것 중 어느 쪽을 택하든 그녀의 마음 한구석에는 불만이 남을 것이며, 그녀는 영원히 다른 선택지에 미련을 느낄 것이다.

당신이 만든 인물은 자기가 옳은 행동을 했는지 윤리적 갈등을 느낄 수도 있다. 자신이 종교의식을 제대로 따르고 있는가, 애초에 종교의식을 따라야 하는가 하는 종교적 갈등에 빠질 수도 있다. 자신이 선택한 친구나 연인, 직장, 생활환경 등 다양한 문제로 갈등을 일으킬지도 모른다. 그가 할 일은 내적 갈등에 빠지는 것뿐이다. 그러면 외적 갈등이 저절로 생겨나 최고경영자 자리, 완벽한 결혼생활, 많은 재산을 빼앗아갈 것이다. 극단적인 내적 갈등은, 특히 해소 불가능한 갈등이라면 말 그대로 사람을 미쳐버리게 할 수도 있다.

갈등의 연장

적절한 설정과 선택은 싸움의 절반에 불과하다. 나머지 절반은 실행, 즉 갈등의 연장이다. 갈등이 너무 빨리 해소되어서는 안 된다. 그러면 서스펜스가 사라질 테니까. 하지만 갈등을 너무 오래 끌어도 독자는 불만을 느낄 것이다. 〈오드 커플〉 같은 텔레비전 연속극 작가는 100화 이상 갈등을 지속시켜야 한다. 단순히 결벽증 환자와 게으름뱅이를 등장시키는 것만으로는 부족하다. 계속 새로운 갈등 요인을 찾아야 하는 것이다. 서로 의견이 엇갈리는 새로운 문제, 상대의 기분을 거스르는 새로운 기벽……. 등장인물들은 새로운 상황에서 오래된 갈등을 끌어내거나(끊임없이 힘겨루기를 하는 아버지와 아들이 함께 야구팀에 입단하면서 타석에 서는 순서를 놓고 싸우기 시작한다) 지금껏 존재하는 줄도 몰랐던 갈등을 발견한다(형제가 예쁜 여자를 만나 동시에 반하면서 처음으로 서로의 취향이 똑같다는 것을 알게 된다).

하지만 오로지 갈등만 나온다면 너무 부담스러울 것이다. 서스펜스와 마찬가지로 갈등 역시 대조의 문제다. 다음 갈등의 폭발에 대비하여 숨을 돌릴 수 있도록 일말의 해소, 중간 휴식이 필요한 것이다. 〈오드 커플〉은 종종 갈등의 발화점인 사건으로 시작하여 방영 시간 내내 갈등을 연장하고 심화시킨다. 하지만 결국은 갈등의 해소로 끝을 맺고, 그리하여 시청자는 만족감을 얻는다. 마지막 장면에서 새로운 갈등의 발화점이 되는 사소하고 희극적인 사건이 일어나기도 하는데, 이는 시청자에게 그들의 옥신각신이 계속될 것이며 언제든 폭발할 수 있음을 암시하여 다음 방영을 기대하게 만든다.

갈등에 대한 기대를 연장시키는 것, 갈등이 언제 일어날지 모르는 상황을 만드는 것도 마찬가지로 효과적이다. 예를 들어 A는 과거에 나치 당원이었고 B는 홀로코스트 생존자지만 이들은 그런 사실을 모른다고 독자에게 알려주는 것이다. 두 사람은 한 방에 앉아서 잡담을 나누고 있으며 어쩌면 친구가 될 수도 있다. 그동안 독자는 갈등이 터지기만을 기다린다. 어쩌면 두 사람이 끝까지 사실을 알지 못해서 갈등이 생겨나지 않을 수도 있다. 어쩌면 오랜 시간이 지나고 두 사람이 단짝이 된 후에야 사실을 알게 될 수도 있다. 그런 경우 두 사람은 어떻게 할까? 이런 갈등은 독자를 지극히 조마조마하게 만들지만 어찌 보면 가장 심오한 갈등일 수도 있다. 인간이란 그때그때 수행하는 역할이나 과거에 지녔던 정체성 이상의 존재라는 것을 보여주기 때문이다.

인물의 갈등 지수

당신이 만든 인물은 얼마나 자주 갈등을 일으키는가? 그는 반항적인가?
시비 걸기를 좋아하는가? 뭐든 반대하고 나서는 성격인가? 소란을 일으
켜야 직성이 풀리는가? 그의 직업은 이런 성격을 반영하는가? 그는 변호
사 혹은 권투선수인가? 아니면 그는 무슨 수를 써서라도 갈등을 피하려
하는가? 소심하고 수동적인가? 항상 남에게 져주는가? 중재자 기질이 있
는가? 그가 갈등을 일으킬 가능성을 10점 만점으로 평가한다면 몇 점일
까? 한 인물을 잘 파악하고 있으면 그와 접촉하는 다른 인물들도 더욱 잘
파악할 수 있다.

집단의 갈등 지수

전체 등장인물을 살펴보자. 그들 간에 갈등이 일어날 가능성은 얼마나 될
까? 전반적으로 인물을 잘 골랐다고 생각되는가? 집단적 갈등을 심화시
키기 위해 개인을 바꿀 수 있겠는가? 의좋은 인물들 사이에 어떻게 불화
를 일으킬 수 있을까? 상충하는 의제? 계급이나 인종 차이? 좋지 않은 별

자리 궁합?

3장 끝의 실전 연습에서 그린 인물 관계도를 살피면서 어떤 등장인물들이 함께 시간을 보낼지 생각해보자. 갈등의 소지가 가장 큰 인물들이 함께 시간을 보내는가? 그들은 고루 소통하고 교제하는가?

목표

상호 갈등이 없는 인물들 간의 무난한 장면에 상충하는 목표를 집어넣어보자. 가급적 특별하고 독특한 목표가 좋다. 각각의 인물에게 목표에 대한 절실함을 부여하자. 이제 해당 장면이 얼마나 생생해졌는지 살펴보자. 이런 방식을 작품의 다른 장면에도 적용할 수 있겠는가?

선택

앞에서 언급했듯 선택은 본질적으로 갈등을 내포한다. 당신의 인물이 살아가면서 내린 중요한 선택들을 죽 훑어보자. 결혼, 아이, 직업, 주거지……. 이런 선택들에는 어떤 갈등이 있었는가? 그가 결혼할 수 있었던 다른 사람은 누구일까? 그가 살 수 있었던 다른 장소는 어디일까? 그가 선택할 수 있었던 다른 경력은 어떤 것일까? 여기서 중요한 것은 그의 삶이 어떻게 달라질 수 있었는지가 아니라 이런 핵심적 선택에서 갈등을 끌어내는 것이다. 그는 평생 두 직업 사이에서 갈등했는가? 오랫동안 아내의 집과 500킬로미터 떨어진 어머니의 집을 오가며 살았는가? 이처럼 중요한 인생의 결정들을 작품에 집어넣을 수 있겠는가? 작품 속 갈등이 인생의 중요한 결정들로 이어지도록 연장할 수 있겠는가?

맥락

일단 전부 종이 위에 적어보라.
그러고 나면 그걸 어떻게 써먹을지 깨닫게 된다.

맥스 퍼킨스

나도 모르게 어떤 멋진 장면, 환상적인 인물, 놀라운 단락이 떠오를 때가 있다. 한순간 당황한 나는 그것들이 대체 어느 작품에 나왔는지 기억해내려 하고, 그러다 문득 그 모두가 출간되지 않은 작품들의 일부임을 깨닫는다. 내 마음속에는 한 번도 출간되지 못한 작품들의 묘지가 존재하는 셈이다. 편집자로 일하다 보면 작품에서 최고로 훌륭한 부분을 삭제해야 할 때가 있다. 그 부분이 작품의 나머지를 손상시키기 때문이다. 이는 편집자의 업무 중에서도 가장 고통스러운 것이지만, 훌륭한 작가라면 잘 알고 있듯이 맥락은 그 무엇보다도 중요하다.

작품을 쓰다보면 아름다운 단어나 문구로부터 한 발짝 물러나 그것이 문장이나 단락 안에서 갖는 맥락을 가늠해야 할 때가 있다. 그러다 보면 결국은 각각의 장면, 상황, 인물이나 설정에서도 한 발짝 물러나 그것이 작품 전체에서 갖는 맥락을 판단해야 한다. 글쓰기는 교향곡과도 같다. 그 어떤 요소도 혼자 빛날 수는 없으며, 모든 요소가 결국에는 나머지에 기여하거나 손상을 입힌 정도에 따라 평가되어야 하는 것이다.

전통적인 편집은 특정한 문장이나 단락에 집중할 것을 요구하지만, 맥락에 따른 편집은 그 반대다. 외부로 시야를 넓혀야 한다. 여기서 필요한 것은 조감도다. 장편을 맥락에 따라 편집하려면 크나큰 정신적 에너지, 거리감, 객관성이 필요하다. 작품 전체를 한꺼번에 머릿속에서 살펴볼 수 있어야 하고, 독자가 받게 될 전반적 인상을 고려할 수 있어야 한다. 결코 쉬운 일은 아니다. 까다롭고 난해하며, 뭔가를 바꿀 때마다 결과가 바뀔 수 있는 작업이다.

맥락은 작품의 서스펜스, 갈등, 속도, 전개, 궁극적으로 의미에 영향을 미친다. 과도한 서스펜스는 서스펜스를 퇴색시키며 과도한 액션은 액션을 질식시킨다. 이제부터 플롯을 구성하는 각각의 요소에서 맥락이 어떤 의미를 지니는지 먼저 살펴볼 것이다. 그런 다음 작품 전체에서 맥락이 어떤 역할을 하는지 고찰할 것이다. 우선 맥락에 따른 편집의 주요 쟁점인 '반복'부터 살펴보자.

반복

맥락을 고려할 때 가장 흔히 삭제당하는 것은 반복되는 부분이다. 가끔 내가 작가의 초고를 편집하면서 어떤 장면을 삭제해 보내면, 작가는 편집된 페이지만 확인하고 전화를 걸어 "왜 그 장면을 잘랐나요? 완벽한 장면인데요"라고 묻곤 한다. 그러면 나는 이렇게 대답한다. "네, 그랬죠. 하지만 작품 전체를 다시 읽어보시면 그 장면이 앞이나 뒤에 나오는 장면에서 다룬 것과 똑같은 주제, 캐릭터나 상황의 반복임을 알게 될 겁니다. 그 자체로는 좋았지만 작품의 전체 맥락에서는 빠져야 하는 장면이었어요." 작가는 항상 투덜대며 방어조로 작품을 다시 읽어보겠다고 대꾸하지만, 이주 뒤에 다시 찾아와서 내 말이 옳았다고 말하게 마련이다.

단어나 문구, 문장이 그대로 반복된 경우는 찾기 쉬운 편이다. 다른 표현으로 바꾸어 쓴 반복은 좀 더 찾기 어려우며, 서로 인접해 있지 않은 경우 더욱 그렇다. 주제나 상황, 의도 등의 모호한 반복은 그야말로 엄청나게 찾기 어렵다. 요령은 앉은 자리에서 작품을 끝까지 읽으며 반복된 부분을 찾는 데 집중하는 것이다. 당신의 작품이 긴 시간에 걸쳐 쓰였다는 점을 기억해야 한다. 그렇게 중간중간 멈췄다가 다시 쓰다보면 어느 순간에든 이미 했던 말들을 모호하게라도 반복할 확률이 높다.

인물의 반복에도 유의해야 한다. 작품에 지나치게 비슷한 인물이 둘 이상 등장하는가? 그렇다면 서로의 존재감을 훼손할 것이다. 그런 인물들을 하나로 합칠 수 있겠는가? 한 인물이 지나치게 자주 등장하진 않는가? 배경의 반복은 없는지도 살펴보자. 똑같은 배경이 자꾸 반복되는가? 모든 배경이 비슷비슷해서 구분하기 어려운가? 그런 경우 어떻게 대조 효과를 집어넣을 수 있을까? 비슷한 행동이나 사건, 인물의 여정, 장면이 반복되진 않는지도 살펴보자. 계속 자문해보아야 한다. 이 장면이 정말로 작품에 도움이 되는가? 이 장면이 앞서 나온 장면들과 **정말로** 다른가?

독자가 반복을 **필요로** 할 때도 있다. 작품 속에는 이름, 사실관계, 날짜, 장소, 배경 등 독자가 파악해야 할 많은 정보가 등장한다. 작품을 읽다보면 십중팔구 그중 일부를 잊어버리게 된다. 따라서 작품에서 특별히 중요한 정보가 있다면, 특히 작품이 장편이거나 그런 정보가 구체적으로 서술되지 않았을 경우에는 이를 도중에 슬쩍 상기시켜주면 좋을 것이다. 이런 수법은 추리소설에서 종종 찾아볼 수 있다. 도입부에 스치듯 언급된 세부사항을 탐정이 막바지에 기억해내는 것이다. 독자도 잊고 있던 내용을 되새기며 작가의 귀띔에 고마워할 것이다. 작가의 의도적인 반복은 영화보다 책에서 한결 중요한 수법이 된다. 독자가 앉은 자리에서 책 한 권을 다

읽는 경우는 드물기 때문이다. 사실 책을 읽다 말다 하다보면 한 권을 끝내는 데 몇 주가 걸리기 십상이다.

의도적인 반복은 독자에게 깊은 인상을 주기 위해 더욱 광범위하고 암시적으로 활용되기도 한다. 예를 들어 작품의 중심이 되는 특정한 주제를 일부러 반복하여 드러내는 것이다. 이런 수법은 특히 심리적인 작품에서 많이 쓰인다. 작가의 의도가 인물이 부모를 닮아가는 모습을 보여주려는 것이라고 해보자. 돈 코를레오네가 의자에 앉아 있는 〈대부〉의 첫 장면은 마이클 코를레오네가 의자에 앉아 있는 마지막 장면에서 절묘하게 되풀이된다. 작가는 의도적인 반복을 통해 가문의 대물림이 완성되었음을 표현한 것이다.

인물

믿기 어렵겠지만, 인물은 맥락을 통해 만들어진다. 주인공은 다른 인물과의 비교를 통해서만 주인공이 될 수 있다. 작품의 등장인물이 여섯 명인데 나오는 분량이 모두 똑같다면 독자적 '주인공'은 없는 셈이다. 하지만 그중 하나만 100쪽에 걸쳐 등장하고 나머지는 20쪽만 나온다면 주인공이 있다고 할 수 있다.

인물의 중요성 또한 맥락에 따라 결정된다. 일반적으로는 등장 분량이나 출연 시간이 가장 많은 인물이 '주인공'으로 여겨지겠지만, 앞에서 살펴보았듯 그가 반드시 가장 중요한 인물인 것은 아니다(『어둠의 심연』의 커츠 대령을 생각해보자). 인물의 중요성은 다른 인물과 비교하여 상대적으로 정해진다. 맥락상 커츠가 가장 중요한 인물인 이유는 다른 모든 인물들이 그를 신이나 전설적 존재처럼 가장 중요하게 대우하기 때문이다.

커츠는 작품 속에서 가장 특이한 인물이기도 하다. 나머지 주요 인물들은 체면을 지키려는 식민주의자인 반면 커츠는 모든 규범을 떨쳐내고 원주민들과 함께 지내기 때문이다.

앞서 말한 여섯 명의 인물에게로 돌아가자. 설사 이들의 등장 분량이 동일하다고 해도, 맥락상 그중 하나가 나머지보다 중요하게 대접받거나(그들 집단의 우두머리라든지) 가장 특이하다면(다섯 명의 여성 사이에 낀 유일한 남성이라든지) 제일 중요한 인물로 보아야 할 것이다. 하지만 대체로 인물의 중요성은 등장 분량에 비례하게 마련이다.

인물이 독자에게 주는 인상 또한 맥락과 밀접하게 관련된다(어떤 모습으로 등장하는지, 어떤 인물들과 함께 시간을 보내는지). 그가 처음 등장할 때 무시무시한 폭력배 세 명과 함께라면 독자는 폭력배들과의 관계에 따라 그의 됨됨이를 판단할 것이다. 사실 폭력 조직은 인물의 조형에 맥락이 어떻게 활용될 수 있는지 완벽하게 보여주는 사례다. 혼자 등장하는 인물은 그리 무섭게 보이지 않겠지만, 거친 범죄자 열 명을 이끌고 나오는 인물은 무시무시해 보일 것이다. 이런 경우 그 인물을 강조하는 데 다른 인물들이 활용된 셈이다. 마찬가지로 다른 인물들을 통해 그의 가치를 격하시킬 수도 있다. 그가 작품 내내 신하들에게 둘러싸여 있다가 마지막 장면에서 홀로 남은 왕이라면, 독자는 오직 주변 인물이라는 맥락을 통해서 그가 몰락하는 과정을 지켜본 셈이다(『아테네의 타이먼』).

여정

백인 우월주의자로 가득한 동네에서 누군가 대세를 거슬러 흑인 친구를 사귄다면, 그의 여정은 유난히 눈에 띌 것이다. 하지만 그 동네의 모든 백인 주민이 흑인과 친해진다면 그중 누구의 여정도 두드러지지 않을 것이다. 이 사례를 통해 맥락의 효과를 확실히 이해할 수 있다. 주인공의 여정이 두드러지게 하려면 다른 인물이 똑같은 여정을 겪지 않도록 주의해야 한다는 것이다.

주인공 외의 다른 인물들이 여정을 거쳐선 안 된다는 얘기는 아니다. 인물들은 여정을 거칠 수 있고 또한 그래야 마땅하다. 하지만 그들의 여정은 주인공의 여정을 보완하는 것이어야 한다. 예를 들어 백인 우월주의자 동네의 주민들이 한꺼번에 더욱 맹렬한 인종차별주의자가 되는 여정을 거친다면, 주인공은 가만히 있어도 그들과 반대로 한층 진보한 것처럼 보이게 된다. 거꾸로 어느 집단(불량학생이 모인 학급을 생각해보자) 전체가 개선되었는데 주인공만 그들의 여정에 동참하지 않고 예전 상태에 머무른다면, 맥락상 그는 더욱 불량해진 것처럼 보이게 된다.

마찬가지로 주인공이 겪는 여정의 맥락을 복잡하게 만들 수 있지만 좀 더 간접적이고 온건한 방법도 있다. 동네 주민들이 전혀 다른 여정, 주인공과 구별되지만 그의 여정을 보완하는 것이 아니라 전혀 관계없는 여정을 거치게 하는 것이다. 어떤 사람은 아이를 가졌고 어떤 사람은 이혼했다는 식으로 말이다. 한 인물만이 여정을 거치고 나머지는 그러지 않는다면 그 인물은 특별히 두드러질 것이며 가장 중요한 인물로 간주되게 마련이다. 의미 있는 여정은 독자에게 이 작품이 바로 그 인물의 이야기라고 암시한다. 독자가 기다려온 단서, 즉 가장 눈여겨보고 계속 따라가며 응원과 애정을 쏟아야 할 인물이 누구인지를 알려주는 것이다. 따라서 독자는 그 인물의 관점을 받아들이고 그에게 공감하게 된다.

물론 모든 인물에게는 나름대로 거쳐야 할 여정이 있게 마련이지만, 여정과 관련해서 명심해야 할 점이 있다. 여정을 마친 인물은 전혀 다른 사람이 된다는 것이다. 그러니 작품 속에서 하나의 여정이 완료될 때마다 두 배의 인물이 생겨나는 셈이다. 독자가 공감하고 받아들일 수 있는 인물의 수는 한정되기 때문에, 인물이 늘어날수록 그들 각자에게 주의를 쏟기는 점점 더 어려워진다.

시간

많은 사람들에게 현재의 경험은 가까운 과거나 미래의 영향을 받는다. 우리는 과거와 현재의 맥락 속에서 현재를 살아가는 셈이다. 작품의 등장인물들도 마찬가지다. 당신이 만든 인물이 일주일 전 아내의 장례식을 치렀다고 해보자. 아마도 그는 멍한 채로 돌아다니거나 건망증이 심해지거나 사람들 앞에서 울음을 터뜨릴 것이다. 어쩌면 사납고 냉소적으로 행동하거나 뜬금없이 화를 낼지도 모른다. 그는 여전히 깊은 슬픔에 잠겨 있으며, 그의 현재 행동은 가까운 과거의 맥락에서 이해되어야 한다. 실제로 가까운 과거라는 맥락을 고려할 때 그가 어떤 식으로든 충격에 무반응이라면 오히려 이상할 것이다. 그가 아내를 죽인 냉혹한 살인마가 아니라면 말이다. 하지만 이런 경우 그의 무반응 자체가 의미심장한 것이리라.

　이런 사례는 비교적 명백한 경우에 속하며, 작가들도 대부분 이처럼 극적인 상황은 충분히 맥락에 반영할 수 있을 것이다. 하지만 작품 속에서 일이 년 혹은 십 년이 지난 뒤에도 인물의 과거를 잊지 않고 맥락에 반영할 수 있는 작가는 드물다. 그는 일 년 반 뒤 슈퍼마켓에서 줄을 서 있다가 갑자기 아내를 떠올리고 울기 시작할까? 삼 년 뒤 아내와 함께 묵은 적 있는 시골 여인숙에 들렀다가 생생한 추억이 되살아나서 그곳을 떠나버릴까? 죽음은 영원히 우리 곁에 머무른다. 과거의 중요한 사건 대부분이 그렇듯이. 인물이 평생 동안 겪은 사건들은 어떤 영향을 남길까? 그 여파가 다시 나타나는 것은 언제, 어떤 계기에서일까?

마찬가지로 그는 미래에 집착하는 사람일 수도 있다. 그가 중요한 사건을 앞두고 있다면 그럴 가능성은 더욱 높을 것이다. 그에게 살날이 일주일밖에 남지 않았다는 진단이 나왔다고 해보자. 그로서는 임박한 미래의 맥락을 생각하지 않고 살아가기가 무척 어려울 것이다. 덜 극단적인 예로 한 여성이 이 년 동안 준비해온 결혼식을 일주일 앞둔 상태라고 해보자. 그녀는 초조해하거나 신경질을 내거나 약혼자 혹은 부모와 다툴 수도 있다. 그녀의 현재 정신 상태가 미래의 영향을 받고 있기 때문이다.

극적 아이러니

직장에서 모두가 야근하는 동안 한 여성만이 무조건 오후 5시 정각에 퇴근한다고 해보자. 고용주는 그녀의 행동이 마음에 들지 않아서 그녀를 절대 승진시키지 않겠다고 결심한다. 하지만 독자는 그녀가 5시 정각에 퇴근하는 것이 중병에 걸린 부모를 돌봐야 해서임을 알고 있다. 가정방문 간병인은 5시 반이면 칼같이 떠나버리기 때문이다. 고용주는 이 사실을 알게 될 것인가? 그녀가 그에게 사실을 알릴까? 아니면 다른 사람이? 그녀는 결국 아무 말도 못하고 해고당할까? 나중에 사실을 알게 된 고용주가 어리석은 짓을 했다며 부끄러워할까?

어떤 의미에서 극적 아이러니는 전적으로 맥락에 달려 있다. 극적 아이러니란 한 인물이 살아가는 맥락을 다른 인물들이 모를 때 어떤 장면이 펼쳐지는지 지켜보는 짜릿함이다. 이를 통해 독자는 사람들이 맥락을 고려하지 않으면 무슨 일이 일어나는지 알게 된다. 그런 상황에서 어떻게 항상 문제나 오해가 생겨나는지 지켜보는 것은 흥미진진한 일이다. 극적 아이러니는 맥락을 모르면 그 어떤 인물이나 상황도 이해할 수 없다는 궁극적인 예시다.

따라서 극적 아이러니는 서스펜스를 자아내는 수단이 된다. 이에 관해서는 다음 단락에서 자세히 살펴볼 것이다.

서스펜스

남편과 아내가 점심식사를 하는 장면을 예로 들어보자. 이 장면 자체는 딱히 흥미로울 것이 없다. 상황을 바꾸어 남편이 식사하러 오기 직전에 고용주에게 해고 통보를 받았다고 해보자. 이제 부부가 점심을 먹는 내내 독자는 남편이 아내에게 사실을 알릴지 말지 확인하고 싶을 것이다. 아내가 어떤 반응을 보일지, 난리법석을 일으킬지 궁금해하면서. 작가는 독자를 더 감질나게 만들기 위해 이 장면을 연장할 수 있다. 남편이 몇 번이나 아내에게 얘기를 꺼내려다 중단하거나, 화제를 돌리거나, 혹은 아내가 말을 가로채게 하면 된다. 단지 남편의 사연이라는 맥락을 추가함으로써 평범한 일상 장면에 서스펜스를 불어넣은 것이다.

이런 식으로 맥락을 활용하려면 장면 전체에 영향을 미치는 맥락의 위력을 잘 이해해야 한다. 남편은 아직도 경악한 채 머릿속에서 방금 전의 충격적인 상황을 되새기고 있을지 모른다. 멍해진 나머지 아내의 질문에 아무 대답도 못하거나 억지로 꾸며낸 쾌활한 어조로 대꾸할지도 모른다. 아내가 질문한 내용과 전혀 상관없는 엉뚱한 대답을 할 수도 있다. 그녀가 정말로 그의 아내라면 뭔가 이상하다는 점을 알아차리겠지만, 그와 처음 만난 소개팅 상대일 뿐이라면 그저 이상한 남자라고 생각할 것이다.

작품 전반의 서스펜스라는 맥락도 염두에 넣어야 한다. 모든 장면이 관객을 안달만 나게 하고 숨 돌릴 틈은 전혀 주지 않는다면 각 장면의 효과가 줄어들 것이며, 결국에는 관객도 서스펜스에 몰입하지 못할 것이다. 반면 작품이 전반적으로 느리게 진행되다가 단 하나의 서스펜스 넘치는 장면에서 절정에 이른다면, 관객은 그 장면을 결코 잊지 못할 것이다. 바로 이것이 〈사이코〉가 걸작인 이유 중 하나다. 이 영화는 내내 긴장감을 느끼게 하지만 정말로 손에 땀을 쥘 만큼 서스펜스가 넘치는 장면은 단 두 번, 샤워 장면과 마지막의 집 장면이다. 게다가 두 장면이 한참 떨어져 있기 때문에 서스펜스는 더욱 강렬해진다. 〈사이코〉가 여러 번의 샤워 장면들로 채워졌더라면, 기억에 남을 만큼 짜릿한 장면이 없는 B급 공포영화에 불과했을 것이다.

갈등

앞서의 점심식사 장면으로 돌아가서, 어떻게 하면 맥락을 활용해 갈등을 일으킬 수 있는지 살펴보자. 어쩌면 남편은 방금 해고당한 탓에 성나고 우울한 상태로 식탁에 앉았을지도 모른다. 어쩌면 아내도 방금 동료와 싸우고 온 탓에 우울할 수도 있다. 이런 상황이라면 식탁에서 정말 아무것도 아닌 일로 갈등이 폭발한다고 해도 무리는 아니다. 두 사람은 점심 메뉴 때문에 말다툼을 벌이거나, 서로를 비난하거나, 과거의 싸움을 다시 끄집어낼 수도 있다. 혹은 아내가 예전부터 남편이 해고당하면 그를 떠나겠다고 몇 번이나 위협해왔다는 사연을 집어넣을 수도 있다. 이제 부부가 앉아서 식사를 하고 남편이 사실을 털어놓기를 미루는 내내 독자는 과연 언제 갈등이 터질지 안달복달하게 될 것이다.

하지만 맥락을 통해 갈등을 빚어내는 데 항상 이처럼 중대한 이해관계가 필요한 것은 아니다. 필요한 것은 서로의 입장과 정신 상태가 다른 두 인물뿐이다. 하루에 열 시간을 근무하고 지쳐서 아무것도 하고 싶지 않은 상태로 귀가한 남편, 그리고 온종일 홀로 남편을 기다린 탓에 수다를 떨고 싶은 아내만 있으면 된다. 두 사람은 각자 다른 하루를 보냈기 때문에 서로 다른 입장에 서게 되고, 어떤 의미에서는 서로 충돌할 수밖에 없다.

서스펜스만으로는 작품을 채울 수 없듯이, 갈등의 경우도 마찬가지다. 반드시 맥락을 고려해야 한다. 갈등의 효과를 극대화하려면 간간이 숨 돌릴 여유와 일말의 해소가 있어야 한다.

배경

레이 브래드버리의 단편소설 「기나긴 비」에서는 네 명의 남자가 끊임없이 비가 오는 행성에 떨어진다. 비를 피할 곳이라곤 없는 행성에서 그들은 안식처가 될 '태양돔'을 간절히 찾다가 점점 미쳐간다. 마지막 장면에서 단 한 명의 생존자가 마침내 태양돔을 찾아낸다. 30쪽 내내 비를 맞던 그가 들어선 태양돔 안은 고요하고 건조하고 따스하며 눈부시다. 이 장면에서 작품 속 생존자와 독자 양쪽이 느끼는 쾌감은 매우 강렬하다. 이는 전적으로 작품의 맥락, 결말 직전까지의 비참한 전개 때문이다.

맥락은 플롯의 다른 모든 요소와 마찬가지로 배경에도 지대한 영향을 미칠 수 있다. 맑고 환한 날씨는 그 자체만 보면 평범하겠지만, 방금 귀신들린 집에서 벗어난 인물에게는 그런 날씨가 천국처럼 황홀할 것이다. 바닷가에 사는 사람에게는 바다가 별것 아니겠지만, 처음으로 바다를 본 사람에게 바다는 기적처럼 느껴질 것이다. 방 네 개짜리 집에 사는 가족은 친구 가족의 방 여섯 개짜리 집에 묵기 전까지는 만족하며 지냈을 것이다. 모든 것은 상대적이다. 배경의 효과를 극대화하려면 그 전후로 완전히 대조적인 배경을 등장시켜보자. 인물을 빛에서 어둠으로, 좁은 수용소에서 호화로운 대저택으로, 상어가 우글거리는 물속에서 물기 없고 안전한 보트 위로 옮겨보자.

홀륭한 작가는 이런 대조의 효과를 잘 알며 자주 활용한다. 감방에서 시작하여 감방에서 끝나는 교도소 영화는 드물다. 교도소를 배경으로 하는 작품 대다수는(〈쇼생크 탈출〉, 〈알카트라스 탈출〉, 〈데드 맨 워킹〉) 감방 안에서 시작하여 밖에서 끝나거나, 적어도 감방 밖에서의 삶에 대한 회상 장면으로 끝난다. 액자식 구성으로 감방 생활을 자유로운 생활과 비교하여 더욱 끔찍한 맥락을 부여하는 것이다. 정신병원을 배경으로 하는 작품도 마찬가지다. 〈뻐꾸기 둥지 위로 날아간 새〉의 주인공이 동료 환자들을 데리고 외출하거나 마지막 장면에서 병원을 떠나는 것은 우연한 설정이 아니다.

작품의 배경은 속도 및 진도와 어우러져 관객의 기대가 실현되는 무대를 형성한다. 영화의 95퍼센트가 한 방에서 진행되고 나머지 5퍼센트는 스무 번씩 배경이 바뀐다면 관객은 경악하며 작품이 불균형적이라고 여길 것이다. 거꾸로 영화의 70퍼센트는 2분마다 배경이 바뀌다가 나머지 30퍼센트는 한 방에서 진행되는 경우에도 관객은 불만을 느낄 것이다. 하나의 배경만 지나치게 많이 나오면 관객이 초조해질 수 있고, 반대로 배경이 자꾸만 바뀌면 관객이 갈피를 못 잡고 혼란에 빠진다.

속도

전쟁영화를 보는데 중간까지 계속 액션이 펼쳐지다가 마지막 장면은 두 인물의 차분한 대화로만 채워진다면, 관객은 지루해서 안달할 것이다. 하지만 중간까지 혼자 앉아 있는 장면만 나오다가 두 사람이 등장해 대화를 시작한다면 영화의 속도가 빨라진 듯 느껴질 것이다.

작가는 작품의 진행 속도에 주의해야 한다. 일단 속도가 정해지고 관객이 그에 익숙해지면 끝까지 비슷한 속도를 기대할 것이기 때문이다. 액션영화의 경우는 더욱 그렇다. 빠르게 진행되던 영화에서 액션이 멈추면 관객은 금세 지루해하기 십상이다. 반면 영화의 느린 진행에 적응했는데 갑자기 속도가 너무 빨라지면 영화가 불균형하다고 느낄 것이다.

한편으로 속도는 대조의 문제이기도 하다. 관객에게는 액션 도중에 쉬어갈 여유가 필요하다. 빠른 속도를 유지하려면 숨 돌릴 틈을 주어야 한다. 느린 속도를 유지하려면 어느 정도 액션을 집어넣어야 한다. 작품 구성의 맥락에도 유의하자. 많은 초보 작가들이 이런 함정에 빠진다. 숨 막히는 첫 장면으로 관객의 기대치를 높여놓고 굳이 한 발짝 물러나서 느릿느릿 작품을 진행하는 것이다. 첫 장면을 너무 빠르게 진행해버리면 나중에는 독자가 지루함을 느끼기 쉽다. 반대로 최후의 거창한 절정을 위해 액션을 지나치게 아끼는 작가도 흔히 있지만, 세 시간 동안 느릿느릿한 전개를 지켜보아야 했던 관객이 이런 장면을 반길 리가 없다. 그들은 숨 가쁘게 진행되는 장면에 몰입하지 못하고 무덤덤한 반응을 보일 것이다. 시종일관 고른 속도를 유지하면서 차분하게 내용을 펼쳐나가는 쪽이 훨씬 낫다.

진도

진도와 속도는 비슷한 문제지만, 속도는 작품이 얼마나 빠르게 진행되는 가 하는 것이며 진도는 작품이 특정한 목적지를 향해 움직이고 있는가 하는 것이다. 독자는 작품의 속도에 적응함과 동시에 진도에도 적응한다. 여정에 나섰던 주인공이 작품의 1장 끝에서 완전히 다른 인물로 변한다고 해보자. 이런 경우는 진도가 빠른 편이기 때문에 독자는 작품의 나머지 부분에서도 비슷하게 빠른 속도를 기대할 것이다. 이렇게 되면 주인공이 목적 없이 그냥 터벅터벅 돌아다녀서는 안 된다. 어떻게든 지금까지와 같이 빠른 진행이 필요하다. 주인공이 미끄러져 도로 밑바닥까지 가라앉든, 아니면 새로운 여정에 나서든 말이다. 액션 스릴러 소설을 읽는데 첫 200쪽 동안 수많은 사건이 진행된다고 해보자. 전쟁이 선포되고, 잠수함이 출동하고, 숨 막히는 추격전이 벌어지고…… 그런데 이어지는 2장이 뜬금없는 서브플롯들로 채워져 있다면 독자는 초조해하고 실망감을 느끼게 마련이다.

작품이 사건 진행으로만 채워진다면 독자는 오히려 진도를 인식하지 못한다. 자동차 드라이브와 같은 원리다. 시속 16킬로미터로 느리지만 꾸준하게 운전한다면 차에 탄 사람은 움직임을 거의 느끼지 못하고 나아간 거리도 좀처럼 인식하지 못할 것이다. 하지만 한 시간 동안 차를 세워놓았다가 갑자기 시속 80킬로미터로 달려간다면, 설사 한 바퀴 돌아서 같은 자리로 돌아온다고 해도 속도감을 느낄 수 있다. 독자의 경우도 마찬가지다. 느리고 꾸준한 진행은 작품의 맥락 속에서 제대로 인식되지 않을 수 있으며, 가끔씩 멈추었다가 다시 출발하면 독자도 진도를 더욱 뚜렷이 인식할 것이다.

의미

두 인물이 체스를 두다가 격렬한 싸움을 벌였다고 해보자. 다음번에 그들이 체스판을 보게 된다면 긴장감이 생겨날 것이다. 하지만 긴장감의 원인은 체스판 자체가 아니라 체스판과 두 인물의 관계라는 맥락이다.

좀 더 넓게 보면 하나의 장면도 이와 비슷하다고 할 수 있다. 함께 점심을 먹는 부부에게로 돌아가보자. 이제 그 장면에서 중요한 것은 점심식사가 아님을 알 수 있다. 진짜로 중요한 것은 두 인물이 점심 식탁에 들고 온 비밀, 즉 남편의 해고와 아내의 직장 내 다툼인 것이다. 부부는 각자의 비밀에 너무 몰두한 나머지 점심식사의 구체적인 내용은 전혀 기억하지 못할 가능성이 높다. 맥락이 충분히 강력하다면 당장 눈앞에 펼쳐진 순간은 지워진다.

마찬가지로 많은 작가들이 깨닫지 못한다 해도, 맥락은 작품의 전체적인 의미에 영향을 미칠 수 있다. 작품 집필을 마친 뒤 검토해보면, 종종 특정한 주제나 인물을 다룬 부분들만이 인상적이라는 점을 깨닫게 된다. 이는 분량 할당의 문제다.

집필 도중에 다음 문제를 신중히 고려하는 작가는 매우 드물다. 이 작품의 중심 내용은 무엇일까? 그 내용에 얼마 정도의 분량을 할당해야 할까? 이 작품이 한 인물의 성공에 관한 것이라면 군이 그의 몰락 과정에 전체 분량의 75퍼센트를 할애해야 할까? 이 작품이 하나의 사건에 관한 것이라면 어째서 그 사건이 작품의 절반을 넘겨서야 등장하는 걸까? 이 작품이 하나의 인간관계에 관한 것이라면 그 관계와 상관도 없는 사건에 이렇게 많은 분량을 할당해도 괜찮을까? 작가가 작품의 특정한 측면을 얼마나 깊이 파헤치는지에 따라 속도, 진도, 초점뿐만 아니라 작품의 의미도 크게 달라질 수 있다.

분량 할당은 작품의 종합 설계도와 같으며, 무엇보다도 당신이 어떤 이야기를 할 것인지 비추어 보여준다. 많은 작가들이 분량 할당을 의식적으로 결정하지 않은 채 무턱대고 집필을 시작하는데, 사실 그들도 집필을 마치기 전까지는 자신의 작품이 무엇에 관한 것인지 모르기 때문이다. 하지만 일단 완성된 작품은 다듬어져야 하며, 당신이 작품에 얼마나 깊은 애착을 느끼든 간에 일부 내용은 삭제되어야 한다. 어떻게든 결단을 내리지 않으면 결국 작품의 목적에 중요하지 않은 주제, 인물, 사건의 비중이 지나치게 크고 불균형한 결과물이 나올 것이다.

실 전 연 습

관점

맥락을 고려한 편집이란 무엇보다도 먼저 적절한 관점을 취하는 것인데, 작품과 밀착된 상태에서 이런 관점을 획득하는 것은 불가능에 가깝다. 내 경험에 따르면 작품을 다시 펼쳐보기 전에 방치해둔 기간이 길수록 맥락을 고려해 편집하기가 용이해진다. 작품을 한 차례 통독하면서 중복 등 맥락상의 문제를 찾은 다음 결과물을 살펴보자. 그러고서 덮어두었다가 이 주 뒤에 다시 읽어보자. 첫 번째엔 찾지 못했지만 두 번째에 새롭게 발견한 문제는 무엇인가?

　적절한 관점을 취하는 것은 대부분의 작가에게 쉽지 않은 일이며, 오래 방치해둔 작품을 읽을 때도 마찬가지다. 이는 당연한 일이다. 내 경험에 따라 조언하자면, 믿을 만한 외부의 독자 한 명 이상에게 작품을 보여주는 것이 좋다. 그가 지적한 맥락상의 문제 중에 당신이 눈치채지 못했던 것은 무엇인가?

중복 명단

등장인물 목록을 살피면서 자문해보자. 서로 유사한 인물이 있는가? 모순되거나 상충하는 인물은? 그중 하나를 제거할 수 있을까? 혹은 하나로 결합할 수는 없을까?

마찬가지로 배경 목록도 살펴보자. 서로 비슷한 배경은 없는가? 각자의 존재감을 손상하는 배경은? 그중 하나를 삭제할 수 있을까? 아니면 하나로 합칠 수 있을까?

장면 이식

작품에서 중요한 장면 하나를 다른 부분으로 옮겨보자. 발단에 나오는 장면이라면 결말로, 결말에 나오는 장면이라면 발단으로 옮기는 것이다. 이런 이동이 작품에 어떤 영향을 미치는가? 전체적 맥락에 따라 그 장면의 의미는 어떻게 달라지는가? 이런 식으로 다른 부분에 이식할 만한 장면이 있을까?

인물 이식

작품 초반에 등장하는 인물 하나를 한참 뒤에 등장하는 것으로 바꾸어보자. 후반에 들어서야 등장하는 인물 하나를 첫 페이지부터 등장시켜보자. 이로 인해 작품이 어떻게 달라지는가? 전체적 맥락이 이들에게 어떤 영향을 미치는가? 이런 식으로 다른 부분에 이식할 만한 인물이 있을까?

이 작품은 무엇에 관한 것인지 자문해보자. 이 작품의 핵심 주제, 인물,
여정은 무엇인가? 이제 작품 전체를 통틀어 살펴보자. 작품의 전체 분량
은 당신의 목적에 부합하는가? 덜 중요한 인물이나 장면, 주제에 많은 페
이지를 할당하지는 않았는가? 어떤 내용을 삭제할 수 있을까? 애초의 의
도를 강조하기 위해 추가할 수 있는 내용은 무엇일까?

———————————

———————————

탁월함

———————————

———————————

최고의 비극 작가는 최고의 희극 작가이기도 하다.

소크라테스

마야 안젤루는 이렇게 말한 바 있다. "내가 관심을 갖는 것은 사실이 아니라 진실이다." 사실과 진실의 차이는 무엇일까? 어떻게 하나의 작품이 독자에게 깊고 지속적인 인상을 남기며 실제로 그들의 인생에 영향을 미치는 걸까?

오랜 세월을 견뎌낸 걸작들을 떠올려보자. 『모비 딕』과 같은 소설, 『로미오와 줄리엣』 같은 희곡, 〈워터프론트〉 같은 영화 말이다. 이 작품들이 오직 당대의 시공간에서만 의미가 있었다면 여러 세대에 걸쳐 사랑받지 못했을 것이다. 이들이 뛰어난 작품인 것은 인간 조건의 보편적이고 시대를 뛰어넘는 진실과 특성을 담고 있기 때문이다.

탁월함은 한마디로 근원적인 것이다. 탁월함에 딱지를 붙이거나 그 공식을 제시하기란 불가능하겠지만, 이제부터 탁월한 작품의 몇 가지 공통 요소를 살펴보면서 이를 당신의 작품에도 적용할 수 있을지 생각해보도록 하자.

인물의 다차원성

통념에 따르면 모든 작품에는 명확하게 규정된 영웅과 악한이 등장해야 하지만, 오랜 세월을 견뎌낸 걸작들을 보면 영웅과 악한이 그렇게 확실히 구분되지 않는 경우도 많다. 〈대부〉의 영웅들은 살인자이기도 하다. 사실 등장인물 중 유일하게 폭력을 저지르지 않은 프레도야말로 관객 입장에서는 가장 존중하기 어려운 인물이다. 탁월한 작품을 접할 때 우리는 인물에게 흠결이 있음에도 호감을 느끼거나 장점이 있음에도 반감을 느끼곤 한다. 어쩌면 그들이 우리 대부분의 모습을 연상시키기 때문일 것이다. 바로 이 점이 핵심이다. 그들이 선한지 악한지가 아니라 우리가 공감할 만한 인물인지가 중요한 것이다. 그리고 우리는 항상 선할 수도 항상 악할 수도 없기 때문에 우리 자신처럼 선악이 혼합된 인물에게 공감할 확률이 높다. 작가의 요령은 그의 영웅이 얼마나 악할 수 있는지, 그의 악한이 얼마나 선할 수 있는지 파악하는 것이다. 〈양들의 침묵〉 같은 영화는 관객이 악한에게 공감하게 되는 경계선에 위태로울 만큼 가까이 다가가는데, 이는 대성공을 거두거나 반대로 대실패를 초래할 수 있는 전략이다. 정답은 결코 존재하지 않는다.

다차원적 인물에게는 공감 가능성 외에도 작품 해석의 여지를 더욱 넓혀준다는 장점이 있다. 내용이 깔끔하게 매듭지어지지 않은 작품은 독자가 곱씹고 씨름하고 논쟁할 수 있는 대상이 된다. 독자는 그 작품을 다시 체험하고 싶다고 느끼며, 인생의 다양한 지점마다 같은 등장인물에 관해서도 다른 결론에 이르게 된다.

상황의 다차원성

다차원적 인물은 대부분의 경우 출발점일 뿐이다. 그들의 기질을 시험하고 다차원적 면모를 이끌어내려면 다양한 상황과 환경이 필요하다. 다차원적 상황은 인물의 행위에 대한 부담을 덜어줄 수 있으며, 거꾸로 다차원적 인물이 도덕적으로 복잡한 상황의 필요성을 덜어주기도 한다. 그리고 다차원적 인물과 상황이 만나면 막강한 시너지 효과를 일으킬 수 있다.

다소 진부한 예시지만, A가 B의 머리에 총을 들이대고 B가 C를 쏘지 않으면 총을 맞게 될 거라고 말하는 상황도 다차원적이라고 할 수 있다. 대부분의 사람들은 이를 복잡한 상황이라고 판단할 것이며 각자 다양한 반응을 보일 것이다. 핵심은 이처럼 강렬한 상황에서 B가 얼마나 다차원적 인물인지는 비교적 덜 중요해진다는 점이다. B가 세상 없이 지루한 인간이더라도 이 장면은 독자에게 생생하게 느껴질 것이다.

위의 상황은 논점에는 적합하지만 사실 우리의 공감을 사긴 어렵다. 평소 저런 상황에 처할 사람은 매우 드물기 때문이다. 작가는 일상에서 일어날 수 있고 누구나 부딪힐 수 있는 다차원적 상황을 만들어내야 하는 것이다. 당신이 식품점 계산대에 줄을 서 있는데 이를 미처 못 본 노부인이 당신 앞에 섰다고 해보자. 그녀의 장바구니가 가득 찬 걸 보니 계산하는 데 15분은 걸릴 텐데, 당신은 이미 약속에 늦은 상황이다. 노부인에게 사실을 알릴 것인가? 당신 뒤에 줄을 서라고 요청하겠는가? 이는 사소한 사건이지만 그럼에도 심각한 사건보다 더욱 커다란 반향을 일으킬 수 있다. 이 같은 일상다반사에 대한 우리의 반응은 인간 행동의 선례라는 거대하고 무한한 책에 기입된다. 우리는 더 많은 이야기를 듣고 체험하면서 각자의 책을 채워나간다. 우리가 남들의 이야기를 듣거나 책을 읽거나 영화를 보려고 하는 것에는 이런 이유도 있다. 어떻게 보면 우리는 이런 경로로 살아가는 방법을 배우는 것이다.

다차원적 상황은 탁월한 작품을 쓰는 데 도움이 된다. 독자에게 "이런 상황에서 당신이라면 어떻게 하겠습니까?"라는 질문을 던지기 때문이다. 다차원적 상황은 공감대를 형성하면서 개인적이고, 모호하며 해석의 여지가 있는 작품을 만들어준다. 내용을 두고 다른 사람과 토론하고 싶어지거나 거듭 되풀이해 읽거나 시청하게 되는 작품 말이다. 게다가 시대를 초월하는 보편적인 고민을 제기하는 작품이라면 여러 세대에 걸쳐 사랑받을 가능성은 더욱 커진다.

해석의 여지

고전으로 인정받아 오랫동안 고등학교나 대학교 수업 과정에 포함되어온 작품 대부분의 특징은 해석의 여지가 있다는 것이다. 단순명쾌한 흑백논리에 기대는 도덕적 우화는 오래도록 사랑받기 어렵다. 하나의 작품을 놓고 스무 명의 학생이 쓴 스무 편의 감상문 내용이 각각 다르고 상충하면서도 전부 유효할 수 있는 것은 그 작품에 해석의 여지가 있기 때문이다. 신역사주의부터 해체주의까지 무수한 해석 이론이 존재할 수 있는 것도 이런 이유에서다. 실제로 대학원의 문학 수업은 보통 작품 자체보다도 다양한 작품 해석을 해석하는 데 집중된다.

해석의 여지가 있는 작품은 독자를 거듭 소환하는 힘이 있다. 매번 독자에게 도전하며 새로운 생각을 일깨워주기 때문이다. 그런 작품은 하나의 수수께끼이며 독자에게 퍼즐을 완성하는 것과 같은 만족감을 준다. 하지만 작품의 의미가 아니라 단순한 사실이나 사건에 해석의 여지가 있어

서는 안 된다. 독자가 작품 속에서 무슨 일이 일어났는가 하는 기본 사항
도 파악하기 어렵다면 그 작품은 모호한 것이 아니라 그저 헷갈리는 것이
다. 이는 초보 작가가 흔히 빠지는 함정이다.

　그뿐만 아니라 많은 작가들은 인물이나 사건을 완전히 구체화하지 못
한 것, 만족스러운 여정이나 완결을 제시하지 못한 것에 대한 손쉬운 변
명으로써 "해석의 여지를 남겨두었다"고 말하곤 한다. 해석이란 의미의
부재가 아니라 의미의 충만에 따른 결과인데도 말이다.

　다차원적 인물과 상황은 작품 해석의 여지를 넓혀주며 작품이 다양한
차원에서 작동하게 한다. 『어둠의 심연』은 물리적 차원에서 보면 탐험과
항해와 미지의 대륙에 관한 이야기지만, 동시에 미쳐가는 한 인간을 다룬
심리적 작품이자 식민주의와 문명의 잔혹함을 다룬 사회학적 작품이기도
하다. 작품에 다양한 차원이 존재할수록 해석의 여지는 더욱 많아진다.

시대 초월성

『어둠의 심연』에 나타난 식민주의는 중앙아프리카에만 한정된 것이 아니
라 세계 곳곳에서 나타났던 사회현상이었다. 『어둠의 심연』은 19세기라
는 한 시대를 상징하는 작품이다. 당대의 특정한 사건을 통해 그 시대 전
체를 대변하지만, 한편으로는 지금 봐도 시대에 뒤처진다든가 당대에 국
한된다는 느낌은 전혀 없다. 식민주의는 과거 수천 년 동안 줄곧 존재해
왔으며 앞으로도 어떤 형태로든 존재할 것이기 때문이다. 『어둠의 심연』
은 콘래드가 이 소설을 쓴 1890년대 말의 장면 하나를 제시함으로써, 증
기선과 아프리카와 상아에 초점을 맞춤으로써 식민주의라는 현상 전체를
포착했다. 콘래드는 독자에게 당대의 구체성과 개별성을 보여주면서도

그 시대에 얽매이지 않는다.

여러 세대에 걸쳐 사랑받는 작품에는 시대를 뛰어넘는 불후의 특성이 있게 마련이다. 작품의 수명을 단축시키는 확실한 방법은 당신이 속한 시대에 한정된 내용을 쓰는 것이다. 1950년대에 미래를 상상하여 제작한 여러 영화들이 지금은 시대에 뒤지고 잊힌 것은 바로 이런 이유에서다. 그런 영화들은 1970년, 1980년, 혹은 1990년에 대한 '야심찬' 예언이었다. 1950년에는 그럴싸해 보였을지 모르지만, 21세기인 지금은 그 영화들 속의 미래를 추측할 것도 없고 굳이 찾아볼 이유도 없다.

작가의 목표는 작품에 당대의 특징을 집어넣되 그 시대만의 산물로 만들지 않는 것이다. (영화로도 제작된) 연극 〈카바레〉는 이런 점에서 뛰어나다. 나치 치하의 독일을 배경으로 했으니 나치와 당시 독일의 상황에 관한 내용으로 채워지기 십상이었으리라. 하지만 이런 내용은 배경으로만 쓰일 뿐, 실제로는 1930년대 베를린의 로맨스와 방탕함이 이야기의 대부분을 차지한다. 결말에 이르면 나치가 전면에 나서서 인물들의 삶에 끼어들지만 이는 맨 마지막에서야 일어나는 일이며, 그동안 관객은 나치가 권력을 획득하는 과정을 서서히 인식하게 된다. 〈카바레〉는 1930년대 베를린이라는 독특한 시공간을 통해 시대를 초월한 인간성의 존재를 선언한 것이다.

당신 작품의 요소들이 시대를 초월하는 것인지 자문해보자. 지금부터 30년 뒤의 독자들도 작품의 주제에 공감할까? 시대에 뒤처져 보일 지점은 없는가? 그와 동시에 해당 시대의 특징을 작품 속에서 생생히 살려낼 수 있겠는가?

27개 언어로 번역되어 유럽과 아시아에서 똑같이 대성공을 거둔 작품이라면 인류의 공감을 얻은 보편적인 작품이라고 할 수 있을 것이다. 미국인에게 한정된 조건이 아니라 인간 조건의 어떤 면에 호소하는 작품이라는 것이다. 인류 전체를 보편성 속에서 하나로 묶어주고, 인간은 어디서나 마찬가지임을 실감케 하며, 드넓은 우주에서도 덜 외롭게 느끼도록 해주는 작품 말이다.

우리는 이 세상에 홀로 태어나 홀로 죽어갈 운명이다. 인간의 경험과 기억은 결국 각자에게 한정된 것이며 개인은 그에 따라 자기만의 세상을 만들어낸다. 자기만의 경험, 생각, 기억이 쌓이면서 모든 사람은 자연스럽게 뿔뿔이 흩어져간다. 우리는 살아갈수록 서로 점점 더 멀어진다고 느끼며 연결감을 갈망한다. 텔레비전을 보고, 신문을 읽고, 파티에 나가기도 한다. 남들이 하는 일에 동참하면서 나도 그들과 '연결되어' 있다고 느끼려 한다. 그렇기 때문에 인간 대다수는 지구상에 버려진 땅이 널렸음에도 몇 평방미터의 번잡한 시내에 모여 살기를 택하는 것이며, 외딴 시골에서 평화롭게 사느니 맨해튼 57번가의 교통 정체 속에 앉아서 빵빵 경적을 울리겠다는 사람들이 그토록 많은 것이다.

이처럼 물리적으로 인접해 있음에도 불구하고, 거리를 걷는 사람들은 대부분 자신이 고립되었다고 느낀다. 우리가 책, 연극, 영화를 찾는 데는 이런 이유도 있다. 남들과 연결되었다고 느끼며 집단적 경험을 만끽하고 싶은 것이다. 작품을 감상하고 소감을 논의할 독서모임, 채팅방, 게시판 등이 생기는 것도 같은 이유에서, 즉 더욱 깊은 연결감을 추구하기 위해서다. 하지만 작품은 촉매에 불과하다. 우리는 독서모임을 통해 남들에게 공감하길 원하는 만큼 작품 속의 등장인물이나 상황에도 공감하고 싶어 한다. 오랫동안 사랑받는 작품에는 거의 항상 모종의 보편적인 요소가 있다. 설사 카프카의 『성』처럼 공감하기 어려울 만큼 기괴한 인물과 상황이 나오는 작품이라도, 독자는 바로 그 불가해성에 공감하게 된다. 실제로 영어에서는 "'성'스러운Castle-esque"이라는 단어가 사전에 등재되기까지 했으며, 대체로 이해 불가능한 관료 조직을 가리키는 데 쓰인다. 초보 작가는 난해하고 특이하며 튀는 글을 쓰려고 애쓰게 마련이지만, 노련한 작가가 되면 그런 시도는 오히려 쉬운 것이며 엄청난 실수이기도 하다는 점을 깨닫게 된다. 정말 어려운 것은 독자가 깊이 공감할 수 있는 작품을 쓰는 일이다. 그런 작품이야말로 오래갈 수 있다.

교육적 요소

밤새 텔레비전을 보거나 오후 한나절을 영화관에서 지내고 나서 생산적으로 보낼 수 있었을 시간을 낭비했다는 죄책감에 시달린 적이 있는가? 우리의 내면에는 책이나 연극, 영화 등의 오락적 매체에 죄책감을 느끼는 구석이 있다.

　작가가 이런 죄책감과 타협하는 방법 가운데 하나는 작품에 교육적 요소를 넣는 것이다. 적절한 맥락만 갖춰진다면 사람들은 배우는 것을 좋아하게 마련이다. 한 시간 동안 지금껏 몰랐던 동물이나 새로운 법의학 수사법을 다룬 디스커버리 채널의 프로그램을 시청한 사람은 상대적으로 죄책감을 덜 느낄 것이다. 톰 클랜시의 책을 읽는 독자는 전쟁에 관한 많은 고급 정보를 배웠다는 생각으로 죄책감을 덜 수 있다.

　교육적 요소는 작품이 한층 유익해 보이게 하여 작품의 수명을 늘리는

데 도움이 된다. 특히 지금까지 주목받지 않은 것이라면 더욱 그렇다.

작품에 새로운 차원을 부여하려면 삶의 진실하고 알려지지 않은 영역, 하위문화나 특정한 주제에 주목해야 한다. 이로써 작품에 무게와 생명력을 주는 한편 '말하기'라는 교과서적 방식 대신 '보여주기'라는 극적이고 자연스러운 방식으로 사람들을 교화할 수 있다. 이런 작품은 독자가 지금껏 몰랐던 세계나 산업, 혹은 계급의 어떤 측면을 생각해보도록 촉구한다. 당신이 의학 스릴러 작가라면 실제 외과의사들과 어울리면서 수술 도구와 시술 과정의 명칭, 전문용어와 일상을 익히는 게 좋다는 이야기를 들어보았을 것이다. 이런 내용은 독자에게 교육적일 뿐만 아니라 작품에 현실감을 주고 진정성을 불어넣는다. 게다가 이런 세부사항을 배우다보면 미처 생각하지 못했던 반전이 떠오를지도 모른다. 작품이 조사 과정에서 자연스럽게 생성된다는 것은 바로 이런 뜻이다. 구상한 이야기를 조사한 내용에 끼워 맞출 것이 아니라 조사 과정에서 어떤 이야기를 써야 할지 깨닫는 것이다.

여기서 교육이란 단순히 사실을 던져놓는 것이 아니라(그렇게 배운 내용은 잊히게 마련이다) 하나의 세계를 보여주는 것이다. 최고의 걸작은 하나의 세계를 전면에 부각시키는 대신 그 존재를 은근히 배후에 드러낸다. 〈디어 헌터〉를 생각해보자. 이 영화는 많은 사람들이 잘 모르는 세계, 즉 피츠버그 철광에서 일하는 블루칼라 광부들의 하위문화를 활용했다. 하지만 〈디어 헌터〉는 피츠버그 철광이 아니라 베트남 전쟁과 우정에 관한 이야기다. 〈선택받은 사람들〉은 또 어떤가? 이 영화는 초정통파 하시디즘에 따르는 유대인 세계를 보여주지만, 결국은 랍비가 되려는 것이 아니라 그 세계를 떠나려 하는 소년을 다루고 있다.

자기 발견

뛰어난 글은 우리의 내면을 들여다보게 한다. 단지 뭔가를 배웠다는 느낌뿐만 아니라 자각과 깨달음을 주는 것이다. 최고의 걸작을 감상하고 나면 그 경험만으로도 다른 사람이 된 것처럼 느껴지는 것은 바로 이런 이유에서다.

깨달음을 주는 작품을 쓰는 법은 공감할 수 있는 작품을 쓰는 법과 거의 겹치지만, 하나의 날카로운 분기점에서 차이가 생겨난다. 어디선가 예기치 못한 요소가 나타나면서 독자는 이전에 가본 적 없는 길로 갈 것을 고민하게 된다. 이 지점에서 작가는 지금껏 형성한 공감대를 전부 잃어버리거나 혹은 어떻게든 독자를 회유하여 그들 나름의 새로운 통찰을 향해 나아가게 한다. 작가로서는 무척 두려운 순간이다. 독자를 무조건 믿어야 하는 반면 독자가 자기를 믿어줄 거라는 보장은 없으며, 그 길로 나설지 결정하는 것은 결국 독자 각각의 몫이니까. 하지만 감상자 입장에서는 어떤 작품을 읽거나 시청한 결과로 자각에 이르는 것만큼 만족스러운 경험도 흔치 않다.

지속적 인상

탁월한 작품은 독자에게 깊고 지속적인 인상을 남기며, 그의 정신을 이루는 일부가 되기도 한다. 문득 머릿속에 떠오른 사람을 어디서 만났었는지 기억해내려다가 그가 실존인물이 아니라 책이나 연극, 영화의 등장인물임을 깨달은 경험이 있는가? 인물과 작품 전체가 당신의 정신에 스며든 나머지 마치 직접 경험한 일처럼 느껴진 것이다.

작가의 목표 중 하나는 독자의 무의식에 말을 거는 것이다. 그럴 수 있는 작품은 머릿속에만 기억되는 것이 아니라 뼛속 깊이 새겨지게 마련이다. 작가는 상징, 이미지, 은유를 활용함으로써 독자의 무의식에 말을 걸 수 있다. 거미에서 태양에 이르기까지, 수천 년에 걸쳐 형성된 의미작용을 통해 원초적 본능을 자극하는 강력한 도상들이 있다. 심리적, 사회학적, 신화학적, 철학적 도상에 암시를 집어넣거나 혹은 다른 작품을 언급할 수도 있다. 셰익스피어의 희곡은 성서 속 이야기를 암시하는 내용으로 가득하다. 이미지는 종종 우리의 심층 의식에 공명한다. 우리가 어떤 작품을 거듭 붙잡게 되는 것, 남들과 토론하고 싶다고 느끼는 것은 이런 장치 때문일 수도 있다. 심지어 처음 읽었을 때는 마음에 들지 않았던 작품을 불가해한 매력에 이끌려 다시 읽게 될지도 모른다.

지속적 인상을 남기는 작품은 구성 요소의 총합을 뛰어넘기 마련이다. 탁월함은 특정한 인물이나 배경, 반전에 있는 것이 아니라 그 모두가 합쳐지면서 생겨나는 것이다. 마치 수프를 끓일 때처럼 말이다. 재료를 각각 따로 놓고 보면 물은 물이고 당근은 당근이며 마늘은 마늘일 뿐이지만, 이를 전부 섞으면 수프가 된다. 당신의 작품은 전반적으로 어떤 인상을 주는가? 감동적인가? 충격적인가? 독자가 작품을 다시 읽게 만들 요소가 있는가? 독자의 정신에 스며들 만한 지점이 있는가?

탁월함을 추구할 때 따르는 위험

탁월하고 오래가는 작품을 쓰려면 무엇이 필요한지 생각해보고 이를 자신의 작품에 집어넣으려고 노력하는 것도 중요하지만, 그런 요소는 인위적인 것이 아니라 자연스러워야 한다. 작가는 더 나은 목적과 의미를 지향하되 그것을 독자에게 강요하지 않도록 조심해야 한다. 초보 작가들뿐만 아니라 중견 작가들도 다양한 경로로 이 같은 함정에 빠진다. 몇 가지 사례를 살펴보자.

억지로 심오해지려는 작품

오늘날 '문학적' 저술이라고 하는 것의 대다수(현대적인 문학 석사 과정을 수료한 작가가 썼고 문학 전문 출판사나 임프린트의 간행물에 실리는 작품들)는 플롯이 빈약하다. 마치 글이란 한 줄 한 줄 공들여 지어내기만 하면 된다고, 문장이 충분히 아름답다면 플롯 따위는 부수적일 뿐이라고 전제하는 듯하다. 하지만 이런 글에는 제대로 된 플롯이나 서스펜스, 갈등, 중요한 여정이 없기에 작가가 어떤 식으로든 이를 벌충해야 한다. 작가는 이런 여백을 메우기 위해 미니멀리즘이나 기호론, 은유를 동원하여 애초에 존재하지도 않는 심오한 의미를 보여주려 한다. 뭔가 더 큰 차원의 진실을 암시하려는 듯 모호한 문장이나 미완결로 단락이나 장을 마무리하기도 한다. 하지만 심오함은 인물과 상황에서 자연스럽게 생겨나는 것이며 억지로 만들어낼 수는 없음을 명심해야 한다. 생각을 바꾸어 서스펜스 넘치는 플롯을 만드는 것을 최우선으로 한다면 의미를 짜내려 애쓸 필요도 없어질 것이다.

특정한 견해를 강요하는 작품

독자는 항상 특정한 견해를 강요하는 작품을 간파해낸다. 내용이 지루하고 밍밍하며 인물과 상황도 생생하지 못하기 때문이다. 당연한 얘기지만, 이렇게 되는 것은 작가가 자신의 통찰을 자연스럽게 드러내지 못하고 작품에 욱여넣었거나 자신의 신조와 관점을 들이밀며 논지를 증명하는 데만 집중했기 때문이다. 이런 종류의 작품은 '선전물'이라고 칭할 수밖에 없다. 창작에 선전물을 위한 자리는 없다. 창작은 사실상 선전물의 적이라고 할 수 있는데, 통제가 불가능하며 그 어떤 의도도 숨겨놓을 수 없기 때문이다.

도덕적 우화

글이란 예술 작품인 만큼 메시지를 전송하는 수단이자 연단이 될 수도 있다. 수백만 독자를 지닌 작가는 이 점을 놀랍도록 분명히 느끼게 된다. 자기가 쓴 글이 대중문화에 영향을 미치는 것은 물론, 사람들이 밖으로 나와서 행동하게 만들기 때문이다. 작가는 그의 영향을 받는 독자가 백만 명이든 단 한 명이든 자기에게 책임이 있다는 것을 깨닫는다. 그는 단지 예능인이나 예술가가 아니라 교육자이자 역할 모델인 것이다. 자신의 작품이 출간되거나 영화로 제작된다는 것도 특권이다. 당신이 전달할 메시지는 무엇인가? 당신의 작품을 감상한 사람들은 어떤 행동을 취할 것인가?

어떤 메시지를 전할지 인식하는 것도 중요하지만, 결국 당신은 도학자가 아니라 예술가라는 것도 잊지 말자. 예술가의 목표는 이야기를 지어내고 생생하게 묘사하는 것이지 사실을 진술하거나 특정한 견해를 강요하는 것이 아니다. 도덕을 내세우거나 교훈을 주려고 애쓰는 작품은 독자의 반감을 사게 마련이다. 이는 사실상 특정한 견해를 강요하고 있는 작품의 또 다른 형태이며, 부자연스럽다는 점에서도 마찬가지다. 동화, 어린이책, 종교서적이라면 몰라도 문예 창작에는 도덕적 우화가 발붙일 자리가 없다. 도덕적 우화에는 자연스러움이나 즉흥성이 결여되어 있기 때문이다.

탁월함은 정형화된 것이 아니다. 탁월한 작품을 쓰는 규칙이나 단계 따위는 없으며, 그런 작품을 인위적으로 만들어내기란 애초에 불가능하다. 하지만 탁월함을 지향하려는 작가라면 위에 언급한 요소들뿐만이 아니라 다음의 한층 실용적인 문제들도 유념하는 것이 좋다.

감상자의 궤적

이상적인 작품은 감상자가 네 단계를 거치도록 이끈다.

호기심

모든 감상자가 거쳐가는 단계다. 사람들이 책을 펼치거나 영화관에 가는 것은 호기심 때문이다. 작가로서는 이 단계에 이르는 것도 축복이다. 영업과 홍보 담당자가 당신을 위해서 제대로 일하고 있다는 뜻이기 때문이다. 그들 덕분에 당신 작품의 입소문이 널리 퍼졌고 당신을 전혀 모르는 누군가가 그 작품을 선택한 것이다. 이는 또한 당신의 작품이 실제로 누군가의 손에 들어갈 만큼 널리 배포되었다는 뜻이며, 낯선 사람이 오직 당신의 작품에 기회를 주기 위해 귀중한 두세 시간을(당신의 작품이 책이라면 이삼 주일지도 모른다!) 투자할 수 있다는 뜻이기도 하다. 이제는 당신이 그 사람에게 보답할 차례다.

흥미

이 단계에서는 몇몇 사람이 이탈하지만, 당신이 제시한 인물과 상황에 흥미를 느낀 사람들은 남아 있다. 이들은 아직 극장을 떠날 생각이 없으며, 누가 서재의 불을 끄거나 텔레비전 채널을 돌리려고 하면 짜증을 낼 것이다. 앞으로 어떻게 될 것인지 계속 지켜보고 싶기 때문이다. 하지만 아직 '사로잡힌' 상태는 아니다. 아니, 흥미를 느끼거나 심지어 사로잡혔을지도 모르지만 '끝장'을 봐야겠다는 욕구를 느끼진 않는다.

열망

이 단계에 이르는 작품은 많지 않다. 이 단계에서 누군가 텔레비전을 꺼버린다면 감상자는 결말이 어떻게 되는지 알아야겠다는 생각에 즉시 다른 감상 매체를 찾아볼 것이다. 이는 살인자가 누구인가 하는 궁금증처럼 스쳐가는 욕구와는 다르다. 그런 식의 욕구는 그 순간엔 강렬할지언정 감상자의 정신에 공명하는 것은 아니기 때문이다. 이는 다각도에 걸친 열망이며, 강렬한 인물과 상황을 창조하고 다양한 여정을 보여주는 작품만이 도달할 수 있는 단계다. 감상자가 갈등의 해소를 애타게 기다리며 깊이 공감하는 작품, 인물에 완전히 이입하여 자신의 인생이 눈앞에 펼쳐지는 것처럼 느끼는 작품 말이다. 따라서 끝장을 보지 못할 경우 그들은 마치 자신의 인생이 위기에 처한 듯 느끼는 것이다.

행동

이 단계까지 가는 작품은 극히 드물다. 당신이 감상자에게 미칠 수 있는 영향의 최대치는 그가 당신의 작품에 경도된 나머지 책을 덮거나 극장을 나서는 것만으로는 모자란다고 느끼게 되는 단계다. 당신은 감상자의 마음속에 방금 접한 내용에 입각해 행동하고 싶다는 절실한 욕구를 불어넣었다. 당신의 작품이 그에게 큰 감동을 주었기 때문이다. 당신은 감상자가 지금껏 엄두도 못 냈던 일을 시도하도록 부추기거나, 그 자신도 지금껏 몰랐던 부당함을 알려주어 격분하게 만들었을 수도 있다. 물론 행동에도 다양한 단계가 있다. 뭔가를 실행하겠다고 결심하는 것부터 국회에 편지를 보내는 것이나 극장에서 달려 나와 폭동을 일으키는 것까지 말이다. 셰익스피어 시대에는 희곡이 무대에 오르려면 무조건 왕의 승인을 받아야 했다. 문학만큼 강력하게 대중을 선동할 수 있는 수단도 없다는 점을 지배층도 잘 알았기 때문이다. 심지어 오늘날에도 비슷한 일이 있었으니, 미국 전역에서 폭동을 일으킨 로드니 킹 비디오테이프와 영화 〈JFK〉의 개봉 이후 국회에 수천 통의 편지가 쏟아져 결국 극비 자료가 공개된 사례를 들 수 있다.1991년 교통 신호를 어겼다는 이유로 로드니 킹을 구타한 백인 경찰들이 무죄선고를 받은 뒤, 해당 상황이 녹화된 비디오테이프가 방송에 공개되면서 흑인 사회의 분노가 폭발했다—옮긴이. 이는 작가로서 당신이 행사할 수 있는 최고의 권력이다. 당신은 사람들의 생각을 바꿔놓고 상상할 수도 없다고 여겼던 일을 납득시킬 뿐만 아니라 심지어 그에 따라 행동하도록 촉구할 수도 있다.

이제 당신 자신에게, 그리고 다른 독자 다섯 명에게도 물어보자. 당신의 작품은 호기심, 흥미, 절박함, 혹은 행동을 촉발하는가? 앞의 네 단계를 모두 성취했는가? 그렇다면, 혹은 그렇지 못하다면 어떤 이유 때문인가? 10점 만점을 기준으로 한다면 몇 점쯤 되겠는가? 당신의 작품이 각 단계에 도달하려면 무엇을 고쳐야 할까?

감정

감상자가 흥미와 열망을 느끼고 행동하도록 촉구하는 방법 하나는 그의 감정을 자극하는 것이다. 감정은 직관적이며 이성보다 훨씬 힘이 세다. 그렇기 때문에 좋은 연설가는 지성에 호소하지만 뛰어난 연설가는 감정에 호소한다고들 말하는 것이다. 호적수보다 지성은 떨어지지만 대중의 감정을 더 교묘하게 자극할 수 있는 정치가가 선거에 이기는 것은 드물지 않은 일이다. 히틀러의 사례가 이를 입증한다. 히틀러의 메시지는 말도 안 되는 헛소리였지만, 어쨌든 그에게는 감정에 호소하여 군중을 열광시키는 능력이 있었던 것이다. 마틴 루터 킹과 같은 위대한 연설가들 역시 이 점을 잘 알고 대중의 감정에 호소했다. 연설가들이 발언 도중에 중요한 문장을 몇 번씩 되풀이하는 것도 그런 이유 때문이다.

내용은 거의 없지만 감정에 능숙하게 호소하는 여러 로맨스 소설과 텔레비전 연속극을 떠올려보자. 사람들은 결국 그런 작품을 끝까지 보지 않고서는 못 배긴다. 관객의 마음을 공포로 채우는 살인마 영화를 생각해보자. 관객은 영화가 끝난 뒤에야 이성을 되찾고 방금 본 것이 쓰레기라는 사실을 인식한다. 잡소리로 몇 시간씩 사람들을 폭소하게 만드는 스탠드 업 코미디 공연은 또 어떤가? 하지만 독자는 아무 내용도 없다는 걸 알면서도 기꺼이 몇 번이고 그런 작품들로 돌아간다. 그것들이 자신을 제대로 웃기고 울리고 겁을 줄 수만 있다면. 배꼽 빠지게 웃긴 코미디나 눈물을 짜내는 로맨스처럼 감정에 치우친 장르가 내용에 있어서 비교적 가볍다는 것은 우연이 아니다. 감정은 이성을 흐리고 내용은 이성을 필요로 하기에, 어찌 보면 이 두 가지는 양립 불가능한 존재인 것이다.

초보 배우는 절대 감정을 따라가지 말라고 배운다. 배우가 무대에 서서 "눈물이 날 것 같아" "화가 나려고 해"라고 직접 말한다면 그의 감정은 인위적이고 거짓되어 보일 수밖에 없다. 더 나은 방법은 상상력을 동원해 무대에서 벌어지는 상황에 몰입하는 것, 그 순간에 전념하는 것이다. 상황이 충분히 강렬하고 배우가 전념을 다해 몰입한다면 그는 자연스럽게 울음이나 분노를 터뜨리게 된다. 글쓰기도 마찬가지다. 당신의 의도가 감정을 자극하는 것이더라도 "이제부터 슬퍼하세요"라고 독자에게 대놓고 말할 수는 없다. 그 대신 독자를 자연히 슬프게 만들 인물과 상황을 창조해야 한다. 하지만 다음 사항을 자문해볼 필요가 있다. 어째서 독자에게 그런 감정을 일으키려고 하는가? 당신이 얻고자 하는 것은 무엇인가? 그런 감정이 작품에 어떤 영향을 미칠까?

감정적 효과가 강력한 작품을 쓰는 것의 부수적 이득은 감정의 해소가 필요한 상황이 만들어진다는 것이다. 성난 인물은 감정을 해소해야 한다. 결국에는 그도 마음을 가라앉혀야 할 테니까. 울고 있는 인물은 감정을 해소해야 한다. 결국에는 그도 눈물을 멈춰야 할 테니까. 심지어 행복에 잠긴 인물도 결국은 평소의 상태로 되돌아가야 한다. 감정이란 원래 일시적인 것이다. 감정이 격렬한 사람에게는 항상 감정을 해소할 방법이 필요하고, 그래서 그런 사람 옆에 있으면 지치게 마련이다. 물론 그런 사람은 예측이 불가한 만큼 옆에 있으면 흥미진진하기도 하다. 예측이 불가하다는 점은 작품에 감정적 인물을 등장시키는 또 하나의 부수적 이득인 셈이다.

여기서 생각해볼 만한 문제는, 울거나 격분하거나 행복에 잠겼다가 '정상' 상태로 돌아간다고 말할 때 과연 '정상'이란 무엇인가 하는 것이다. 자연스러운 감정 상태란 무엇인가? 어떤 인물이 평소 결코 감정을 드러내지 않는다면 이상한 사람으로 여겨지지 않을까? 하지만 사무실 안을 돌아다니며 울음을 터뜨렸다가 벌컥 화냈다가 하는 인물도 이상하게 여겨지기는 마찬가지일 것이다. 사회규범에 따르면 우리는 적절한 지점에 **어느 정도**의 감정을 드러내야 하지만, 우리의 실제 경험에 따르면 감정을 드러내는 사람보다는 아예 감정을 드러내지 않는 사람이 더 높게 평가받는 것처럼 보인다. 슬픈 영화를 보고서도 눈물 한 방울 흘리지 않고 극장을 나서는 사람에게 굳이 눈살을 찌푸릴 이는 없겠지만, 아이스크림 가게에 자기가 좋아하는 맛이 없다며 울음을 터뜨리는 사람은 모두의 눈총을 받을 것이다. 당신이 만든 인물에게 정상 상태란 무엇인가? 10점 만점을 기준으로 한다면 그는 감정을 얼마나 드러내는 편인가? 그가 자주 드러내는 감정은 무엇인가? 분노? 슬픔? 행복? 그가 숨기고 있는 감정은 무엇인가? 그는 자신의 무감정한 태도를 어떤 방식으로 벌충하는가?

의식적인 동기

무척 중요하지만 작가들이 좀처럼 생각해보지 않는 질문이 있다. 당신은 어째서 글을 쓰는가? 당신이 글을 쓰는 동기는 무엇인가? 이는 근본적인 질문인데도 십중팔구 간과되곤 한다. 독자를 웃기려고 글을 쓰는가? 겁을 주려고? 계몽하려고? 즐겁게 해주려고? 분노를 일으키려고? "써야 하니까 씁니다"라는 것은 대답이 될 수 없다. 이 질문은 독자에 관한 것이다. 사실 바로 그 점이 문제인데, 작가들 대부분은 독자에게 어떤 영향을 미치고 싶은지 의식적으로 고민해보지 않는다. 이처럼 자의식을 떠나서 생각할 수 있어야 방향성, 분위기, 문체, 이야기 등을 제대로 찾아가게 마련이다.

의식적인 동기에서 글쓰기의 원동력을 얻는 작가는 많지 않다. 기똥찬 아이디어가 생각났거나 멋진 등장인물이 떠올라서 무턱대고 글을 쓰기 시작했을 수도 있다. 이런 경우에는 쓴 것을 되짚어보자. 지금까지 종이 위에 적어나간 내용을 살펴보면서 애초의 아이디어를 숙고하고 분석해보자. 우울한가, 유쾌한가? 어두운가, 밝은가? 왜 이 이야기여야 하는가? 어째서 이 이야기에 끌렸는가? 이처럼 쓴 것을 되짚어봄으로써 당신의 의식적인 동기와 감성을 점차 파악해갈 수 있다. 자기 자신의 방식을 이해하는 것은 본능의 변덕에 휘말리지 않고 스스로를 통제하게 해준다는 점에서 유익하다.

작품의 목표

무엇을 이루고 싶은지 확신이 서면 더욱 단호하고 자신감 있게 앞으로 나아갈 수 있으며, 더욱 폭넓은 관점에서 지금까지의 작업을 되짚어볼 수 있다. 초고를 폐기하거나 이미 쓴 내용을 삭제하고 새로운 부분을 추가하는 일도 한층 쉬워질 것이다. 진짜 중요한 것이 무엇인지 확인하고 나면 종이 위에 적힌 것으로부터 자연스럽게 거리를 둘 수 있게 된다.

예술로서 글쓰기의 문제는 다른 분야에 비해 작가가 창작물을 포기하기 어렵다는 것이다. 배우가 뭔가를 시도했는데 잘 안 풀린다면 그냥 다른 시도를 할 것이고, 도공이 뭔가를 빚어냈는데 결과가 마음에 안 든다면 도로 뭉개버릴 것이다. 하지만 작가의 경우 장편소설 초고를 쓰는 데만도 몇 년이 걸릴 수 있기에 포기하고 새롭게 시도하기가 쉽지 않은 것이다. 반대로 이미 쓴 글도 충분히 훌륭하다고 정당화할 이유를 찾는 쪽이 더 쉽다. 그리하여 작가들은 새로 초고를 쓰는 대신 끔찍한 초고를 어떻게든 뜯어고치느라 대부분의 시간을 보낸다. 어찌 보면 작가의 주된 과업은 자신의 작품에서 거리를 두고 자아가 끼어들지 못하게 하는 것이라고 할 수 있다. 애초의 목표와 동기를 명심할수록 그것을 달성하는 데 도움이 될 것이다.

250

무의식적인 동기

당신의 무의식적인 동기는 글을 통해 드러나서 마침내 독자와 공명하게 된다. 잠시 글쓰기를 멈추고 마음속 가장 깊은 곳을 돌아보자. 당신은 어떤 위치에서 글을 쓰는가? 예를 들면 수동적이거나 불안정한 입장인가? 자신의 논지를 증명하기 위해 글을 쓰는가? 그렇다면 독자가 자신에게 반대한다는 가정하에 굳이 증명할 필요도 없는 주장을 펼치느라 애쓰고 있을지도 모른다. 글을 통해 논지를 입증하려 들면 현실에서 논지를 입증하려 애쓸 때만큼 공격성을 드러내게 된다. 이런 식으로 글을 쓰다보면 결국 독자와 유대를 맺는 대신 싸움을 벌이게 되며 독자의 반감을 살 수 있다. 당신은 자만심에 차서 글을 쓰는가? 독자에게 자신의 지성을 보여주고 싶은가? 그렇다면 거창한 말과 과다한 참고자료, 그럴싸하게 꾸며낸 용어를 과시하는 데 치중하고 있을지도 모른다. 당신의 작품은 단지 자아와 글쓰기 실력을 전시하는 쇼윈도가 되어 독자에게 거리감을 줄 것이다. 아니면 당신은 두려워하며 글을 쓰는가? 두려움 역시 글을 통해 드러나 보일 수 있다. 뭔가를 단언하기 겁이 나서 모든 내용을 세 번씩 들먹이게 될 수 있기 때문이다. 당신은 독자를 통제하려고 글을 쓰는가? 그렇다면 모든 것을 체계적으로 배치하여 모든 사람에게 똑같은 독서 경험을 강요하려 들 것이며, 결국에는 자연스러움이나 즉흥성을 잃다시피 할 것이다. 당신은 복수하기 위해 글을 쓰는가? 폭로 문학 혹은 자전소설을 쓰거나 실제 아는 사람을 바탕으로 등장인물을 만드는가? 이 역시 뻔히 드러나 보이는 일이다. 복수라는 목표에 집착하느라 자신의 작품에 진실하지 못하게 되고 필요에 따라 인물이나 이야기를 수정할 수도 없기 때문이다. 당신은 기만적인 자세로 글을 쓰는가? 독자는 당신이 이야기의 일부를 숨기고 있음을 직감할 것이며, 당신도 반쪽짜리 진실에 매달리느라 균형 잡힌 작품을 완성하지 못할 것이다.

작가로서 당신의 도구는 스스로의 정신이지만, 유감스럽게도 당신의 정신은 이미 과한 부담을 지고 있다. 석판에 적혀 있는 내용을 싹 지우고 개인적 신경증에서 풀려나 마음속에 글쓰기만을 위한 성소를 만드는 것이 당신의 의무다. 창작이란 무엇보다도 최대한 예술적인 행위여야 한다. 자만심, 수동성, 통제 욕구, 특정한 견해에 따라 글을 쓰려는 마음을 씻어버리고 모든 것을 숨김없이 드러내야 한다.

목표나 동기가 무엇이든 간에 진실하고 애정어린 입장에서 글을 쓰려고 노력하자. 단순한 이야기처럼 들리지만 생각보다는 어려울 것이다. '진실'이란 자신과 인물과 상황에 대해 솔직한 것을 말한다. 무언가를 숨긴다면 독자도 알아차린다. 바로 이것이 진짜와 가짜의 차이다. 작가로서 당신은 선서를 했다고 생각해야 한다. 인물의 가장 깊은 곳까지 파헤치고, 그것이 제아무리 추악하다 해도 그의 마음속 최후의 생각까지 끌어낼 각오를 하자. 그럴 수 없다면 아예 그 인물을 등장시키지 말자. 여기서 말하는 '애정'이란 독자에 대한 것뿐만이 아니라 당신이 만든 작품과 인물에 대해 순도 100퍼센트의 열정을 품는 것이기도 하다. 우리는 설사 한니발 렉터처럼 사악한 인물에게서도 그에 대한 작가의 애정과 열정을 느낄수 있으며, 우리 마음속 한구석에서도 그에게 애정을 느끼지 않을 수 없다. 열정에는 마력이 있다. 진실하고 애정어린 자세로 글을 쓴다면 절대 잘못될 수 없다.

쓰고 싶어서 쓰는 작가와 써야만 해서 쓰는 작가는 항상 구별할 수 있다. 플래너리 오코너의 언어에는 생명력이 번득인다. 압도적이며 간과할 수 없는 강렬함이 느껴진다. 오코너는 평생 끔찍한 병에 시달렸고 자신에게 살날이 많이 남지 않았음을 알고 있었다. 오코너에게 글쓰기는 유유자 적하게 시간을 보내는 방법이 아니라 문자 그대로 생사의 문제였다. 나는 몇 년 전에 오코너가 쓴 것만큼 강렬한 글을 접한 적이 있다. 저자는 도널 드 롤리라는 사람이었는데 알고 보니 14년 동안 인체면역결핍바이러스 (HIV)와 싸운 끝에 임종을 앞둔 상태라고 했다. 나는 놀라지 않았다. 롤 리의 언어는 결코 흉내 낼 수 없는 진실함과 절박함으로 불타고 있었으 며, 그의 시집은 가장 위대한 현대문학의 대열에 속하게 되었다.

위대한 작가는 절박하다. 그들에게는 문장 하나하나가 생사의 문제다. 위대한 무사에게 매번의 전투가 생사의 문제이듯 말이다. 글을 쓰기 위해 반드시 죽거나 구속될 필요는 없겠지만 애초에 당신이 글을 쓰도록 몰고 간 마음속의 바로 그 부분을 건드려볼 필요가 있다. 그러고 나면 당신 스 스로 알아차릴 수 있을 것이다. 그때부터는 쓰는 게 좋아서가 아니라 써야 만 해서 쓰게 될 테니까. 그리고 단 하루라도 글을 쓰지 않고 넘어가게 된 다면 뼛속 깊이 그 사실을 느낄 것이다. 마치 하루치의 약 복용을 잊어버 렸을 때처럼.

결론

탁월한 작품이란 무엇인가? 비평가의 찬사와 명망 있는 상을 받은 작품 인가? 수백만 부가 팔리고 대중에게 사랑받는 작품인가? 세월의 흐름을 이겨내고 수 세대에 걸쳐 읽히는 작품인가? 딱 잘라서 말하긴 어렵다. 나 는 평단의 찬사를 받지만 책이 팔리지 않아 낙담하고 스스로 실패자라 느 끼는 작가를 여럿 안다. 반면 책은 잘 팔리지만 저조한 평가를 받는 탓에 자신이 무가치하다고 느끼는 작가는 더 많이 안다. 그런가 하면 작품 중

하나는 오래도록 사랑받고 있지만 나머지는 그렇지 못해서 자신에게 좋은 작품을 하나 이상 쓸 재능이 없다고 느끼는 작가도 알고 있다.

궁극적으로 모든 작품은 하나하나가 특별하며 유일무이한 성취다. 그 어떤 작품도 다른 작품을 잣대로 비판받아서는 안 된다. 대중은 변덕스러우며 비평가도 마찬가지다. 남들에게 신경 쓰지 말고 그저 당신이 쓸 수 있는 최고의 작품을 쓰는 데 집중하며 꾸준히 자신을 갈고닦으면 된다. 당신의 작품을 평가하는 사람은 결국 당신 자신이어야 한다. 탁월한 작품이란 당신이 내놓을 수 있는 최상의 결과물이라고 확신하는 작품이며, 그런 작품을 사람들에게 내놓는 것 자체가 탁월한 행위다.

우리에게는 이야기가 필요하다. 이야기는 항상 인간에게 음식만큼이나 절대적으로 중요한 존재였다. 이야기는 원초적 차원에서 우리에게 말을 걸며 욕망을 충족시켜준다. 인생이란 그저 정처 없고 무질서하며 불공평하고 대책 없어 보일 수 있다. 이야기는 그런 인생의 해독제가 되며 우리에게 목적과 질서와 정의와 해답을, 나아가 로맨스와 서스펜스와 갈등과 모험을 제공한다. 이야기는 의미를 부여한다. 우리의 삶은 무의미할 수도 있지만, 우리의 이야기에는 항상 의미가 있다.

소설, 시나리오, 회고록, 희곡, 시…… 그 어떤 형태를 취하든 이야기는 인생을 바꿔놓을 수 있다. 이야기는 동기를 주고 영감을 불어넣는다. 살아 있다는 감각을 고양시키고 어떻게 살아가야 할지 본보기를 보여준다. 평범한 일상으로부터 벗어날 수 있게 해주고, 상심한 포로에게 탈출구가 되어주기도 한다. 이야기는 치유하고 정화하며, 병상에 묶인 아이를 사로잡아 고통마저 잊게 한다. 이야기는 우리를 교화하고 선동하며 심지어 혁명까지 일으키게 부추긴다. 사람들을 하나로 묶어주는가 하면 뿔뿔이 흩어지게 만들기도 한다. 이야기는 치명적인 독이 될 수도 있다. 『나의 투

쟁』 같은 책은 증오와 거짓 정보를 퍼뜨려 사람들을 세뇌시킨다. 이야기
는 미화되고 수천 년에 걸쳐 보전되는가 하면 검열과 억압에 시달리기도
했다. 이야기에는 결코 명확히 정의될 수 없는 마술적이고 신비한 특성이
있다. 이야기는 인간이 발명한 가장 강력한 매체이자 종이 위에 기록된 사
상이다. 그리고 이 세상에는 사상보다 더 강력한 존재도 드물다.

　이 모든 가능성이 당신 눈앞의 빈 화면에 놓여 있다. 당신의 머릿속에
있는 것을 두 손과 자판을 이용해 적어나가자. 그 무엇도 당신이 세상을
바꾸는 것을 막지 못할 테니까.

맺음말

플롯을 다룬 책은 흔히 구상이나 아이디어를 강조한다. 서점에 가면 '걸작 플롯 20선'이나 '기본 줄거리 서른여섯 가지'에 관한 책을 흔히 볼 수 있다. 이런 책도 요긴한 저작물이며, 아이디어의 중요성이 간과되어서는 안 될 것이다. 하지만 오늘날 많은 작가들은 오직 콘셉트만이 중요하다고 믿는 것 같다. 좋은 콘셉트만 있으면 성공이 보장되며 콘셉트 없이는 아무것도 안 된다고 말이다. 이 책은 결코 그렇지 않다는 것을 보여주려는 시도다. 훌륭한 구상도 적절한 실행 없이는 제구실을 할 수 없으며, 별볼일 없어 보이는 이야기도 제대로 펼쳐내기만 한다면 멋지게 살아날 수 있다.

이 책은 각각 하나의 주제를 다루는 여덟 개의 장으로 구성되어 있다. 앞의 세 가지는 인물 묘사다(외면, 내면, 그리고 응용). 이 세 장에서는 당신이 만든 인물을 면밀히 탐구하기만 한다면 작품의 아이디어를 얻을 수 있음을 보여준다. 여정은 인물의 궤적과 목적지를 강조하여 작품에 방향 감각을 불어넣는다. 서스펜스와 갈등은 여정에 생동감을 유지하면서 기나긴 중간 단계에 필요한 복잡성을 부여한다. 맥락은 작품 전체의 모양을

잡는 데 도움이 되며, 탁월함은 더욱 의미 있는 작품을 쓰게 해준다. 이는 하나의 접근법일 뿐이지만 꼼꼼히 수행한다면 확실한 결과물을 보여줄 것이다. 내가 제시한 방식을 터득해 당신만의 방식을 만들어보자. 니체의 말을 빌리자면 "예술가는 우선 낙타가 되어 배움의 무게를 짊어져야 한다. 그다음엔 사자가 되어 자신의 스승을 죽여야 한다".

애초에 왜 문체나 대화가 아니라 플롯에 관한 책인가? 이 두 가지도 플롯만큼 중요하지 않은가? 물론이다. 하지만 문체와 대화에 관해서는 따로 책을 한 권씩(어쩌면 여러 권) 써야 마땅하다. 나의 첫 책『첫 5페이지가 중요하다The First Five Pages』가 문체에 집중한 것, 그리고 다음 저서가 대화에 집중할 예정인 것은 바로 그런 이유에서다. 그렇다면 어째서 플롯인가?

플롯이 빈약한 작품을 살펴보면 이 질문에 한층 쉽게 답할 수 있을 것이다. 우리는 플롯이 빈약한 작품을 종종 접하게 된다. 배경과 의상과 소품은 아름답지만 내용이 없는 영화, 문장은 섬세하지만 아무 일도 일어나지 않는 책 말이다. 이들 역시 상당히 중요한 요소지만, 그 모든 장점에도 불구하고 우리는 불만족스러운 상태로 영화관을 나서거나 책을 덮는다. 모종의 사건이나 변화를 목격하지 못했기 때문이다.

플롯은 그 무엇보다도 정체 상태의 적이다. 플롯은 인물의 죽음과 탄생을, 결혼과 이혼을, 구출과 살해를 요구한다. 아무리 사소한 것이라도 무언가가 바뀌어야 한다. 작가는 불안정을 창조해야 하고, 그다음엔 아마도 그것을 바로잡아야 할 것이다.

플롯을 다룬 책은 우리에게 불안정을 창조하라고 거듭 요구한다. 이런 조언이 없다면 더없이 노련한 작가도 결국은 정체 상태의 먹이가 되고 말 것이다. 인물, 여정, 서스펜스, 갈등, 탁월함. 이 모든 장들은 변화를 이끌어내는 데 초점을 맞추었다. 하나의 변화가 생길 때마다 당신의 작품은 새로운 단계로 나아가며 발전의 자취를 뒤에 남길 것이다. 모든 단계는 플롯을 향한 길의 표지판이 될 것이며, 한 걸음 한 걸음 옮겨놓을 때마다 당신의 이야기는 더욱 생생하게 살아나리라.

감사의 말

이 책이 탄생할 수 있었던 것은 얼리샤 브룩스 덕분이다. 이 책을 써야 하나 고민하던 차에 기획서를 읽은 브룩스가 보여준 열의는 망설일 여지를 없애주었으며, 이후로도 변함없이 내게 격려가 되어주었다. 그녀가 나의 담당편집자라는 건 큰 행운이다.

이 책의 기획 단계부터 응원하고 많은 지지를 보내준 조지 위트에게도 적지 않은 빚을 졌다. 세인트마틴 출판사의 담당교열자 세라와 밥 슈웨거, 표지디자이너 필 파스쿠조, 제작진행자 케빈 스위니, 홍보담당이자 국내저작권 부책임자인 리사 허먼의 뛰어난 일처리에도 감사한다.

항상 그랬듯 곁에 있어준 우리 가족의 지지와 격려에도 깊은 고마움을 표한다.

역사적 사실을 자문해준 대니얼 마이어슨, 꾸준한 지원을 베풀어준 스텔라 월킨스와 애브너 스테인 에이전시, 정신적 지지가 되어준 조엘 고틀러, 그리고 일과 집필을 병행할 수 있도록 자율성을 부여해준 마이클 오비츠에게도 감사한다.

부록

참고해볼 만한 책과 영화

글쓰기

캐럴 블라이Carol Bly, 『글쓰기 워크숍을 넘어Beyond the Writer's Workshop』

오슨 스콧 카드, 『캐릭터 공작소』, 김지현 옮김, 황금가지, 2013.

제임스 프레이James Frey, 『끝내주는 소설 쓰는 법How to Write a Damn Good Novel』

제임스 프레이, 『열쇠: 신화의 힘을 활용하여 끝내주는 소설 쓰는 법The Key: How to Write Damn Good Fiction Using the Power of Myth』

낸시 크레스Nancy Kress, 『역동적인 인물Dynamic Characters』

필리스 레이놀즈 네일러Phyllis Reynolds Naylor, 『소설 쓰기 기법The Craft of Writing the Novel』

린다 시거Linda Seger, 『잊을 수 없는 인물 만들기Creating Unforgettable Characters』

윌리엄 슬론William Sloane, 『글쓰기의 기술The Craft of Writing』

로널드 토비아스, 『인간의 마음을 사로잡는 스무 가지 플롯』, 김석만 옮김, 풀빛, 2007.

언어

윌리엄 F. 버클리 주니어William F. Buckley, Jr., 『어휘 사전The Lexicon』
리처드 레더러Richard Lederer, 리처드 도위스Richard Dowis, 『잠자는 개는 드러눕지 않는다Sleeping Dogs Don't Lay』
퍼트리셔 오코너Patricia O'Connor, 『뭐라고 말해야 하지Words Fail Me』
윌리엄 스트렁크 주니어, E. B. 화이트『영어 글쓰기의 기본』, 김지양, 조서연 옮김, 인간희극, 2007.
바버라 월러프Barbara Wallraff, 『단어 수 계산Word Count』

그 외 글쓰기 관련

존 위너커 엮음, 『그럼에도 작가로 살겠다면』, 한유주 옮김, 다른, 2017.
푸시카트 출판사 편집Pushcart Press, 『끔찍한 서평들Rotten Reviews』

고전문학

알베르 카뮈, 『이인』, 이기언 옮김, 문학동네, 2011.
조지프 콘래드, 『어둠의 심연』, 이석구 옮김, 을유문화사, 2008.
표도르 도스토옙스키, 『백치』, 김근식 옮김, 열린책들, 2009.
프란츠 카프카, 『성』, 이재황 옮김, 열린책들, 2015.
허먼 멜빌, 『모비 딕』, 황유원 옮김, 문학동네, 2019.
플래너리 오코너, 「오르는 것은 모두 한데 모인다」, 『플래너리 오코너』, 고정아 옮김, 현대문학, 2014.

에드거 앨런 포, 『아서 고든 핌 이야기』, 권진아 옮김, 시공사, 2018.
윌리엄 셰익스피어, 『줄리어스 시저』, 박우수 옮김, 한국외국어대학교출판사, 2019.
윌리엄 셰익스피어, 『코리올라누스』, 신정옥 옮김, 전예원, 2002.
윌리엄 셰익스피어, 『맥베스』, 최종철 옮김, 민음사, 2004.

현대문학

(참고: 대부분 내가 담당하고 있는 작가들의 책인 한편 내가 추천하는 작품이기도 하다. 당연한 얘기지만 내게 감명을 주지 않는 책은 애초에 맡지 않기 때문이다.)

댄 캐언Dan Chaon, 『실종자들 사이에서Among the Missing』

엘런 쿠니Ellen Cooney, 『나이 든 발레리나The Old Ballerina』

진 해크먼Gene Hackman, 대니얼 레니언Daniel Lenihan, 『퍼디도 스타의 항적Wake of the Perdido Star』

존 뢰르John L'Heureux, 『모든 것을 가진Having Everything』

빅토리아 랜슬로타Victoria Lancelotta, 『이 세상에서Here in the World』

스티브 래티모어Steve Lattimore, 『일주Circumnavigation』

켄트 메이어스Kent Meyers, 『워런 강The River Warren』

필리스 무어Phyllis Moore, 『스커트 해설서A Compendium of Skirts』

도널드 롤리Donald Rawley, 『나이팅게일 칸타타The Night Bird Cantata』, 『뒷자리의 티나Tina in the Back Seat』

브라이언 애스캘런 롤리Brian Ascalon Roley, 『미국의 아들American Son』

존 스몰런스John Smolens, 『혹한Cold』

G. K. 우오리G. K. Wuori, 『욕조 속의 누드Nude in Tub』

고전 영화

〈시계태엽 오렌지〉

〈지옥의 묵시록〉

〈블레이드 러너〉

〈카바레〉

〈선택받은 사람들〉(1981)

〈특전 유보트〉

〈디어 헌터〉

〈서바이벌 게임〉

〈바보들의 저녁식사〉(1998)

〈뜨거운 오후〉

〈드라이빙 미스 데이지〉

〈스타워즈: 제국의 역습〉

〈피츠카랄도〉

〈잃어버린 전주곡〉

〈기프트〉(2000)

〈대부〉1, 2

〈아버지의 노래〉

〈신체 강탈자의 침입〉

〈클루트〉

〈아라비아의 로렌스〉

〈맨헌터〉

〈네트워크〉

〈북북서로 진로를 돌려라〉

〈워터프론트〉

〈뻐꾸기 둥지 위로 날아간 새〉

〈사이코〉

〈록키〉 1, 2

〈샤이닝〉

〈스카페이스〉

〈형사 서피코〉

〈셰익스피어 인 러브〉

〈양들의 침묵〉

〈슬링 블레이드〉

〈스내치〉

〈스파르타쿠스〉

〈스텝포드 와이브스〉(1975)

〈출옥자〉

플롯 강화
길 잃은 창작자를 위한 글쓰기 수업

1판 1쇄 2021년 6월 16일
1판 5쇄 2024년 4월 30일

지은이 노아 루크먼
옮긴이 신소희

펴낸곳 복복서가(주)
출판등록 2019년 11월 12일 제2019-000101호
주소 03720 서울특별시 서대문구 연희로 28길 3
홈페이지 www.bokbokseoga.co.kr
전자우편 edit@bokbokseoga.com
마케팅 문의 031) 955-2689

ISBN 979-11-91114-12-6 03840